新装版

金曜日の女

笹沢左保

祥伝社文庫

目次

父親の愛人

1

どことなく気《け》だるくて、退廃《たいはい》的な夜景であった。

それは多分、明かりの密集度が中途半端ということのせいなのにちがいない。郊外なら、街灯だけのはずだった。都心に近くても完全な住宅地であれば、明かりの数はもう少し疎《まば》らになるだろう。

しかし、繁華街や盛り場ほど、夜景は厚化粧をしていなかった。華《はな》やかなイルミネーションも、色を変えて点滅するネオンも見当たらない。

一般住宅は少なく、ほとんどが高層住宅である。ビルも多かった。だが夜遅くなると、ビルの窓の明かりは消える。高層住宅のベランダの照明が、碁盤に銀の粒を置いたようにずらりと並ぶ。

闇は広い。そこには郷愁を覚えさせるような、点在する明かりはなかった。活気を感じさせるほどの、華やかさもないのだ。中途半端な密度で、闇が汚《よご》されている。

そこに、大都会の夜景の退廃がある。人によっては、眺めていて飽きない夜景であった。しかも、健康的な男や、老人、女、子どもには興味の対象にもならない夜の眺めだった。退廃を知らない人間には、退屈きわまりない夜景なのだ。

波多野卓也《はたのたくや》は、その景色が好きだった。ぼんやり眺めている景色として、これ以上のものはなかった。南青山《みなみあおやま》五丁目にあるシャトー南青山の八階の部屋から、原宿《はらじゆく》方向を見ての夜景であった。

夜の十一時を過ぎると、波多野卓也はよく窓際《まどぎわ》に立つ。腰かけたりすわったりでは、視界がベランダの仕切りに遮《さえぎ》られてしまう。立っていなければならない。

波多野卓也は、ガラス戸に凭《もた》れかかる。ただ立っていたのでは足が疲れるし、伸びきった腰が痛くなる。この部屋の主《ぬし》が帰ってくるまで、二時間ばかりそうしていることもあった。

シャトー南青山の八階A号室は、洋室が二間《ふたま》に和室が一間という間取りだった。洋室の一方は八畳で、居間兼応接間であった。サロンふうの装飾が施されている。

もう片方は六畳だが、セミ・ダブルのベッドと三面鏡によって占められていた。部屋の主の寝室であった。ほかにダイニング・キッチンと、浴室、トイレがある。

部屋の主の寝室とダイニング・キッチンを隔てて、三畳の和室があった。波多野卓也には、その三畳の和室があてがわれていた。もっとも、彼は寝るときにだけ、三畳の部屋を使うのだった。

あとは、部屋の主が男を伴って帰ってきたとき、三畳の和室に引きこもることになっている。それ以外は部屋の主の寝室を除いて、どこにいようと自由なのである。

部屋の主の名前は西川《にしかわ》ミキ、年齢は十八歳だった。西川ミキは、銀座《ぎんざ》の高級クラブ『ドミンゴ』のホステスである。かなりの高給取りだが、独力ではシャトー南青山のようなマンションでの生活はできない。

西川ミキには、強力なスポンサーがついている。『東西冷熱』の社長である。『ドミンゴ』の常連だった。半年ほど前から、西川ミキと関係を持った。

東西冷熱の社長は、六十歳であった。六十の男が、十八の女を愛人にしたのだ。それだけに、西川ミキに対してかなり寛容だった。拘束しないという条件で、月額三十万円のお手当を与えている。

ミキの肉体を必要とするのは、十日に一度の割りであった。シャトー南青山の部屋へ、来るわけではなかった。昼間のうちに、ミキを呼び出すのである。

都心の一流ホテルに部屋が取ってあり、まずミキと二人で食事をする。食べるのは、ビーフ・ステーキに決まっている。それが、昼飯である。

そのあとは、ベッドの上であった。それが午後の一時から、五時ごろまで続く。ミキに言わせると、四時間のほとんどを前戯で過ごすのだそうである。

結合するのは、最後の三十分だけだという。東西冷熱の社長は、大入道とか海坊主《うみぼうず》とか陰口を叩かれている。大男で、頭が完全に禿《は》げあがっているからだった。

「そのパパがさ、汗まみれになって頭から湯気を立てて、攻めたてるのよ。たまったもんじゃないわ」

「とにかく前戯のテクニシャンで、しかも四時間もぶっ通すの。こっちの身にも、なってごらんなさいよ」

「わたしだけ、数えきれないくらい昇天しちゃうのよ。だからパパがはいってくるころには、頭はボーッとなっているし、身体は痺《しび》れちゃっているし、何も感じやしないわ」

ミキは、そんなふうに言う。事実、疲れ果ててしまうようである。その夜、ミキはたいてい店を休むことになる。

『ドミンゴ』のママは承知しているから、ミキが休むのを大目に見る。ミキはホテルから真っ直ぐ、シャトー南青山へ帰ってくる。目がとろんとしているし、口も利《き》かなかった。八時には、もう眠ってしまう。

そうしたときを除いては、ひどく陽気なミキだった。だが、摑みどころのない女である。バカなのか、利口なのか、さっぱりわからない。無邪気に見える場合もあるし、十八歳とは思えない女になることもあった。

自称、小妖精である。悪女ぶっているところもあるが、あるいは本当に悪女なのかもしれない。音痴のくせにレコードばかりかけている。

波多野卓也は二ヵ月前から、その西川ミキのところに住みついていた。彼に定職はない。当然、無収入である。したがって見た目には、ミキに養ってもらっているということになるのだった。

昼食は、ミキが作る。夕食はシャトー南青山の一階にあるレストランかスナックで、済ませることになっている。ミキと一緒に、行くのであった。

勘定《かんじょう》も、ミキが払う。そこを出た足で、ミキは店へ出勤する。波多野卓也は、八階のA号室へ戻るのであった。

彼は別に、小さくなってもいない。食べたければ、部屋にあるものに手をつける。飲みたければ、ミキのブランディやウイスキーの栓《せん》を抜く。遠慮はしなかった。

しかも波多野卓也が何かするということは、まるでないのである。洗濯もミキに、任せっきりだった。掃除を手伝うといったこともない。横のものを、縦《たて》にもしないのであった。

「二十五にもなって、ぶらぶらしていて、いいのかしらね」

「大学を優秀な成績で卒業して、その気になれば一流企業にエンジニアとして迎えられるっていうのにねえ」

「ねえ、退屈しないの？」

「怠け者なのねえ」

「まったく何を考えているのか、見当もつかないんだから……」

ミキは、そう言ったりする。だが、口先だけであって、ミキも本気で批判しているわけではない。負担にも感じていないし、波多野卓也の存在を当然のこととしているのだ。

卓也は一度だけ、銀座の『ドミンゴ』へ行ったことがある。そのとき、ミキという女を知った。それだけの縁で、彼は二ヵ月前に、ミキのところへ転がりこんだのであった。

居候《いそうろう》にしては、態度が大きすぎる。肉体関係はないのだから、ヒモでもなかった。何を考えているのかわからない二十五歳の男と、摑みどころのない十八歳の女が、同じ屋根の下に住んでいるということにすぎないのである。

「わたし、パパにすっかり仕込まれちゃったから、もうパパなしでは身体が承知しないみたいよ」

ミキはそんなことを言うくせに、ほかの男とも関係を持っている。やはり『ドミンゴ』の客で、三十過ぎの男だった。どこかの会社の課長とかいう話であった。

その男とは金銭抜きの関係で、ミキはシャトー南青山へ連れてくる。店から一緒であり、男はシャトー南青山に寄るわけである。妻子がいるので、泊まってはいけないらしい。

一週間に一度は、その男を連れてくる。波多野卓也は、三畳の部屋へ待避する。寝室でミキは派手な声をあげて、一時間後には男を送り出すのであった。

そうしたことで、ミキも卓也に遠慮はしなかった。甘い呻《うめ》きや声を、殺そうともしない。男を送り出した直後に卓也と顔を合わせても、ミキはケロッとしていた。

卓也のほうも、知らん顔であった。その男のことに触れもしなかった。無関心なのである。三畳へ待避するのも、単なるエチケットのつもりだったのだ。

「ねえ、彼のことをパパに喋《しゃべ》ったりしないでよ」

ミキは一度だけ、卓也にそう言ったことがある。だが、それも本気ではなかった。卓也がまるで無関心であることを、ミキは百も承知しているのだった。

それに余程《よほど》のことがなければ、卓也は父と会ったり話したりしないだろうと、ミキにはわかっていたのである。卓也はひじょうに冷ややかな目で、父親というものを見ているのであった。『東西冷熱』の社長波多野竜三《りゅうぞう》は、波多野卓也の実の父だったのだ。

2

クーラーが、利《き》いている。ガラス戸が、汗をかいている。外は蒸し暑いのにちがいなかった。八月にはいってから、猛暑が続いていた。

夜になっても、たいして温度は下がらない。風もなく、夜気がムッと熱っぽい。波多野卓也は、一時近くまでぼんやりと夜景に見入っていた。

そろそろミキが帰ってくるころだと思ったとたんに、チャイムが機嫌のいい音を立てた。卓也は、入口のドアへ向かった。彼がスチール製のドアを開けると、ミキがのめりこむようにはいってきた。

「ただいまあ」

ミキは妙に、甲《かん》高い声を出した。酔っぱらってはいないが、適度にアルコールが回っているときの彼女の特徴であった。

「どっこいしょ」

ミキは靴を脱いで上がったあと、卓也の胸にしがみついた。小柄なミキと、一メートル八十センチの卓也の長身とでは、かなりの差があった。

「ねえ、抱いて……」

卓也を見上げて、ミキはせつなそうな顔をする。ふざけているのだ。酔っていると、ミキはそういう冗談が得意であった。卓也は、無表情だった。彼はもう、ミキのそうした演技に馴《な》れていた。

「やっぱり親子丼《どんぶり》っていうのは、よくない趣味ね」

ミキはけたたましく笑って、卓也から離れた。それが彼女の本音《ほんね》かどうかは、わからなかった。父親の波多野竜三からもらうお手当で、息子の卓也を食べさせている。しかも卓也に使う金は、お手当の十分の一ぐらいである。だから、卓也を居候扱いにはしない。彼がここにいるのは、当然のことだというふうに、ミキは割り切っていた。だが、親子丼の趣味はないと、ミキがはっきり割り切っているかどうかは、明らかでなかった。あるいは卓也さえその気になれば、ミキは彼に抱かれるつもりでいるのかもしれない。

「今夜、パパがお店に来たわよ」

居間のソファに引っくり返るようにすわって、ミキが悪戯《いたずら》っぽく笑った。卓也は、黙っていた。父親の行動についても、興味はまったくないのである。

「一緒に連れてきた人と、あなたのことを話していたわ。卓也って名前を聞いたとき、わたしドキッとしちゃった」

ミキが言った。もちろん波多野竜三は、自分の若い愛人の住まいへ、息子が転がりこんでいるなどとは、夢にも思っていないのである。ミキのほうから、そのことを喋るはずもなかった。

「おれのことで、どんな話をしていたんだ」

卓也が、初めて口を開いた。暗い眼差《まなざ》しであった。彫りの深い顔立ちだが、若者としては渋味が感じられる。

笑うことが少ないし、表情に翳《かげ》りがあるせいだろう。濃い眉毛にも引き締まった口許《くちもと》にも、何かもの憂い感じが漂《ただよ》っている。目つきがいかにも投げやりであり、口の利《き》き方もけだるそうであった。

「あなたが、生きることに、かったるさを感じているなんて、パパにはまるでわかっちゃいないのね」

ミキが、つぼめた口から長く、息を吐き出した。美人ではないが、その童顔に男の欲望をくすぐるような魅力があった。小悪魔を自称するのに、ふさわしい顔である。

「波多野竜三は、自分以外の人間の気持ちを理解するような男じゃない」

卓也もミキと並んで、ソファに腰を沈めた。彼は父のことを、おやじとも言わなかった。必ず、波多野竜三と呼ぶ。

「卓也にいつまでも、フーテン暮らしをさせておくのは損だ。大学を卒業させるまでの投資が、無駄になってしまう。東西冷熱の技術開発部へ、迎えようと思う。パパは、そう言っていたわよ」

眠くなったのか、ミキは目を閉じていた。いかにも物質人間の波多野竜三が言いそうなことだと、卓也は思った。そういう考え方しか、できない男なのである。

波多野竜三は、ある意味でたしかに傑物であった。事業の鬼、あるいは怪人などと評する者もいる。まだそんな言葉がなかった二十年も前から、波多野竜三はエコノミック・アニマルに徹していたのである。

一代で財を築く、という小さなスケールではなかった。わずか二十年の間に、冷暖房機器の製造販売企業として日本でトップの東西冷熱を、作りあげたのだった。

現在の波多野竜三は東西冷熱をはじめ、その三つの子会社のワンマン社長を兼ねて辣腕《らつわん》を振るっている。四つの会社の年商総計は、一千億円に達していた。

中でも東西冷熱は資本金三十億円で、東証第一部に上場される一流企業だった。二十年間にそこまでのしあがるのは、まさに驚異とか奇蹟とかいう声もあった。

もちろん才能や好運だけに頼って、可能になることではなかった。その悪辣《あくらつ》さ、狡猾《こうかつ》さ、あくどさ、強引さには大勢の人間が泣かされたということは通説になっていた。

とにかく精力の固まりだった。事業家としては、金を儲けることしか考えない。あと十年のうちには、波多野コンツェルンを作りあげることを夢としている。

つまり権力者となることにも、異常な熱意を抱いているのである。私生活にあっては、好色の一語に尽きる。二十年間に愛人とした女の数は、五十人を下らなかった。

六十歳になった現在、波多野竜三と正妻の間には息子ひとり、娘二人がいる。ほかに、かつての愛人に産ませた息子がひとりいた。愛人はミキを含めて、三人はいるはずであった。

卓也にとって、波多野竜三と正妻の間に生まれた三人の子どもは異母兄、あるいは異母姉ということになる。卓也は波多野竜三が、愛人に産ませた子どもだったのである。

二十六年前のことで、そのころの波多野竜三は水道工事の仕事をしていた。その波多野竜三が、自分の店の女子事務員に手をつけたのである。

半《なか》ば強姦であり、その女子事務員は自殺を図《はか》った。波多野竜三もさすがに慌《あわ》てて、女子事務員を愛人として囲った。彼女は、間もなく妊娠した。

そして生まれた子が、卓也だったのである。波多野竜三は、卓也を認知した。だが、五年も経つと彼には愛人の数も多くなり、卓也の母親のところまでは手が回らなくなった。もう愛人が自殺を図っても、ビクともしない波多野竜三になっていた。卓也の母親は、結局、自殺したのだった。わが子を道連れに心中しようとしたのだが、卓也だけが生き残ったのである。

波多野竜三の妻の計らいで、卓也は波多野家へ引きとられた。以来、卓也は波多野姓を名乗るようになった。しかも間違いなく波多野竜三は、卓也の実の父なのであった。

「波多野竜三が『ドミンゴ』へ、一緒に連れてきていた男って誰だったんだ」

卓也は、宙の一点を見据えていた。

「鬼頭《きとう》さんという人よ。東西冷熱の子会社の重役らしいわ。パパはその人に、あなたのことを話していたの」

ミキが、目をつぶったままで答えた。

「鬼頭新一郎《しんいちろう》か。波多野工業の常務になったばかりの男だろう」

「その鬼頭さんって、去年の春に刑務所を出所したんですってね」

「十四年前に、人を殺しているんだ。懲役十三年の実刑を受けて、去年の春に娑婆《しゃば》へ出てきたのさ」

「人殺しをしたときの鬼頭さん、東西冷熱の秘書課長だったんだそうね」

「それで波多野竜三は刑務所帰りの鬼頭を、引きとったんだろうさ。しかし、殺人の前科を持つ鬼頭を、東西冷熱に迎え入れたのでは何かと世間の口がうるさい。だから、子会社の波多野工業の常務にしたんだろう」

卓也も、目を閉じた。

「ところで、あなたはどうするの？　東西冷熱の技術陣に、迎えいれられるつもり？」

ミキが、眠そうな声で言った。卓也は、返事をしなかった。

「もちろん、答えはノーでしょうね。あなたはここがすっかり気に入っているんですものね。これ、わたしの直感なんだけど、あなたはきっとこの部屋で死ぬわよ」

ミキが、重たそうな唇《くちびる》を動かした。なかば、呟《つぶや》きになっている。卓也は目を閉じて、ミキが立てはじめた寝息を聞いていた。

淫の姉弟

1

珍しく、外出する気になった。

波多野卓也は、出かけるということをしなかった。ただ、出無精《でぶしょう》というのではない。行くところが、まるでないのである。彼は誰かと、付きあうことを嫌った。

接触を、好まない。複数で行動するなど、真《ま》っ平《ぴら》ご免であった。それに卓也は、極端に無口である。人と会ったり喋ったりすることに、まったく熱がないのだ。どうでもいいことであった。

だから卓也には、友人とか知合いとかがいなかった。誰とも、親しくならない。なれないのではなく、ならないのであった。出かけても無意味である。

面倒臭くて、退屈だった。とくに昼間の外出は、性《しょう》に合わなかった。どこへ行っても、人間が大勢いるからである。卓也は西川ミキのところへ転がりこんで二ヵ月間、まだ一度も昼間の外出というものをしていない。

その日、ふと出かけようかと思いついたのも、夜になってからのことであった。夜の外出はこの二ヵ月間に、三度ばかりやっている。それも、散歩にすぎなかった。

青山墓地の周辺をブラブラして、一時間後にはシャトー南青山の八階A号室へ戻ってくる。だが、今度に限っては、目的地を念頭に置いての外出であった。

卓也は岸部《きしべ》姉弟のところへ行ってみようと、思いたったのである。岸部桜子《さくらこ》と修二《しゅうじ》の姉弟は、卓也の数少ない知合いのうちにはいる。もっとも、親しく付きあっているわけではない。

偶然の作用があって、顔を合わせるという程度だった。岸部姉弟に会うのは、三年ぶりという記憶しかない。三日前までは、姉弟のことを思い出しもしなかった。

三日前の夜、西川ミキの口から鬼頭新一郎のことを聞かされた。卓也の父親の波多野竜三が鬼頭新一郎を連れて、クラブ『ドミンゴ』へ来たという話であった。

その鬼頭新一郎が卓也の記憶に、岸部姉弟のことを甦《よみがえ》らせたのである。鬼頭新一郎は、十四年前に人を殺している。懲役十三年の実刑を受けて、去年の春に刑務所を出所した男であった。

十四年前、鬼頭新一郎は岸部隆行《たかゆき》という男を絞《し》め殺したのだった。被害者の岸部隆行には、二人の子どもがあった。それが岸部桜子と修二の姉弟なのである。つまり加害者の名前を耳にして、被害者の娘と息子のことを思い出したのだった。卓也は小学校六年のときから、岸部姉弟を知っていたのであった。

卓也は、ダイニング・キッチンへはいった。冷蔵庫の上に、クッキーの箱が置いてある。その箱の下に、五千円札が一枚はさんであった。

いつも、そうしてあるのだ。西川ミキが、置いていく五千円であった。昼間、集金人が訪れたとき、その五千円で支払いを済ませてくれということなのである。

卓也は五千円を抜きとると、ズボンのポケットに押しこんだ。タクシー代に、使うのだった。卓也はそうした無断借用を、当然のことのように考えていた。

卓也は、部屋を出た。エレベーターの中で時計を見た。八時である。長居《ながい》をするつもりはないから、十二時までには帰ってこられる。行く先は、世田谷《せたがや》の下北沢《しもきたざわ》だった。

マンションを出ると同時に、むっとする熱気が身体を包んだ。湿っている夜気なのに、砂漠にいるような荒っぽい暑さが肌を刺した。近くの信号まで歩いただけなのに、Tシャツの下が汗ばみはじめていた。

乗った個人タクシーは、クーラーを使用していなかった。故障していると、運転手が弁解した。全開した左右の窓から、熱い風が吹きこんでくる。気にはしなかったが、やはり不快であった。

姉弟は家にいるだろうかと、卓也はぼんやり考えていた。前もって連絡するといったことは、もちろんしていなかった。これで姉弟が留守《るす》だったりしたら、それこそ無意味な外出ということになる。

十五年前、軌道に乗りかけていた東西冷熱は、東洋空冷という会社と合併した。いわば同業の二つの企業だったが、東洋空冷はアメリカからの技術導入によって冷房設備と機器の製造では業界ナンバーワンとされていたのである。

一方の東西冷熱は、暖房が六、冷房が四の比率の企業内容であった。冷房に関しては東洋空冷に後《おく》れをとっていたし、技術面での優劣の差もはっきりしていた。

その代わり暖房機器の販売網や、設備取付けの施工の面では、東西冷熱のほうが数段も上であった。もし東西冷熱と東洋空冷が一つの企業になったら、圧倒的な強味を発揮することは誰の目にも明らかだったのだ。

波多野竜三はその点に着目して、合併工作に乗りだしたのであった。それに対して、東洋空冷の岸部隆行社長は、合併に消極的だったのである。しかし、やがて波多野竜三の、合併工作は成功した。

まず東洋空冷の重役陣が、波多野竜三の切り崩し戦法に遭《あ》って、合併賛成派へ回った。次に株主総会での多数派工作が功を奏して、合併承認へと傾いたのであった。

孤立した岸部隆行社長はやむなく、対等合併の条件付きで結論を出した。社名は『東西になったのである。

冷熱』だが、社長のポストは岸部隆行に譲《ゆず》る。波多野竜三は副社長に就任するということになったのである。

こうして、東西冷熱は新発足した。このときに今日の東西冷熱の基礎が固められたのであり、一流企業にのしあがる将来へのレールが敷かれたのであった。

だが、所詮は寄合い世帯である。合併して数ヵ月後には早くも、派閥争いが熾烈《しれつ》を極《きわ》めるようになった。そして、それが殺人事件にまで、発展したのであった。

岸部隆行社長は、秘書課長の鬼頭新一郎を毛嫌いしていた。鬼頭新一郎は旧東西冷熱の秘書課長だったが、合併後もそのポストに留《とど》まっていたのだ。

何しろ鬼頭は波多野竜三の忠実な側近だったし、波多野擁護のためには火のように燃える熱血漢でもあった。新しい社長に馴染《なじ》まないのは、当然のことだったのである。

岸部隆行に対して、鬼頭新一郎は反抗的であった。岸部社長の目から見ると、鬼頭は横暴で強引でじつに不愉快な男だったのである。社長と秘書課長の対立は、日増しに激しさを増すようになった。

岸部社長は反目《はんもく》に終止符を打つために、鬼頭新一郎の左遷《させん》を決意した。岸部社長はみずから、九州の宮崎工場の製造主任を命ずるという辞令を、鬼頭新一郎に手渡したのであった。

鬼頭は、激怒した。辞令を拒んで、鬼頭は岸部社長を罵倒した。その夜、鬼頭は芝高輪《しばたかなわ》の岸部邸の門のところで待ちうけていて、帰宅した岸部隆行を襲ったのだった。

送ってきた会社の車を降りて、数分後の出来事であった。自宅の門をはいって玄関へ向から途中、岸部隆行はいきなり闇の中へ引きずりこまれた。

鬼頭は灌木《かんぼく》の間に岸部隆行を引き倒すと、馬乗りになって首を絞《し》めた。岸部隆行がぐったりとしたあと、鬼頭はさらに自分のネクタイを使って完全に絞殺したのである。

翌朝、鬼頭は波多野竜三に付き添われて、高輪警察署へ自首したのであった。このときの鬼頭新一郎は三十四歳で、妻のほかに六つになる娘がいた。

一方、被害者の岸部隆行は、四十九歳の働き盛りであった。妻はすでに亡く、十四歳になる娘と七歳の息子がいた。この事件を知ったときの卓也自身も、まだ十一歳の小学校六年生だったのである。

それから、十四年の歳月が流れている。一審判決の懲役十三年の刑に服して、去年の春に自由の身になった鬼頭新一郎は、いまでは四十八になっている。

被害者の子どもも、それぞれ年をとった。姉の岸部桜子は、二十八である。下北沢で小さな美容院をやっているが、いまだに未婚であった。弟が一人前になるまでは、という気持ちでいるらしい。

その弟の岸部修二は、二十一歳になっていた。私大の学生だが、大変な甘えん坊である。少年時代から姉と二人だけで、過ごしてきたせいだろう。とにかく仲がよすぎるくらいの姉弟であった。

卓也は下北沢駅近くの路上で、停車するよう運転手に声をかけた。

2

下北沢駅の北側へ回り、北沢二丁目と代田《だいた》六丁目の境《さかい》まで歩く。住宅地だが、閑静とは言えなかった。人家が密集していて、車もはいれないような道が縦横に交差している。『サクラ美容室』は、その住宅地の中にあった。近所の主婦たちだけが、利用する美容院である。小さな店で、客が順番を待つといったことは、滅多《めった》にないらしい。

サクラ美容室とは、桜子という自分の名前を付けたのだった。店には桜子のほかに、若い助手がひとり、通《かよ》いで来ていた。もちろん桜子には、商売の手を広げるというような野心はないのである。

助手に給料を払って、弟との生活を人並みに維持できれば、それでいいのだろう。目立たない店の外見は、三年前に訪れたときとまったく変わっていなかった。

白く『サクラ美容室』と浮き出る紫色の軒灯《けんとう》も、三年前に見たままであった。

だが、いまは軒灯も消してある。夜の八時過ぎまで、営業することはないのだろう。

少し離れたところにあるラブ・ホテルのネオンが、場違いの感じで華やかだった。卓也はサクラ美容室の、オレンジ色のドアを押した。鍵は、掛けてなかった。

店の入口というだけではなく、この家の玄関になっているドアであった。そのドアに鍵が掛かっていないのだから、姉弟は家の中にいるはずである。

店の電気も、消してあった。もちろん、通いの助手も帰ったあとだった。クーラーだけが、つけっ放しになっていた。卓也はまず、顔と首筋の汗を拭《ぬぐ》った。

「こんばんは……」

卓也は、そう声をかけてみた。返事はなかった。クーラーの音に、邪魔されたのかもしれなかった。

「ごめんください」

卓也は、やや声を大きくして、呼びかけを繰りかえした。だが、やはり応答はなかった。店の奥に台所、浴室、トイレと部屋が一つだけある。その店の奥は、真っ暗であった。

どうやら姉弟は、二階にいるらしい。店との仕切りのカーテンを払うと、廊下のすぐ左側に二階への階段がある。二階には姉弟の部屋が、一つずつあると聞いていた。

卓也は乗りだすようにして、階段の上がり口を覗《のぞ》きこんだ。見上げると、電気の光線とともに人声が降ってきた。二階の部屋には電気も点《つ》いているし、人もいるのだった。

卓也の声が、二階には届かなかったようである。テレビの音声に、遮《さえぎ》られたのだろうか。卓也はそう思ったが、聞こえてくるのはテレビの音声と異質なものであった。

女のナマの声に、間違いなかった。それも、ただの話し声ではない。争っている最中の声として、受け取れたのである。女の訴えるような叫び声が、悲鳴に変わった。

卓也は咄嗟《とっさ》に靴を脱ぎ捨てて、階段に駆けあがっていた。異変が生じている。二階の部屋で岸部桜子が、ある種の危機に直面していると判断したのであった。

階段を上がりきったところの両側に、部屋のドアがある。左側のドアは閉じてあって、室内の電気も消してあるようだった。右側のドアが、半開きになっている。

そこから洩《も》れる明かりが、階段の下まで照らしているのであった。卓也はその部屋の中へ、視線を投げかけた。一目で、女の城とわかる雰囲気だった。

女向きの調度品と、装飾が揃《そろ》っている。色彩が豊かだし、乱雑さが感じられない。桜子の部屋であった。卓也は一瞬にしてそう感じとったが、そんなことはどうでもよかったのである。

卓也の目を捉《とら》えたのは、それよりもはるかに強烈な光景だったのだ。卓也は自分がとんでもない早合点《がてん》をしたことを、思い知らされたのであった。

セミ・ダブルのベッドの上に、男と女の重なりあった姿を、見出したのだった。それは煌々《こうこう》とした明かりの下で、何やら異様な生きものの蠢《うごめ》きといったものを感じさせた。

女に被いかぶさった男は、全裸であった。若々しい筋肉が躍動し、浅黒い身体が憑《つ》かれたように激しい動きを繰りかえしている。若者は片手で、女の腰をかかえこんでいた。支えに使っている男のもう一方の腕を、女がねじるように摑《つか》んでいた。若者とは対照的に白い女の肢体《したい》には、円味《まるみ》のほかに逞《たくま》しさが感じられた。

成熟しきった二十八歳の女の身体には、どの部分にも貧弱さというものが見られなかった。適度に豊満な肉づきで、均整もとれているのであった。

輝くように白く滑《なめ》らかな皮膚が、美しい性的魅力になっている。脂《あぶら》が乗りきっているというのは、このような女の身体を形容しているのにちがいない。

桜子も、全裸に近かった。帯は解いてあったし、両腕を浴衣《ゆかた》の袖から抜いてしまっている。浴衣は腹の周囲にまるまっていて、辛うじて腰ヒモで留めてあるだけだった。

上半身も下肢《かし》も、剝《む》きだしになっている。胸が大きく波打っていた。思ったより豊かなふくらみが、左右で競うように揺れている。小さくてピンク色の蕾《つぼみ》だけが、少女のように可憐であった。

桜子は押し広げられた下肢で、若者の胴を締めつけるようにしながら、その荒々しい律動を受け止めていた。それがいかにも狂おしげな姿態に、見えるのだった。

すでに深まる陶酔へと引きこまれて、桜子は自分を見失っていたようである。左手で若者の腕を摑み、右腕には抱きしめるようにして枕をかかえこんでいる。

のけぞらせた頭のほうが、低くなっていた。ベッドの端へ、寄っているからだった。紅潮した顔から胸にかけて、汗が無数の粒となって流れた跡を作っていた。目を閉じて、眉根を寄せている。それだけなら、まさに苦悶《くもん》の表情であった。だが、口を開《あ》けている。上下の白い歯が、覗《のぞ》いていた。そこに愉悦《ゆえつ》に酔った女の、甘美な悲壮感が示されているのだった。

卓也が耳にしたのは、その桜子の歓喜の声であったのだ。絶え間なく、呻《うめ》き声を洩らしている。それが激しい喘《あえ》ぎとともに訴えるような叫びとなり、悲鳴へと押しあげられるものである。

同時に桜子はあらためてのけぞり、腰で踏んばるようにして全身を硬直させる。汗ばんで乱れた髪の毛が、海藻《かいそう》のように揺れては散る。桜子が激しく、首を左右に振るのだった。

その繰りかえしなのである。上品で控えめで、寂しげなおとなしい女という桜子の印象は、そのカケラすら見当たらなかった。一変して、別人になりきっている。

しかし、別に驚くようなことではない。女がそういうものだということを、卓也も十分に承知しているのだった。むしろ健康な女であれば、当然のことをしていると言えるだろう。

未婚であっても、恋人がいて当たり前なのだ。桜子はその恋人と、身体で愛しあっている。弟の修二の留守に恋人が訪れて、二人は抱きあうことになった。

そう考えれば、不思議でも何でもない。卓也はこの場を遠慮して、気づかれないように階下へ降りていけばいいのであった。だが、卓也は目をそらす瞬間に、意外な事実に気づいたのだった。

《まさか……》

卓也はいったん、その事実を否定しようとした。想像も及ばないことだったし、自分の目を疑うほかはなかったからである。桜子の肉体を攻めつけている男は、卓也の知らない彼女の恋人などというものではなかったのだ。

まぎれもなく、弟の修二であった。あまり、ものには動じない卓也だったが、さすがに茫然《ぼうぜん》となっていた。姉と弟が、狂乱のセックスに打ちこんでいる。

そんなことは、とても考えられない。近親相姦という言葉や話なら、よく知っている。最近は小説、映画などのテーマにも、よく扱われているようだった。

しかし、眼前に事実として見出すのは、かなり衝撃的なことであった。修二によく似た若者と、違うのではないだろうか。卓也はそう思いながら、逃げるように階段を降りはじめた。

「修ちゃん、もう蕩《とろ》けそう……」

喘ぎをまじえて桜子の感極《きわ》まった声が、卓也のあとを追うように聞こえてきた。桜子は弟の名前を、口走ったのである。もはや姉弟の相姦を否定することはできなかった。

悲劇を笑う

1

帰るに帰れない、という気持ちであった。波多野卓也の訪問を、岸部姉弟はまったく気づいていない。それなのに波多野卓也は、二階にまで上がっているのである。その家の人々が知らないうちに、ひそかに訪問し、黙って引き揚げる。そうするのは何とも釈然としないものであった。まるで泥棒みたいであり、しかも泥棒ほどの意味もない行動ということになる。

見てはならない光景を、垣間《かいま》見てしまったということもあった。このまま逃げるように帰るのが、悪いことをするみたいにも思えるのである。せっかくここまで出向いてきたのだし、やはり自分の行動にそれなりの決着はつけたかったのだ。

波多野卓也は靴を履《は》くと、美容院の客用のソファに腰を下ろした。そこで何となく、待つほかはなかった。そのうちに桜子か修二のどちらかが、階下へ降りてくるにちがいない。それを待って、声を掛けるのである。

電気は点《つ》いてないが、真っ暗ではなかった。道路の街灯と、美容院の入口の明かりが、光線を投げこんでいる。いくつもある鏡が、その光線をさらに賑《にぎ》やかにさせていた。

卓也は寝るみたいに、ソファに浅くすわった。長い脚を組んで、目を閉じる。両手をズボンのポケットに突っこんで、肩をすぼめるようにした。大型クーラーが寒いくらいに、空気を冷やしている。

もう、驚きは消えていた。卓也の目を閉じた顔は、いつものように無感動なそれであった。悪戯《いたずら》っ子が、ふてくされたときのような顔である。岸部桜子と修二の異常な関係について、彼はすでに興味を覚えなくなっていたのだ。

嫌悪感もなかった。近親相姦だと、観念的に受け取れるだけだからかもしれない。当事者には姉弟だという意識があっても、第三者の目には男と女のセックスとしてしか映じないのであった。

ただ卓也の脳裡《のうり》には、十五年ほど前の岸部姉弟の姿が浮かびあがっていた。岸部隆行が殺される直前のことであり、そのころの卓也と桜子たちの間には幼い交流があったのだ。

桜子は、華奢《きゃしゃ》な身体《からだ》つきの中学生であった。無口でやさしい美少女、という印象がいまでも卓也の記憶に残っている。性的なものなど微塵《みじん》も感じさせない、手足の細い少女だったのである。

修二は小学校の低学年で、大きすぎる学帽を目深《まぶか》にかぶっていた。女の子みたいに可愛らしい顔をしていて、人見知りをする性格だった。甘ったれで、桜子のそばを離れようとしなかった。

そうした桜子と修二が、汗まみれになって逞《たくま》しい肉体をぶつけあっていたことが、不思議みたいな気がして仕方がないのである。いつの間《ま》に、そんな男と女に成長したのだろうか。卓也が感ずるのは、ただそれだけのことであった。

三十分ほど経った。二階は静まりかえっていた。その静寂を、忍ばせた足音が揺るがせたようだった。人の気配が二階からの階段を下ってきた。

卓也は、目を見開いた。階段の下の闇が、一部分だけ白くなった。桜子の浴衣《ゆかた》姿であった。全身の力を出しきったように緩慢《かんまん》な動きで、桜子の白い影は階下の奥へ消えた。

台所で水を飲んだあと、桜子はトイレへはいったようだった。やがて水を流す音が聞こえて、再び桜子の白い姿が闇の中に出現した。桜子はすぐに、二階へ上がっていこうとはしなかった。

桜子は、階段の下の板の間に、すわりこんだ。肩を落として、片手で柱に縋《すが》るようにしている。もの憂《う》げに乱れた髪を掻《か》きあげながら、桜子は深々と吐息した。

卓也は、身動きせずにいた。桜子の姿に、目を凝《こ》らしているだけだった。やはり素直には、声を掛けられなかった。

桜子の表情を、見さだめることはできない。だが、暗く沈んでいることは、何となく察しがついた。おそらく寂しげで清楚《せいそ》な、いつもの彼女の美貌に戻っていることだろう。

さっきの歓喜に苦悶するような桜子の顔は、もう幻影にすぎないのである。のたうちまわる白蛇のような桜子とは、別人になりきってしまっている。女とはそのように、豹変するものであった。

ふと、押し殺したような声が洩れた。深くうなだれた桜子が、上半身を震わせていた。泣くまいとして堪《こら》えきれず、桜子は声を殺して嗚咽《おえつ》しているのであった。

柱に添えた腕に横顔を押しつけて、桜子はしゃくりあげていた。もう一方の手で、激しく膝を叩いている。髪の毛が、重そうに揺れた。

後悔の念に苛《さいな》まれながら、みずからを責めているのである。冷静になったいま、桜子は自分の空恐ろしいような行為を振りかえって、慙愧《ざんき》しているのにちがいなかった。

卓也は、衝動的に立ちあがった。彼は、涙が嫌いな男だった。一つには桜子の泣きを中断させたくて、卓也は行動を起こさずにはいられなかったのである。

その気配を感じて、桜子が顔を上げた。嗚咽は、一瞬にして止まった。驚きに、息を呑んだのだった。桜子は反射的に、腰を浮かせていた。

「しばらく……」

咄嗟《とっさ》に卓也は、そう声を掛けていた。桜子が悲鳴を上げるのを、予防するためであった。桜子は全身を硬直させたまま、黙りこんでいた。

逆光を浴びた卓也の顔が、判別しにくかったのだ。それに思いも寄らなかった闖入者《ちんにゅう》の存在に、桜子の判断力は混乱しきっていたのである。

「波多野だ」

卓也は意識的に、乱暴な言い方をした。

「卓也さん……」

桜子が絞り出した声で、囁《ささや》くようにそう言った。卓也を見据えた桜子の目は、まだ半信半疑であった。

「そうだ」

卓也はポケットから、両手を抜きとろうとしなかった。その彼のシルエットが、寒そうであった。

「卓也さんなのね」

そう念を押してから、桜子はきちんとすわり直した。

「彼は……?」

卓也は目で、二階を示した。

「修ちゃん……?」

桜子は逆に、目を伏せたようだった。

「うん」

「寝ています」

「完全に、眠っているんだな」

「ええ」

「ここで喋っていても、聞こえるという心配はないね」

「大丈夫ですわ。でも、どうして修ちゃんのことを、気にしたりなさるの？」

桜子は弱々しい目つきで、卓也を見上げた。顔に、不安の色があった。卓也は、返事をしなかった。

「卓也さん、いついらしたんですか」

桜子は急に落ちつきを失ったように、浴衣の衿《えり》を合わせたりした。浴衣には、帯を締めていなかった。腰ヒモだけであった。

「一時間ほど前になるかな」

卓也は答えた。

「だったら、声を掛けてくださればよかったのに……」

桜子は探るような目で言って、無理に笑って見せた。

「声を掛けたさ」

卓也は、冷ややかに言った。

「え……？」

桜子の顔から、笑いが消えた。

「返事はなかったし、その代わりにあんたの悲鳴みたいな声が聞こえた。それで、おれは二階へ上がっていったよ」

「二階へ……！」

「そして、おれは見た」

「何を、何を見たんですか！」

「決まっているだろう。おれがいくら声を掛けても、返事をするどころではないという修二君とあんたの姿をさ」

卓也は、表情を動かさなかった。だが、その残酷な彼の言葉は、桜子の胸を容赦なく突き刺したようだった。愕然《がくぜん》となった桜子は、卓也に背を向けるようにして上体をガックリと傾けた。

驚愕《きょうがく》と絶望感が、桜子に泣くことを忘れさせていた。

2

すでに三年間も、続いていることだという。初めて姉弟がそうなった夜は、台風による風雨が荒れ狂っていた。桜子に言わせると、姉と弟が神を冒瀆《ぼうとく》するような契《ちぎ》りを結ぶのにふさわしい晩であった。

修二は夏風邪《かぜ》をこじらせて、四十度の高熱を発していた。汗をかきながら修二は、蒲団《ふとん》の中で寒い寒いと訴えている。歯がカチカチと、鳴りっ放しであった。

十八歳の弟は例によって、しきりと姉に甘えていた。寒さを何とかしてくれ、一緒に寝てくれ、抱いて温めてくれと、幼児が母親に対するように注文をつけるのだった。

二十五歳だった姉のほうも、弟に甘えられることには馴れっこになっていた。それを当然のことのように、思っていたのだった。ただ単に仲のいい姉弟、という間柄ではなかった。

半生のほとんどを、二人きりで過ごしてきた男と女であった。姉弟、母子、親友、そして恋人同士にもあるような、奇妙に親密な関係にあったのである。

桜子は軽い気持ちで一つ夜具の中へはいり、修二を抱きかかえてやったのだった。修二は桜子の胸に顔を押しつけると、やがて安心しきったように眠りに落ちたのであった。

桜子も昼間の疲れから、いつの間にか熟睡していた。その桜子が眠りの底から浮上したのは、生まれて初めて恥ずかしい夢を見たことに原因があったのだ。

特定の恋人はいなかったし、桜子には相手が誰であるかわからなかった。だが、とにかく男に抱かれている夢を、見ていたのである。その男は桜子の胸のふくらみにしきりと愛撫を加えていた。

そうしながら男は、桜子の腰や太腿《ふともも》へ手を伸ばしていた。パンティを、剝《は》ぎとろうとしているのだ。間もなく露《あらわ》になった彼女の股間に、男が手をあてがったようであった。

桜子は夢の中で、興奮していた。微妙な感覚が、身体の芯《しん》を熱くさせている。恥ずかしくはあったが、夢を見ているのだとわかっていたので、慌《あわ》てるようなことはなかった。

こんな夢を楽しんでいる自分が、不潔な女に思えていやらしかった。しかし、一方では目を覚まさずに、夢をもっと見続けていたいという願望が働いていた。

そのうちに、感覚がかなりはっきりしたものになった。自分の潤《うるお》いが豊かになった部分に、男の指が挿入されるのを感じとった。夢ではないと気づいて、桜子は一瞬にして目を覚ましたのである。

あとになってわかったことだが、そのときはすでに夜明けだったのだ。熱が下がった修二は、壮健な若者の肉体を取り戻していたのであった。

風はまだ吹き荒れていたし、雨の音が激しく屋根や窓を叩いていた。しかし、桜子の意識には、そうした自然現象などがはいりこむ隙《すき》もなかった。

桜子の胸に顔を押しつけて、一方の隆起の蕾を吸っているのは修二だったのである。さらに、修二の右手が桜子の股間を、忙《せわ》しくまさぐっているのであった。

桜子は、慄然《りつぜん》となった。無我夢中で、修二の身体を押しのけようとした。だが、桜子が目覚めたことを知ると、修二は逆に積極的になったのである。

「修ちゃん……！」

桜子はそう叫んで、弟の頬《ほお》に激しい平手打ちを喰らわせた。

「姉さん、おれは姉さんが好きだ！」

修二は、怯《ひる》まなかった。何かに取り憑《つ》かれたように、必死の面持ちであった。修二は起きあがろうとする桜子を押し倒すと、のしかかるようにして被いかぶさった。

「何てことをするの！」

「おれは、好きなんだ。姉さんを、ほかの男なんかにやりたくない！」

「わたしたちは、姉弟なのよ！」

「姉弟だって、男と女だ。姉弟だからこそ、普通の男と女より深く愛しあえるし、仲よくできるんじゃないか！」

「修ちゃん、気でも狂ったの！」

「正気だ！　おれは、姉さんが好きなんだ。この世でおれが愛せる女は、姉さんひとりしかいない！」

修二の声は、上《うわ》ずっていた。呼吸が、乱れている。

「やめて！　修ちゃん……」

のけぞってそう叫んだとき、桜子は唇を捉《とら》えられていた。誰に教えられたのか、修二は一人前に接吻《せっぷん》の技巧を知っていた。修二は桜子の唇を割って、舌を絡《から》ませてきたのだった。

桜子は、目を閉じた。頭の中が混乱し、全身の血が熱くなっていた。相手が修二ではなく、単なる男であるように錯覚しそうであった。いや、修二が愛する男のように、思えてくるのだった。

桜子は、処女ではなかった。二十二のときから一年間、深い関係を続けて別れた青年がいた。その青年と修二が、混同してしまったようである。

修二の熱くいきり立ったものが、桜子の潤った部分を一気に貫いた。同時に、桜子は抵抗をやめた。好色な自分を罵倒《ばとう》しながら、桜子は激しく喘ぎはじめていたのだった。

この嵐の夜を境に、姉と弟は男と女になったのである。修二には近親相姦という意識も、ないようであった。彼はひたむきに、桜子の身体を求め続けたのだ。

桜子には、反省と後悔があった。修二との関係をしみじみ考えてみると、そこには自己嫌悪と罪悪感と恐怖と、やりきれないような空《むな》しさがあるだけだった。

そのくせ桜子には、修二に対する強い執着心があった。修二は自分のものだという独占欲が働き、彼が外泊したりすると気が揉《も》めて仕方がなかった。

それに、嫉妬することもあった、修二が若い娘と親しげに振舞っているときなど、横目でさりげなく眺めやりながら、桜子は平静を装うのに苦労しなければならなかった。

修二とそうなってから一年後に、桜子は肉体の歓喜の極《きわ》みを知った。おぞましいことではあったが、桜子の身体は修二によって一人前の女に熟したのである。

しかし、そうなってから桜子は、このままではいけないと思いはじめたのであった。桜子は修二に、恋人ができることを期待するようになった。それよりほかに、姉弟の男女関係に終止符を打つ方法が見出せなかったからである。

さらに一年が過ぎたが、修二にはガール・フレンド以上の女はできなかった。結婚は不可能でも夫婦として一生を桜子とともに過ごすなどと、修二が言いだす始末であった。

そしてこの一年、桜子は苦悩し続けたのである。桜子は、修二を恐れるようになった。彼の要求を必ず拒んだし、力ずくで来れば激しく抵抗した。

しかし、その度《たび》に桜子の意志は、中途半端な挫折を見ることになるのだった。気持ちがいくら逆らっても、身体が妥協してしまうのであった。

哀願する修二を最後まで、斥《しりぞ》けとおすこともむずかしかった。彼が怒れば、桜子のほうから機嫌を取ることになる。修二の若い肉体がはいってきてしまったら、桜子はもう自分が自分ではなくなるのだった。

桜子は狂乱し、快楽に酔い痴《し》れる。そのあと桜子はひとりになって、冷めた気持ちから自分を責めたてる。後悔に泣く。その繰りかえしなのであった。

「母が亡くなり、父が殺されてからの十四年間を姉弟二人だけで過ごしてきました。それが、わたしと修ちゃんを、狂わせる原因になったんだと思います」

桜子は、浴衣の袖で涙を拭いた。泣き腫《は》らした顔からは、正気が失せていた。二階では、物音一つしなかった。快《こころよ》い疲労のあとで、修二は熟睡しているにちがいない。

「何と言っていいのか、わからない」

卓也が溜息《ためいき》とともに、投げやりに言葉をこぼした。

「このままだと、わたしと修ちゃんと無理心中でもするほかはないって、そんな気持ちになりそうなんです」

桜子は放心したような目で、闇の一点を凝視していた。

たしかに、楽しい話ではなかった。ドロドロとした陰湿なものが感じられるし、悲劇にはちがいないのだ。だが、その悲劇的な話を聞いて、ケラケラと笑った者がいたのである。

金儲《もう》けの話

1

波多野卓也が西川ミキにその話を聞かせたのは、数日後の日曜日の朝のことであった。西川ミキには、無関係な話である。彼女に聞かせなければならない、ということではなかった。波多野卓也にもその直前まで、話を持ち出すつもりはなかったのだった。

日曜日だというのに、西川ミキは珍しく早起きをした。そのうえ、不意に掃除を始めたのであった。一種の気まぐれである。ミキはもともと、気まぐれな女だった。

とくに生理日が近づくと、衝動的な行動が多くなる。卓也はそのことを知っていたので、ミキの唐突な行為には驚かされなかった。卓也はソファにすわって、新聞に興味のない目を走らせていた。

その周囲をミキは、掃除機を使いながら一巡した。一心不乱に打ちこんでいる、という横顔であった。働き者の娘という感じで、いつものミキとは別人のように見える。

新聞から何気なく、そうしたミキの姿へ目を転じた瞬間に、卓也はその話を聞かせる気になったのである。理由はない。それもまた、気まぐれな思いつきだったのだ。

「近親相姦……」

卓也はミキを振り返って、そう言った。

「え……?」

ミキは掃除機のスイッチを切ると、反《そ》り返るようにして曲げていた腰を伸ばした。

「近親相姦の実例を知っているか」

卓也は低いテーブルの上に、新聞を投げ出した。

「実例なんて、知らないわね」

ミキは手の甲を、額《ひたい》に押し当てた。汗はかいていないが、顔が上気していた。

「おれは、近親相姦の現場を見たよ」

と、卓也は岸部姉弟の話を、そこで切り出したのであった。前後の事情は省略し、姉弟の生い立ちや境遇についての説明もしなかった。話は簡単だった。

それをミキは、突っ立ったままで聞いていた。掃除機の筒先を、いじくりまわしている。男の身体に愛撫をほどこすように、妙に煽情的な手つきであった。

そのミキが、急に声を立てて笑いだしたのである。けたたましい笑い方だった。卓也は表情のない顔で、ミキを見上げた。何がおかしいのだろうかと、卓也は尋ねたかったのであった。

笑うことは、一向に構わない。だが、あまり笑えるような話ではないのだ。他人事《ひとごと》だろうと、悲劇にはちがいない。笑い飛ばすことのほうが、滑稽《こっけい》に思えるような陰湿きわまりない話なのであった。

「いいじゃあないの。所詮《しょせん》は、錯覚なんだから……」

笑いを止めたミキが、そう言って肩をすくめた。

「錯覚……？」

卓也は、テーブルの上に両足を置いた。

「男女関係はすべて、錯覚の上に成り立っているようなものよ。愛している、自分たちは近親関係にないって、当人が思いこんでいるのにすぎないんだからね。父と娘、母と息子、兄と妹、叔父と姪の関係にはないなんて保証がどこにあるのよ」

「まあね」

「若いときに関係した女が産んだ自分の子どもだって知らなければ、父親と娘が平気でセックスするってことにもなるでしょ。それに人類の存在は、近親相姦の結果じゃないの。気にしない、気にしない」

ミキはそれだけ言うと、再び掃除機にスイッチを入れた。ミキらしい理屈であり、割り切り方であった。卓也にも、彼女が笑いだした理由が呑みこめた。

たしかに、考えようでどうにでもなることだった。姉弟だと意識しなければ、桜子と修二の場合も決定的な破局には至らない。愛しあう男と女だと思いこむことによって、救われようはいくらでもある。

ただ問題は、そのように割り切れるかどうかということだけであった。修二のほうは、すでに割り切っている。桜子さえみずからを苦悩から解放できれば、悲劇の舞台に幕が降りるのであった。

父と娘であることに気が付かなければ、愛しあう男女でいられる。逆にまったくの赤の他人なのに、兄と妹であると決めこんで苦悩している男女もいるのではないか。

そう思ったとき、卓也は一つの可能性を念頭に置いていた。桜子と修二が実は姉弟ではない、という可能性であった。絶対にあり得ないことだと、否定すべき想定ではない。

卓也は、自分の着眼に興味を覚えていた。退屈凌《しの》ぎにはなることだった。彼は掃除機の騒音の中で、漠然とした思索を始めていた。

まず、容貌である。桜子と修二は、似ているだろうか。いや、二人の面影《おもかげ》に共通するものは、まったくないと言えそうだった。

黙っているかぎり、姉弟とは見られない。顔立ち、目つき、表情の動き、笑い方、ホクロの位置と、すべてが違っている。

もし二人が同性であれば、兄弟あるいは姉妹だということを疑われるだろう。姉弟、つまり女と男の違いということを考えに入れるから、誰もが似ている似ていないにはこだわらないのである。

卓也が次に思いついたのは、修二という名前に対する疑問であった。修二の父親の名前は、岸部隆行だった。隆行と修二では、類似するところがまるでない。

もっとも、父親と息子の名前が似ているとは限らない。父親の名前の一字を採《と》って、息子の名前を作るというのは、むしろ少ないほうの例だろう。

だが、ほかにも気に入らない点があった。修二の『二』である。『次』とか『二』とかを名前に含めるのは、次男の場合というのが常識と言える。

修二は、長男であった。修二より、修一のほうがふさわしかった。姉弟の母親の名前は、雪子《ゆきこ》だったと記憶している。母親が雪子で、娘には桜子と名付けているのである。

雪と花であり、関連性がまるでないということにはならない。ところが息子に対しては、長男であるのに修二と名付けたりして、親の重大な関心というものが感じられないのだった。

多少は苦しい解釈だが、修二について岸部隆行と雪子の間にできた子どもではない、という見方はできないものだろうか。卓也は胸のうちで苦笑しながら、そのように自分に問いかけたのであった。

姉弟がまったく似ていないこと、修二という名前への疑問、その二点に微《かす》かな光明を見出せそうな気がする。卓也としては珍しく、そんなふうに一つのことに執着を覚えていたのだった。

余計なお世話かもしれない。退屈凌《しの》ぎの好奇心には、ちがいなかった。だが、何となく卓也は、自分の思いつきを大切にしたかったのである。未来に関心を持てない彼にとって、過去へ目を向けることは、意外に興味深いものと言えそうだった。

年の差から計算すると、修二は父親の岸部隆行が四十二歳のときに生まれたことになる。母親の雪子は、三十六歳であった。両親ともに、子どもを作るにはやや遅い年齢だったわけである。

母親の雪子は四十で病死したと聞いている。修二を産んで四年後、夫の岸部隆行が殺される三年前のことであった。死因となった病名については、知らされていない。

まず確かめなければならないのは、岸部雪子がどこで修二を産んだかということであった。その点が明らかになれば、岸部雪子の妊娠と分娩という事実もはっきりするはずである。

妊娠とか分娩について曖昧《あいまい》なようであれば、当然そこに修二は戸籍の上だけの実子という判断が生まれるのだった。卓也は、桜子に連絡を取ることを思いついた。

二十一年前の過去を探る糸口は、桜子だけが握っているのであった。あるいは桜子の記憶にも、残っていない過去かもしれなかった。だが、それは探ってみなければ、わからないことだった。

卓也らしくなく他人事に関心を寄せたのは、やはり彼自身の過去に同じような置きみやげがあるせいだろうか。卓也はそのことを、悲劇的には考えていない。むしろ出生の秘密という世間に知られていない個人の過去に、卓也は神秘のベールを剝《は》ぐような興味を覚えるのであった。

2

卓也は、電話機を膝の上に置いた。あたりは、静かになっていた。ミキは、寝室にいる。掃除機を投げ出して、ミキはベッドの上に引っくり返っているのだった。

電話を掛ける卓也に遠慮して、音を立てまいとしているわけではない。掃除機をかけるのに、飽きたか疲れたかしたのである。仕事を中断して寝転《ねころ》がったりするのも、ミキの気まぐれから来る一種の癖だった。

コールが、続いている。サクラ美容室は、定休日なのかもしれない。盛り場にある有名美容室であればともかく、住宅街の小さな店では日曜日の客というのをあまり期待できない。

サクラ美容室の定休日が日曜日だというのは、十分にあり得ることだった。まだ朝のうちだし、桜子は夜具の中にいるのではないか。そう思って電話を切ろうとしたとき、引きちぎるようにコールが途絶《とだ》えた。

「もしもし……」

眠そうな声が、無愛想に応じた。桜子ではなかった。男の声である。

「修二君……?」

卓也は、そう念を押した。

「どちらさまですか」

若い男の声に、張りが生じたようだった。寝起きの頭の混濁が、やや薄れたのにちがいない。

「波多野だけど……」

卓也は、抑揚のない声で言った。

「卓也さんですか。どうも、しばらくです。すっかりご無沙汰して……」

妙に感激したような声で、修二は言葉を重ねた。数日前に卓也が訪れたことも、修二は知らないのである。桜子が修二に、卓也の訪問を喋ってはいないのだ。

「姉さんは……?」

相手の挨拶《あいさつ》を無視して、卓也はそう確かめた。

「ちょっと、出かけているんです」

「店は定休日なんだね」

「いや、定休日というわけではないんですけど、つまり臨時休業ですね」

「臨時休業というと、何か面倒なことでもあったの？」

「何もありません。近ごろは、臨時休業が多いんですよ。もともと繁盛している店ではないし、何かというとすぐ休んでしまうようになったんです」

「姉さんは仕事への意欲を、失っているんじゃないか？」

「やる気を失《な》くしていることは確かだし、何をするにも中途半端な気持ちでいるみたいですね」

「そう」

「昨日もそのことで姉と話しあったんですけど、ぼくは美容院をやめるようにすすめているんですよ」

「しかし、それじゃあ生活の手段を、失うことになるだろう」

「その点は、大丈夫なんです」

「どうしてだ」

「実は、大金が転がりこむ可能性が、目の前にぶら下がっているんですよ」

「大金が転がりこむ……？」

「ええ。一生遊んで食べていけるような大金と、言えないこともありません」

「金儲《もう》けの話か」

「儲けるわけじゃないんですけど、まあ金儲けの話ですね」

「姉さんも、その金儲けの話は知っているんだろう」

「もちろんです」

「それで、姉さんはどう言っているんだ」

「ぼくの考えに、猛反対していますよ」

「そうだろうな」

「絶対に確かな話なんだし、二の足を踏むことはないんですがね」

修二は、得意そうに言った。彼はすっかり、その金儲けの話というのに乗り気になっているのだろう。桜子の反対も制止も、修二には通用しないという感じであった。

一生遊んで食べていけるほどの大金が転がりこむといった話を、信ずるほうがどうかしているのである。しかも修二は、その話が絶対に確かだと自信を持っているのだ。

世間知らずで甘えん坊の学生が、話だけで夢中になっている。それだけのことを根拠に、美容院を廃業しろと迫られる桜子のほうが、やりきれない気持ちでいるはずだった。

桜子は、苦悩している。弟との特殊な関係を苦にして、精神的に追いつめられているのだ。そのために仕事への意欲も失い、サクラ美容室は臨時休業を繰りかえしている。

ところが、修二はそのことに気づいてもいない。彼の声は明るくて、苦悩のかけらすら感じられなかった。だが、卓也には修二を甘いのにもほどがある、いい気なものだと非難するつもりはなかった。そんなことは、どうでもよかったのだ。

「ところで、修二君は、どこで生まれたかを知っているか」

卓也は事務的な口調で、新たな質問を投げかけた。

「え……?」

一瞬、修二は戸惑《とまど》ったようだった。卓也の質問が、唐突にすぎたのである。

「つまり出生地さ」

「本籍地は、東京の高輪ですよ」

「そこで、生まれたのかい」

「違うみたいですね。生まれたところは沼津《ぬまづ》市の病院だって聞いたことがあります」

「すると、君のおふくろさんは沼津市の病院で、お産をしたってわけかい」

「そういうことになりますね」

「どうして、東京でお産をしなかったんだろう」

「そのころ、おふくろは病気がちで、沼津へ転地していたんだそうですよ。多分、そのせいでしょう」

「病気がちって、どこが悪かったんだい」

「さあ、よくは知りません」

「当然、沼津で転地療養をしているおふくろさんには、誰かが付き添っていたはずだけど

……?」

「いまで言うお手伝いさんが、一緒にいたらしいですね」

「その人の名前は、わからないかい」

「知りませんよ、そんなこと……。でも、いずれにしても故人なんですからね」

「故人……?」

「ぼくが生まれて間もなく、その女中さんは事故で死んだということですよ」

「そのころ、おやじさんや桜子さんは、東京にいたんだろう」

「高輪の家に、いたんでしょうね」

「その高輪の家にも何人か、使用人がいたはずだ」

「ええ」

「そうした使用人の中で、いまも生きていて居所がわかるって者はいないかい」

「姉が偶然、見かけたという者がひとりだけいますよ」

「それは、いつのことだい」

「先月の末だったんじゃないかな。ずいぶん長い間、おやじの鞄《かばん》持ちをやっていた男だって、姉が言っていましたけどね。黒柳《くろやなぎ》とかいう男で、年は四十五、六になるんじゃやな

いですか。新宿《しんじゅく》の喫茶店へはいったら、バーテンがその男だったそうですよ」

「何という喫茶店?」

「さあ……。姉に訊《き》けば、憶《おぼ》えているかもしれないけど……」

「その喫茶店のマッチか何か、残っていないかな」

「マッチか。待ってください、姉にはマッチをしまっておく癖がありますからね。でも、卓也さんは何のためにそんなことを調べるんですか」

「おれの道楽さ」

「つまらない道楽ですね」

「そうかな」

「金儲けのほうが、はるかに楽しいですよ。少なくとも来週中には、一億からの金を握ってみせますからね。じゃあ、ちょっと待ってください。マッチを、捜してきますから……」

そこで、修二の声は消えた。代わりにコトリと、受話器を置いた音が卓也の耳を刺激した。来週中には一億円からの金を手に入れると、修二は大きなことを言っている。

しかし、それは酔った上での放言でもなく、熱に浮かされての譫言《うわごと》でもないのである。修二は、本気なのだ。億という金を握るのは、容易なことではない。正当な手段で、修二にできることではなかった。いったい彼は、何を企《たくら》んでいるのだろうか。

無理心中

1

　卓也が腰を上げたのは、三日ほど経《た》ってからであった。

　それほど悠長に構えていられるのなら、何も岸部修二にマッチなど捜させる必要はなかったのである。桜子が帰るのを待ち、あらためて電話を掛けて、喫茶店の名前を訊《き》き出したほうがはるかに簡単だった。

　そのときの卓也は、喫茶店の名前がわかりしだい、すぐそこへ出かけていく気でいたのである。だから修二にマッチを捜させたのだ。桜子には行った先から持ち帰ったマッチを、保管しておく癖があるという。

　果たしてそれらしいマッチがあるのを、修二が見つけたのであった。新宿三光町《さんこうちょう》の『バロン』という喫茶店のマッチで、修二はこれに間違いないと言った。

そうとわかったのだから、その日のうちにでも『バロン』へ出向いていけばよかったのである。ところが、卓也はそうしなかった。理由はあった。しかし、考えてみると、じつにばかばかしい理由だったのだ。

「まあ、珍しい。あなたが一つことに、熱中するなんてさ」

西川ミキにそう冷やかされて、卓也は次の行動に移ることを躊躇《ちゅうちょ》したのであった。

「でも、いいことだわ。くだらないことにでも、生甲斐《いきがい》を感じられればね」

ミキはそう言って、ゲラゲラと笑ったのである。別に彼女のその言葉に、反発したわけではなかった。何となく、気勢を殺《そ》がれたのであった。それに照れ臭くもなったのだった。

そのために卓也は三日間、動こうとしなかったのである。無意味な延期であった。こうしたばかげたことが、往々にして人間の運命を狂わせる。この場合も、あとになって悔いを残すことになるのだった。

とにかく三日経ってから、卓也は腰を上げたのであった。夕方の五時に、南青山のマンションを出て、新宿へ向かった。伊勢丹《いせたん》の横の明治《めいじ》通りを抜けて、交差点を渡ると三光町だった。

脇道へはいると、男女を迎え入れる建物が多いところである。ホテルと呼ぶには、ふさわしくない。外見にかぎり、連込み旅館というのがぴったりであった。暗くなるとすぐに、『旅荘』とかいったネオンが点《つ》く。

表通りの右側に、カニ料理店のビルがある。そのビルの一階に、『バロン』はあった。カウンターを主とした喫茶店で、若者のグループ向きの店だった。

卓也は肩で、喫茶店のドアを押し開いた。両手はポケットに、入れたままである。バーテンが二人いて、ウェイトレスはひとりだけであった。この時間は閑《ひま》なのか、客の姿は見当たらなかった。

「いらっしゃいませ」

若いほうのバーテンが、カウンターの端に席を取った卓也に声を掛けてきた。まるで、気がないという顔つきだった。ジーンズの若者を、客として見馴れているせいかもしれなかった。

注文しないうちから、卓也の前にホット・コーヒーが置かれた。卓也は上目遣《うわめづか》いに、カウンターの中を見やった。二十代の若いバーテンには、用がなかった。

もう一方のバーテンは、四十年輩である。なかなか、品のいい顔をしている。多分、黒柳とかいう男だろう。そう思った瞬間に、そのバーテンと目が合った。卓也は右手の人さし指を立てて、三度ほど内側に曲げてみせた。

「はい」

バーテンは返事をしたが、顔は仏頂面《ぶっちょうづら》であった。若い客に指一本で呼ばれたことが、面白くなかったのかもしれない。バーテンはゆっくり近づいてきて、卓也の前に立った。卓也はカウンターに重ねて置いた手の上に、顎《あご》を乗せていた。

「何か……？」

バーテンが言った。

「あんた、黒柳さん？」

卓也は、カップから立ちのぼる湯気を、見守っていた。バーテンは、黙っていた。それは黒柳だと、認めたことになる。

「そうなんだね」

卓也はバーテンに、視線を転じた。

「お客さんは……？」

バーテンの顔には、笑いがなかった。

「あんたに、訊きたいことがあるんだ」

「刑事さんじゃないでしょうね」

「昔のことだ」

「刑事にしては、若すぎるものね」

「答えてもらいたい」

「探偵社に調べられるってことも、ないだろうし……」

「二十一年前のことなんだ」

「いま、忙しいんですよ」

と、バーテンは卓也の前を離れようとした。間髪を入れずに、卓也はバーテンの腕を摑んでいた。同時に、卓也は立ちあがった。長身の彼が、バーテンを見おろす恰好《かっこう》になった。

卓也は、バーテンの顔を見つめた。バーテンの目が、落ちつきを失っていた。完全に、圧倒されたのである。卓也は席に、腰を戻した。バーテンは、卓也の前を動かずにいた。

「岸部修二のことを、訊きたいんだ」

卓也は乱暴に、コーヒーの中へ砂糖を投げこんだ。

「岸部……?」

バーテンは、眉をひそめた。思い当たることがある証拠だった。

「あんたは、岸部隆行の鞄《かばん》持ちだった」

卓也は、コーヒーに口を付けた。

「鞄持ちは、ないでしょう。秘書ってところでしたよ」

バーテンはようやく黒柳であることを肯定したのであった。

「岸部修二は、岸部隆行の息子さ」

「知ってます」

「修二が生まれたころ、あんたはまだ岸部隆行の鞄持ちだった」

「秘書ですよ」

「記憶しているだろう。そのころのことだったら……」

「まあね」

「だったら、聞かせてくれないか」

「その前に、お客さんが誰なのか、教えてくれませんか」

「岸部姉弟の知合いだよ」

「姉さんのほうは、桜子さんでしたね」

「悪くない記憶力だ」

「しかし、それだったら岸部姉弟から直接、話を聞いたらいいじゃないですか」

「岸部姉弟は、知っちゃあいない」

「どうしてです」

「あんた、自分が赤ん坊のときのことを、何でも知っているかい」

「ああ、そういう意味ですか。どうして今ごろになって、そんなことを調べなくちゃならないんですかね」

「調べる必要があるからさ」

「だから、どうして調べる必要があるんです」

「あんたには、関係がないことだ」

「しかし、どうも釈然としないなあ。お客さんには、それが儲け仕事なんですか」

「どう解釈しようと、あんたの勝手だよ」

卓也は、ポケットの中を探った。そこにはミキからせしめてきた一万円札が、一枚だけはいっている。卓也はそれを、ポケットの中で小さく折ってから取り出して、バーテンの手に握らせた。

「何を話したら、いいんです」

黒柳は、急に真面目《まじめ》な顔つきになった。一万円札を受け取ったことが照れ臭かったのか、彼はむしろ厳しい表情で話しぶりも真剣になっていた。上品な顔に似合わず、現金な男である。もっとも一万円で動かされるくらいだから、悪い人間ではなさそうだった。

「ずばり訊くけど、修二は岸部夫妻の実の子どもだと思うかい」

卓也は言った。

「やっぱり、そのことだったんですか」

黒柳は目を伏せると、小さく苦笑を浮かべた。卓也は黒柳の口許を見守った。

「いや、別にこれという証拠があって、疑ったわけじゃないんです。あくまで想像、噂《うわさ》だったんですがね。あのころ、東京の高輪の岸部家には、使われている者が五人ほどいたんですよ。でも、その五人が顔を合わせると、話題はいつも一つでしたね。今度の奥さんのおめでたについては、どうにも頷《うなず》けないって……」

黒柳はよき時代を懐《なつ》かしむように、笑いを含めて回想する目つきになった。

2

二十一年前の東京・高輪の岸部邸に住んでいたのは、岸部隆行と娘の桜子、それに五人の使用人であった。五人の使用人というのは黒柳のほかに女中が二人と、桜子の母親代わりとしていっさいの面倒を見ていた家政婦であった。

もうひとりは、用心が悪いからと雇われていた屈強な若者だった。この男はあらゆる雑用から、庭の掃除まで引き受けていた。

岸部隆行の妻の雪子は、その一年前から静岡県沼津市の病院にいた。肺結核にかかり、転地療養をしていたのである。雪子の付添いとして、多加子《たかこ》という若い女中が東京の家から沼津へ移っていた。

そして、雪子が出産するということになったのだ。出産は無事に済んで、男の子が生まれた。だが、修二が生まれた五日後、付添いの女中の多加子が急性肺炎で死亡したのであった。

黒柳たち使用人が聞かされた事実というのは、それだけのことだった。しかし、そのうちに誰からともなく、今度の奥さんの出産については不審な点が多すぎるという話題が、持ち出されるようになった。

もちろん岸部隆行や桜子の耳には、入れられないことであった。その話は使用人の間だけで、取り沙汰《ざた》されたのである。そこは使用人同士の気安さで、五人が顔を揃《そろ》えると、もうその話題で持ちきりだった。

五人が出しあった不審な点というのは、すべて一致していた。まず第一に、転地療養中の結核患者が出産を許されるだろうかということだった。第二に夫婦がいつどこで、妊娠の原因になる性交渉を持ったかである。

岸部隆行は週に一度、桜子を連れて沼津の病院へ見舞いに行く。だが、泊まるということをしなかった。必ず日帰りである。そうなると、夫婦が二人きりになる機会もないのであった。

昼間だから、雪子は病室にいる。しかも、桜子や多加子が一緒なのだ。かりに多加子が気を利かせて桜子を連れ出したとしても、病室で性行為に励むことはむずかしい。せいぜい、キスどまりである。

第三に、岸部隆行に妻の妊娠を喜ぶ様子が、見られなかったことだった。出産後も同様で、長男を得たというのに、父親の態度はとくに変わらなかった。

第四に、雪子が妊娠六ヵ月となったころから、岸部隆行が桜子を連れずに沼津へ行くようになったことである。それは雪子の身体に妊婦らしい兆候が見られないこと、あるいは別の女の腹が膨脹していることを、桜子に気づかれるのを恐れたためではないか。

第五に、多加子がそのころから一度も、東京の家へ帰ってこようとはしなかったということだった。つまり別の女とは多加子のことであり、彼女は一目で妊婦とわかる身体になっていたのではなかったか。

第六に、修二が生まれて五日後に、多加子が死亡したことである。急性肺炎で死んだというが、そのことを確かめたわけではなかった。実は出産したのは多加子であり、産後の経過が悪くて彼女は死亡したのではなかったのか。

「しかし、三ヵ月ほどして奥さんは退院、赤ん坊を抱いて東京の家へ帰ってきたんです。そうなればもう不審な点を詮索しても仕方がないし、いつの間にかその話は沙汰やみになりましたがね」

黒柳は説明を終えると、そこでコップの水をうまそうに飲んだ。卓也は、無表情であった。瓢簞《ひょうたん》から駒というが、卓也の思いつきが事実として裏付けられるような形勢となった。だが、卓也にとっては別に、喜ぶべきことでも何でもないのである。

「その多加子という女中を、奥さんはとても可愛がっていましたしね。いざというときに奥さんが、多加子の力になってやったとしても、おかしくはなかったんですよ」

と、黒柳はライターの火を点じた。卓也がタバコを、取り出したからである。

「父親は、誰だったんだろう」

卓也が、タバコをくわえたままで、呟《つぶや》くように言った。

「それが、多加子には恋人がいたらしいんですよ。だいぶあとになって、人から聞いた話なんですがね」

黒柳が、身を乗り出すようにした。そのとき、遠くから二種類のサイレンが近づいてきた。パトカーと、救急車にちがいなかった。サイレンの音が大きくなって、パトカーと救急車がすぐ前を通過した。

そのまま遠ざかるだろうと思っていたサイレンの音は、通過して間もなく消えてしまった。新たに聞こえるサイレンは、次々に急行してくるパトカーのものだった。

そのサイレンも、前を通過したとたんに止むのである。救急車が一台、それに三台のパトカーが、このすぐ近くに集まってきたということになるらしい。

「ねえ、このビルのすぐ裏よ。〝源氏《げんじ》〟という連込み旅館で、何かあったみたいだわ。ちょっと、見てくるからね」

若いウェイトレスがそう言うと、店の外へ飛び出していった。

「多加子が友だちに出した手紙に、それらしいことが書いてあったんだそうです」

黒柳は、話を続けた。

「相手は沼津の病院の、入院患者だったらしいんです。病院で知りあってすぐ深い仲になったというんですから、たいした病人じゃなかったんでしょうね。ところが退院したあと行方《ゆくえ》知れずで、その男と連絡の取りようがなかったんですよ。つまり、多加子は、捨てられたわけです」

「そうなってから、妊娠していることに気づいたか」

卓也はタバコを、灰皿の中に投げこんだ。

「多加子はそのことを、奥さんに知られたくなかった。それで、ひとり悩んでいた。そうしているうちに、中絶の時期を逸《いっ》しちゃったんじゃないですか」

黒柳は、カウンターの上の灰皿を、引っこめた。習慣的に、綺麗な灰皿と交換したのだった。

「思いあまって多加子は奥さんに打ち明けた。奥さんは悪いようにはしないと、あとのことを引き受けた。奥さんは、もうひとりぐらい、子どもが欲しかった。ところが、病身で産めそうにない。そこで、奥さんはご主人に相談を持ちかけた。多加子が産む赤ん坊を、自分たちの子どもとして入籍しよう。そうすれば多加子のほうも、父親のいない子を産まなくて済むし、助かるだろう。奥さんはそのように頼みこみ、ご主人もそれを承知した。まあ、こんな筋書なら、納得できるわけですがね。しかし、いまとなっちゃあ、どうでもいいことじゃないですか」

黒柳はひとりで喋っていた。調子に乗ると、舌の回りが滑らかになるのかもしれない。

だが、卓也のほうはもう、聞き流すだけであった。何も厳正なる事実や、確固たる証拠を必要とはしていないのだ。

可能性だけで、十分なのである。修二が実の弟とは限らないということを、桜子に示唆できればそれでよかった。それだけで、桜子は救われるはずだった。

すべてが、推定にすぎない。しかし、雪子が結核患者として沼津の病院にいたということがわかっただけでも、大変な収穫なのである。結核患者が出産を許されたかどうかと、そのことだけでもかなりの説得力があるのだった。

「どうも、お邪魔さま」

と、卓也は立ち上がった。ドアが荒々しく開かれて、ウェイトレスが駆けこんできた。興奮しているらしく、顔が上気していた。

「大変よ！　無理心中ですって……！」

ウェイトレスが、緊張しきった面持ちで言った。

「裏の連込み旅館でかい」

若いバーテンが、カウンターの中から出てきた。

「中年の男を、若い女が刺したんですってよ。女はそのあと、自分も喉《のど》を突いて……」

「死んだのかい」

「両方とも救急車に運び入れていたから、いまのところは生きているんでしょ。男も女も、全裸のままだったんだってさ。激しいわねえ。でも、恐ろしいわ」

ウェイトレスは胸をかかえこんで、不安そうに肩を震わせた。

卓也の記憶に、このままでは修二と無理心中をするほかはないという桜子の言葉が甦《よみがえ》った。そのせいか、卓也はいやな気持ちがした。救急車のサイレンが、大きく鳴り響いた。

血の海

1

『バロン』を出た足で、下北沢のサクラ美容室へ直行すべきかどうか、卓也には迷いがあった。いきなり岸部姉弟を訪れることは、何となく躊躇《ちゅうちょ》を覚えるのである。

先夜、不意に訪れたために桜子と修二の、セックスに狂う姿を覗《のぞ》き見する結果となった。卓也にしても二度と、あのような光景に接したくはないのである。そうした気持ちが、卓也を躊躇させるのであった。

時間は、六時二十分だった。これから下北沢へ行けば、七時過ぎにはサクラ美容室に着く。すでに、夜である。桜子と修二が、抱きあっているという可能性もなくはない。

まず、どこかに落ちついて電話をしてみるほうが、賢明といえそうだった。場合によっては、桜子だけを新宿まで呼び出してもいい。姉弟相姦について苦悩しているのは、桜子のほうなのである。

修二は、とくに深刻にはなっていない。姉弟であろうと愛しあっている男女なのだから、このままの状態を続けていいのだと修二は一方的な割り切り方をしているらしい。それだけ修二は、桜子に夢中になっているのだ。近親相姦に対する感覚が、麻痺《まひ》してしまっているのである。彼にとって桜子は、姉であると同時に、女でもあった。そのことに、矛盾も感じていない。

したがって、『バロン』のバーテンから訊き出した話を、修二の耳に入れる必要はないのである。ドロドロとした苦悩から解放させるために、その話は桜子だけに聞かせるべきことなのであった。

卓也は、歌舞伎町《かぶきちょう》の方向へ歩いた。新宿区役所《くやくしょ》通りへはいって間もなく、彼は右側にスナック・バーとある軒灯《けんとう》を認めた。まだ歓楽を求めて人波が寄せてくる時間にしては、早すぎるようだった。

夜景になりきっていない歓楽街には、華やかな化粧が不足していた。人通りも、やや忙《せわ》しさを増してきたという程度であった。昼間の残滓《ざんし》と、夜のオードブルがまざりあっている時間だった。

波多野卓也は、その小さなバーにはいった。一万円を黒柳という男にやってしまった。卓也のポケットには、数枚の千円札しか残っていない。店にはいるにはその辺のことも、計算しておかなければならなかった。

カウンターだけの店に、客はひとりもいない。カウンターの中に、タバコをくわえた三十女がいた。クーラーが音を立てているが、そのわりには涼しくなかった。

「水割り……」

三十女に声を掛けて、卓也は電話機へ手が届く止まり木に腰を据えた。女は黙って水割りを作り、卓也の前に置いた。彼は硬貨をカウンターの上に投げ出すと、電話機に手を伸ばした。

ダイヤルを回してから、送受器を耳に当てる。気に入らない音が、卓也の耳に伝わってきた。拒絶音である。話し中だった。彼は意味もなく、時計に目を落とした。六時四十分であった。

卓也は、水割りに口を付けた。時間をかけて、飲まなければならない。そう思いながら、一気に三分の二をあけていた。水割りが、薄すぎるのである。

「お代わりしますか」

すかさず、女が言った。卓也は、何となく頷いていた。女はさっさと、三分の一ほど残っている水割りのコップを、引っこめてしまった。新たに作られた水割りが、差し出される。幾分、色が濃くなっていた。

やはり、サクラ美容室へ行ったほうがいいと、卓也の気持ちは変わりつつあった。これから連絡して、桜子を新宿へ呼び出す。桜子が姿を現わすまでに、一時間半は経過するだろう。

それまでの時間の稼ぎようがない。いまの調子で飲んでいたら、金が足《た》りなくなる。そうかと言って、駅で桜子を待つというのもばかげている。

電話を掛けたら、話し中であった。桜子か修二のどちらかが、電話に出ていたのである。そうなると二人がベッドで絡《から》みあうまでには、まだ間《ま》があると見ていいのではないか。

二杯目の水割りをあけたところで、卓也は立ちあがった。スナックを出たのは、七時であった。彼は、新宿駅まで歩いた。小田急《おだきゅう》線に乗る。下北沢駅で下車する。駅からサクラ美容室まで、また歩くことになる。

背景に、ラブ・ホテルのネオンが見える住宅地だった。サクラ美容室の紫色の軒灯は、消されていた。オレンジ色のドアに、『本日休業』の札がかかっている。

美容院の定休日は、原則として火曜日である。今日は火曜日ではない。すると、臨時休業ということになる。桜子は、仕事への意欲を失っていた。

修二との関係を苦悩して、仕事が手につかなくなっているらしい。そのために、店を休んでばかりいる。今日もおそらく、そうした意味での臨時休業なのだろう。

卓也は、オレンジ色のドアを押してみた。ドアは、音もなく開《あ》いた。先夜の二の舞ではないかと、卓也は気が重くなっていた。だが、今夜は、クーラーが止めてあった。店の奥に一つだけ、スタンドふうの電灯が点《つ》けてあった。その電灯が、真下のコーナー・テーブルを、照らし出している。コーナー・テーブルの上で、白い電話機が鈍く光っていた。

いまから一時間半ほど前に、桜子か修二が電話を使っていた。話し中だったことが、そのことを裏付けている。電話を切ったあと、電灯を消さずに二階へ上がってしまったのにちがいない。

卓也は、二階への階段を見上げた。右側のドアが開いていて、室内の明かりがそっくり投げ出されている。そこは、桜子の部屋であった。修二のセックスに攻めたてられ、桜子が狂乱していた部屋である。

しかし、今夜は彼女の歓喜する声も、降ってはこなかった。静まり返っている。左側のドアは、固く閉じてあった。修二の部屋である。あるいは修二の部屋に、桜子もいるのかもしれない。

二人の抱きあう場所は、桜子の部屋と限られているわけではないだろう。修二が求めてくれば、桜子はその場で応じてしまうのだ。いまも修二の部屋で、二人は愛しあっているのではないか。

だが、それにしては、静かすぎる。たとえドアが閉まっていても、声や音がまったく洩れないということはない。何となく、様子がおかしかった。
耳をすましても、何も聞こえない。その静寂が、無気味なくらいだった。留守というこ
とも、考えられなかった。目で確かめるほかはないと、卓也は思った。
卓也は靴を脱ぐと、階段を上がった。右側の部屋を覗いてみたが、そこには人影が見当
たらなかった。ベッドも、乱れてはいない。整頓された女の城が、明るい蛍光灯の下に照
らし出されている。
卓也は、左側のドアに耳を近づけた。何も聞こえない。無人の部屋のようである。一
瞬、卓也は眉をひそめていた。彼の胸に、悪い予感が甦ったのだった。
新宿の喫茶店『バロン』の裏にある連込み旅館で、若い女が中年男を刺して無理心中を
図《はか》ったという事件があった。そうと聞いて卓也は、桜子の無理心中という言葉を思い浮か
べたのである。
そのときのいやな気持ちを、卓也は再び嚙みしめたのであった。まさかと思い、同時に
遅すぎたのではないかという後悔の念が、彼の胸に波紋を描いた。
卓也は咄嗟《とっさ》に、閉じられたドアへ身体をぶつけていた。内側から鍵が掛けられていた場
合は、ドアを蹴破らなければならない。と、そんな気持ちが働いていたのだった。
しかし、鍵が掛かっていなかったドアは、肩すかしを食わせるように容易に開いたので
あった。卓也は勢いあまってのめりこんだが、部屋の真ん中でなんとか踏みとどまった。

この部屋も、蛍光灯が煌々《こうこう》と光を放っていた。卓也は眼前に、真っ赤に咲き乱れる大輪の花を見出したような気がした。だが、花の香のように、いい匂いはしなかった。腹を裂いた魚の山の前に立ったように、異様な生臭《なまぐさ》さが卓也の鼻腔を突いた。ベッドの上と、その手前の畳《たたみ》が赤い水を撒《ま》いたように濡れている。壁、カーテン、ベッドの周辺に、赤い点となって鮮血が飛び散っていた。

まさに血の海であった。

2

卓也は、無表情であった。

驚きはしたが、恐怖感は覚えなかった。桜子も修二も、すでに絶命している。一目で、そうとわかった。死者に対しては、何の感情も湧かなかった。早まったことをしたと、腹を立てる気にもなれない。

ただ、のんびりしすぎていたようだと、後悔だけはしていた。だが、自分を責めるつもりは、卓也にはなかった。こうなることが所詮《しょせん》、二人の運命なのである。

桜子は、死に急ぎをした。そこまで、気持ちが追いつめられていたのだ。苦悩の果てであった。桜子は無理心中をするほかはないという予告を、そのまま実行に移したのにすぎない。

ただ、それだけのことである。

修二はブリーフだけの姿で、ベッドの上に仰臥《ぎようが》していた。左の胸に、赤い小山が盛り上がっている。弾《はじ》けた肉と、噴き出した血の凝固であった。

心臓のあたりを、一突きにされている。刺したあと、抉《えぐ》るようにしたのだろう。ほかに傷はないようだし、抵抗の跡も見られない。一突きで、即死したのにちがいない。

桜子のほうは、ピンク色のワンピースを着ていた。両脚を修二の腰に、巻きつけるようにしている。だが、上半身はベッドからずれ落ちて、頭と散った髪の毛が畳の上にあった。右腕も、畳の上に垂れていた。

ワンピースの裾がまくれて、太腿《ふともも》が露《あらわ》になっている。その白い太腿の間に修二の腰をはさんでいるのが、女の情念を物語っているようで、凄《すさ》まじくも哀れであった。

桜子は頸部の右側に多量の血の凝結を見せていた。抉ったと思われる深い裂傷で、頸動脈を切断したのだろう。それから迸《ほとばし》り出た血しぶきが、遠くまで飛び散っているのであった。

桜子の右手には、庖丁が握られていた。先端が鋭くてしだいに幅が広くなる形の、一般に出刃《でば》と呼ばれている庖丁である。どこにでもある庖丁だが、新品のようであった。

死亡後、一時間と経っていないのにちがいない。桜子は今夜、無理心中を決行するつもりで、庖丁を用意しておいたのだろう。桜子はみずから、修二に誘いの言葉を掛けた。

「修ちゃんの、お部屋へ行くわ。そこで、愛しあいましょう」

桜子は、そう言った。修二は、嬉しかった。初めて桜子のほうから、求めてきたのだった。修二は自分の部屋へ行き、ブリーフだけの姿になってベッドに身を横たえた。

桜子は庖丁を隠し持って、ベッドの上の修二に近づいた。次の瞬間、桜子は修二の心臓を狙って、庖丁を振りおろした。その一突きによって、修二は即死した。

桜子は修二と並んで、ベッドに横になった。離れまいという気持ちから、彼女は両脚を修二の腰に巻きつけた。そうしておいて桜子は、みずからの喉を突いたのだった。切り裂き、抉って、頸動脈を切断した。じっとしていられないのは、当然のことであった。桜子の上半身はベッドから落ちて、そこで絶命したのだろう。

卓也は、後ずさりをした。後ろ向きに部屋を出て、ドアを閉める。そのドアに凭《もた》れかかって、彼はがっくりと肩を落とした。疲れ果てたときのように、深い溜息が洩れた。

やがて気を取り直して、卓也はドアの前を離れた。彼はそのまま真っ直ぐに、桜子の部屋へはいった。遺書があるのではないかと、思ったからである。

小型の座卓の上に、便箋と婦人用の万年筆が転がっていた。だが便箋には一字も、書かれていなかった。何か書こうとして、思いとどまったという感じである。

卓也は座卓の横の、屑籠《くずかご》を覗きこんだ。丸めた紙が、一つだけ投げこんであった。卓也はそれを、取り出した。一枚の便箋を、丸めたものだった。

桜子はやはり、何かを書きかけたのだ。しかし、気に入らない文章になったのか、書いても無意味だと思ったのか、彼女はそれを丸めて捨てたあと、二度とペンを手にしようとしなかったのである。

卓也は、便箋を広げた。桜子の筆跡と思われる女文字が、便箋の半分を埋めていた。その冒頭に、卓也は予期していなかった自分の名前を、認めたのであった。


卓也さま。

あなたにこのようなお手紙を差しあげて、いったいどのような意味があるのでしょう。お門《かど》違いだと、あなたに叱られるかもしれません。でも、あなたのほかに頼りになる方、相談に乗っていただける人がいないのです。どうか、お許しください。

実は、とんでもないことをしてしまいました。私が、軽率だったのです。修二の頭を冷やすつもりで、私はそのことを口にしたのでした。それは私のカン違いかもしれないし、どっちにしろ無意味な昔話だったのです。

ところが、その結果は……。頭を冷やすどころか、火に油を注《そそ》ぐような逆効果となりました。修二はすっかり燃えてしまい、水をかけようとする私の言葉には耳も貸しませんでした。

私という女は、何と愚かな――。

そこで、文字は途切れていた。桜子は続きを書く気がしなくなり、便箋を丸めて捨てたのである。今さら、卓也に訴えても仕方がないと、彼女は思ったのだろう。

もちろん桜子が何を言わんとしているのかは、察しのつけようもなかった。中断されている文面の意味は、見当のつけようもない。ただ、これが書きかけの遺書であるとは、思えなかった。

卓也はその便箋を、ポケットに押しこんだ。もう一度ゆっくり、読み直してみたかったからである。それに、警察が丹念に調べるはずのところへ、自分の名前が明記されているものを残しておきたくはなかったのだ。

それにしても、あの電話が通じていればと、卓也はあらためて思った。新宿のスナックから、六時四十分に掛けた電話である。

もし、あのときの電話が通じていれば、桜子は無理心中を思いとどまっていただろう。だが、桜子か修二かが、電話を使っていた。話し中であった。

桜子か修二のほうから掛けた電話だとしたら、やむを得ないということになる。しかし、掛かってきた電話であるならば、その相手が桜子と修二を死なせたのも同然ではないか。

電話が話し中だったために、二人の人間が死んだ。人間の運命というのは、一本の電話によって左右されてしまうような、儚《はかな》いものなのである。

多分、その電話はどこからか、掛かってきたものにちがいない。桜子が無理心中を決行したのは、七時ごろのことだったと思われる。それより二十分前に、桜子がどこかへ電話を入れたということは、まず考えられなかった。

無理心中を目前にして、そんな余裕があろうはずはない。誰かに別れを告げる電話だったら、昼間のうちに済ませている。修二もそのころには、ベッドで桜子を待ち受けていたことだろう。

掛かってきた電話なのである。ブリーフ一枚でいる修二よりも、桜子のほうが電話に出やすかった。おそらく電話に出たのは、桜子だったのにちがいない。

卓也は階段を降りた。靴を履《は》く。白い電話機が、スタンドふうの明かりの中に浮かびあがっている。卓也はそれに近づいた。プッシュ・ボタンが、悪戯《いたずら》っぽく並んでいるように感じられた。

六時四十分ごろ、桜子はこの電話に出ていた。電話を掛けてきたのは、いったい何者だったのだろうか。単なる知合いか、それともサクラ美容室の常連客か。

卓也は、電話機の脇のメモ用紙に、目を凝《こ》らした。鉛筆の字が、読みとれた。便箋の字と、同じ筆跡である。桜子が書きとめたのだ。『キトウミチコ』とだけあった。

卓也には、その意味が即断できなかった。片仮名だけの羅列のせいだった。だが、二度読み直して、それが名前だということは、すぐにわかった。

卓也はそのメモ用紙を引きちぎると、足早にオレンジ色のドアへ向かった。ドアを開けて路上に人影がないことを確かめてから、卓也はサクラ美容室を出た。電話を掛けてきたのは、キトウミチコなる女だったのではないか。

「鬼頭……」

歩きながら、卓也はそう呟《つぶや》いていた。

殺人者の娘

1

ミキの寝室から、派手に声が洩れている。まるで喚《わめ》きたてているみたいだった。例の男が来ているのである。ミキが肉体の享楽《きょうらく》を得るための相手として、マンションへ連れてくる男であった。

ミキは午前一時に、その男を伴ってマンションへ帰ってきた。二人は、水の一杯も飲むわけではない。シャワーも浴びなかった。すぐミキの寝室に、引きこもってしまう。

そうするために、男を連れてくるのだからと、いかにもミキらしいやり方である。男のほうも、その点は割り切っているらしい。ムード作りも、甘い語りあいも、完全に省略してしまう。

寝室へはいると同時に、二人はさっさと着ているものを脱ぎ捨てるようである。裸になると、そのままベッドへ転がりこむ。とたんに、直接的なセックスが始まるというわけであった。

とにかく、肉体の結合しかないのだ。互いに粘膜を摩擦しあい、快感を貪《むさぼ》ることだけが目的であった。精神不在の関係である。ひどく即物的なセックスと言っていい。

それだけに、いやらしさが感じられない。徹底した浮気の典型であり、乾ききった男と女の性行為だった。まるで相手を快感製造機といった道具に、見立てているみたいであった。

いつもなら卓也は、遠慮して自分の部屋へ引き揚げるところだった。だが、今夜の卓也は、ダイニング・キッチンにいて動こうとしなかった。

別にミキたちの恋路の邪魔をするつもりはなかった。むしろ、ミキたちのことには無関心であった。今夜は、遠慮することさえ忘れていたのだった。

ダイニング・キッチンのテーブルの前にすわって、ビールを飲みながら考えこんでいる。卓也はただ、そうしていたかっただけなのである。

ミキたちにしても、邪魔されるような恋路ではなかった。卓也がどこでどうしていようと、いつものペースをまったく崩さない。卓也の存在を、無視しているのだった。

声を聞かれようと、知ったことではない。寝室を覗かれさえしなければいい、というところなのだろう。ミキには大きな声を出しているという自覚がないらしいから、気も楽なわけであった。

「あなた、あなた……」

と、ミキは連呼している。前戯から本格的な行為に移ったときから、ミキはその連呼を始めるようである。それは、終わりに至るまで、続けられるのだった。

終始、『あなた』の繰りかえしだった。その連呼の間隔がしだいにせばまり、歓喜が強まるにしたがって早口になる。やがて、『あなた』が接続してしまい、声が甲高《かん》くなるのだった。それが絶叫になったとき、ミキは絶頂を極めているのである。

五回以上はのぼりつめて、絞り出すような声の『あなた』になったら、ミキはもう満足しきった証拠なのであった。そこで、男も射出することになるらしい。
二、三分は静かになる。そのあと狂態を演じたことが嘘のように、ケロッとしたミキの笑い声が聞こえたりする。そのときはすでに、男のほうが衣服を身につけているのである。間もなく、二人は寝室から出てくる。
男を送り出して、ミキがドアに鍵を掛ける。そのあと寝室に戻ったミキは、すぐ眠りに落ちるようだった。満足しきった快《こころよ》い疲労感に、熟睡するミキになるのであった。

ダイニング・キッチンにいると、ミキの寝室からの声や音は手に取るように聞こえる。彼女の例の連呼が、始まっていた。一定のリズムで、ベッドが軋《きし》んでいる。その音と男の荒い息遣《づか》いが、一緒になって聞こえてくる。

卓也はコップのビールを呷《あお》った。歯にしみるように、ビールが冷たかった。桜子と修二も、あのように愛しあったのだと、卓也はふと思った。

それは、正常な行為だった。桜子が勝手に、忌《い》むべき関係と思いこんでいたのにすぎない。二人は、姉弟ではなかった。血も繋《つな》がっていない男と女であり、愛しあって当然の二人だったのである。

その桜子と修二が、凄惨な死を遂げた。桜子は無理心中という非常手段によって、近親相姦と決めこんでいた修二との関係に終止符を打ったのであった。

それから、三日が過ぎている。新聞にも無理心中と報じられていた。警察がそのように断定したのである。当然のことであった。もちろん警察では異様な現場の状態から二人の関係を察したかもしれないが、ニュースはそのことにはまったく触れてなかった。

無理心中の動機については、ノイローゼ気味だった姉が発作的に弟を道連れに死を図《はか》ったという判断で発表された。

《だが何となく、釈然としない》

卓也は、胸のうちでそう呟《つぶや》いていた。無理心中であることは、間違いなかった。しかし、気になることが、一つだけあった。桜子が無理心中を決行する直前に、掛かっている電話なのである。

その電話には、桜子が出ている。電話を掛けてきたのは、キトウミチコなる女にちがいないのだ。桜子はメモ用紙に、そう書きとめているのであった。

それはキトウミチコなる女から、初めて電話が掛かったことを意味している。そうでなければ、電話の相手の名前をわざわざメモしたりするはずはなかった。

しかも、片仮名で書いている。つまり、会ったこともない相手であり、その名前を桜子は初めて耳にしたのである。それが思い当たることのない名前であったならば、卓也も気にはとめなかっただろう。

だが、鬼頭という男がいる。その男は、桜子や修二とまったく無縁だということには、ならないのであった。姉弟の父親、岸部隆行を殺したのが、鬼頭なのである。

その鬼頭には、娘がひとりいたはずであった。娘の名前を、卓也は知らない。しかし、娘の名前がミチコだったとしても、別に不思議ではないのである。

鬼頭の娘が、姉弟のところへ電話を掛けてきた。もしそうだとしたら何のために電話を掛けてきたのか、ということになるのだった。

かつての殺人事件の加害者の娘が、被害者の子どもたちのところへ、突如として電話を掛けてくる。そうすべき必然性は、まったくないのである。

ミキの『あなた』の連呼が、依然として続いている。だが、いつものように、それが激しい調子になったり、間隔を縮めたりはしないようであった。連呼するだけで、単調なのである。

不意に、男の呻《うめ》き声が聞こえた。ミキが何やら叫んだようであった。甘い声だが非難する口調で、ミキが言葉を投げかけている。それっきり、静かになった。

やがて、寝室のドアが開いた。足音が、部屋の入口へ向かっている。ミキと男の声がしたあと、鉄製の扉の閉まる音が聞こえた。鍵を掛けているようだった。

間もなく、ミキがダイニング・キッチンへ、ふらりとはいってきた。胸から腰にかけて、バス・タオルを巻きつけているだけの姿だった。もちろん、バス・タオルの下には、何もつけていないのである。

ミキは髪の毛を掻《か》き上げるようにしながら、ふてくされた顔つきで卓也のほうへ近づいてきた。照れ隠しのポーズではない。さっぱりしない面持ちだったし、興醒《ざ》めしたような表情でもある。

「眠らないのか」

卓也が、ミキには目を向けないで言った。

「とてもじゃないけど、眠れないわよ」

ミキは不満そうに口を尖《とが》らせた。

「ご機嫌斜めだな」

「当たり前だわ」

「いつものようには、いかなかったみたいじゃないか」

「そう。今夜の彼、まるで駄目《だめ》なのよ。自分だけ、さっさと昇天しちゃってさ」

「たまには、そういうことだってあるだろうよ」

「でもさ、燃えあがったところで、置いてきぼりにされたんですもの。中途半端な気分で、やりきれないわ」

「お気の毒さまだ」

「ねえ、このあと卓也さんが、何とかしてくれないかしら」

ミキはテーブルの向こう側に立つと、悩ましげな表情を作ってみせた。両手で乳房を揉《も》むようにしながら、腰をよじり身をくねらせている。冗談にはちがいないだろうが、なかば本気みたいでもあった。

「お断わりだ」

卓也はミキを無視して、ビールをコップに注《つ》いだ。ミキがけたたましく笑ってから、乱暴に引き出した椅子にすわった。

「何を、考えこんでいたの？」

ミキはテーブルに両手を重ねると、その上に顎を置いた。

「鬼頭の娘のことを、知っているか」

「鬼頭さんの娘のこと……？」

「そうだ」

「聞いたことはあるわ」

「名前は、どうだい」

「知っているわよ。お店のママ代理と、字も同じだって鬼頭さんが言っていたから……」

「ミチコじゃないのか」

「そうよ。美しいに千と書いて、子だわ」

「鬼頭美千子《みちこ》……」

卓也は、焦点の定まらない目で、そう呟いた。やはり間違いはなかった。鬼頭の娘の美千子が、桜子のところに電話を掛けてきたのである。

2

卓也が、銀座のクラブ『ドミンゴ』へ出向く気になったのは、五日後のことであった。

その前日、ミキは卓也の父親から呼び出しを受けた。ホテルで、異常なセックスの時間を過ごすためであった。例によってミキは夜の八時ごろに腑《ふ》抜《ぬ》けになって、夢遊病者のような顔つきでマンションへ戻ってきた。

卓也の父親と密会した日のミキは、店を休むことになっていた。夜の勤めができなくなるほど、海坊主の執拗なセックスに攻め抜かれてくるためである。『ドミンゴ』のママも公認の、特別休暇だった。

ミキは口も利《き》かずに寝室へはいると、そのまま泥のような眠りに落ちるのであった。夜の八時から、十二時間はたっぷり眠る。翌朝のミキは晴れ晴れとした顔で、口笛を吹きながら洗濯に取りかかっていた。

「気分いいわね」

ミキは卓也と顔を合わせると、悪戯《いたずら》っぽく笑いながら片目をつぶってみせた。ノースリーブのブラウスに、ショート・パンツという恰好だった。色の白い腕や、むっちりとした太腿《ふともも》に、皮膚の張りと光沢があった。

「そうかい」

卓也は、無表情であった。

「とにかく、今朝《けさ》は爽快よ」

洗濯機の中へ洗うものを投げこんで、ミキは短く鼻唄を聞かせた。

「結構なことだ」

卓也は、歯ブラシをくわえた。

「この間の夜の彼に、早漏気味の置いてきぼりを喰らわされたでしょ。あれ以来、ずっとモヤモヤとイライラが取れなかったのよ。それだけに昨日のパパのあれが、死ぬほど素敵に感じられたわ」

「いつもみたいに、苦痛じゃなかったというわけか」

「最高だったわ。もうバラ色の天国に、浮かびっぱなしよ。とても数えきれないほど、エクスタシーに達してね。あの回数は、ちょっと破れない新記録だと思うわ。おかげで、今朝は心身ともすっきりよ」

「勝手なもんだ」

「いつもだって、別に苦痛じゃないのよ。ただパパに延々《えんえん》と続けられるから、頭は変になりそうだし、骨と肉がバラバラになるみたいに疲れ果てちゃうのよ。つまり、苦痛とも感じられるほど、いいわってことね」

「朝っぱらから、いいかげんにしろ」

「ところで今夜、パパがお店へ来るって言っていたわ。鬼頭さんも一緒みたいよ」

と、洗剤の箱を手にして、ミキが言ったのだった。その瞬間に卓也は、『ドミンゴ』へ行くことを思いついたのである。父親には、会いたくない。だが、鬼頭には接近を図りたかった。鬼頭自身ではなく、彼の娘の美千子が目当てだったのだ。

夕方、卓也はミキと一緒に、マンションを出た。『ドミンゴ』へ、向かうためであった。彼はいかにも銀座の女らしくなったミキと、マンションの前からタクシーに乗った。

「あの姉弟、無理心中なんかしちゃったのね」

暗くなりはじめた窓外へ目をやって、ミキがふと思い出したようにそんなことを口にした。ミキにしては珍しく、しんみりした語調だった。だが、やはり長続きはしなくて、ミキはすぐ陽気な顔を卓也に向けた。

「でも信じられないわ。近親相姦を苦に、無理心中を図るなんてさ」

ミキの顔には、笑いがあった。卓也は、目を閉じていた。脳裡《のうり》にあの血の海の中の光景が、生々しく描き出されていたのだった。

「殺しておいて、無理心中に見せかけたというほうが、まだピンと来るみたい」

と、ミキが妙なことを、言いだした。

「姉弟を殺す。そんな動機が、やたらと転がっているはずはないだろう」

卓也が初めて、口を開いた。

「推理小説を読みすぎてなんか、いませんからね」

「だったら、くだらない想像さ」

「でもさ、人ってわからないものよ。意外と殺されるような動機を、持っていたりするからね。その弟のほう、何て言ったっけ」

「修二だ」

「その修二って彼だって、何か企《たくら》んでいたんでしょ。近いうちに大金が、手にはいるはずだなんて……」

「たしかに、そうは言っていた」

「修二って弟は、何か無理なことをしようとしていたんじゃないかしら。無理を通そうとすれば、敵ができる。敵ができれば、殺されるってことだってあるわ。なんてカッコいいことを、言っちゃって……」

ミキは最後に、そう照れ隠しのための言葉を付け加えた。彼女は真面目に、自分の考えを披露しているわけではない。思いつくがままに、喋っているのにすぎないのだ。ミキの饒舌《じょうぜつ》であった。

だが、ミキのそのいわば口から出まかせの言葉が、卓也の思索の方向を変えさせたのである。なるほど修二には不可解な言動があったと、卓也は気づいたのであった。

一生を遊んで過ごせるほどの大金が、手にはいるかもしれないと、修二は張りきっていた。卓也は、その夢のような金儲《もう》けの話を、忘れていたのだった。

それほどの大金を手に入れるのに、好意と好意が手を握りあってということは、まずあり得なかった。対立関係にある相手から、大金を吐き出させようとしたと推定するのが妥当であった。

それには、無理と危険が付きものである。たとえば、脅迫であった。修二は、誰かの弱みを握っていた。それをタネに脅迫して、莫大な金を要求したのではなかったか。

脅迫された側にしてみれば、そんな大金を捨てたくはない。だからといって、修二の要求を無視することはできない。当然、唯一の逃げ道として、修二を殺すことにも考えが及ぶだろう。

その結果が、桜子と修二の無理心中という形になって、表われたのではないだろうか。そうした想定に基《もと》づけば、たしかに殺人ということにもなり得るのだった。

修二が何を理由に誰を脅迫したのかは、察する術《すべ》もなかった。しかし、桜子と修二の死が無理心中を装った殺人だとしたら、その直前に連絡をとった人間の存在が、にわかにクローズ・アップされてくるのであった。

鬼頭美千子である。

「パパと会って、その場で喧嘩《けんか》になったりはしないでしょうね」

ミキが卓也の腕を、かかえこむようにして言った。タクシーは新橋《しんばし》で左折し、土橋《どばし》へ向かっていた。

「大丈夫だ」

卓也は、目を開いた。眼前に、銀座の夜景があった。華やかだが、どこか醒めている夜景である。数分後には何が起こるかわからないような非情さを、大都会の夜の歓楽街はその表情に秘めている。

「鬼頭さんって人も、用心棒みたいのを連れていて何となく薄気味悪いし、そこへ卓也さんを連れていくなんて、わたし怖くなっちゃったわ」

ミキは卓也の腕に縋《すが》って、悪寒《おかん》を覚えたように身を震わせた。卓也も敵陣へ乗りこむような心境に、なりつつあったのだった。

女との出会い

1

見るからに、高級クラブだとわかる店であった。ただ広いというだけではなく、たっぷりと余裕のある空間が感じられた。あっさりしているが、装飾が豪華だった。照明もそれらしい雰囲気を作っている。

広いフロアに、いくつかの席が設けてある。席はそれぞれが、独立していた。席が続いていて、客同士が、一緒になってしまうようなことにはならないのである。レストランのような、席の配置になっている。

さらに席と席との間に、十分な間隔が置いてある。隣の席の話し声が、聞こえることもないだろう。円形のテーブルを、皮張りのアーム・チェアが囲んでいる。

同じ皮張りのスツールも、置いてあった。それにはホステスがすわるのである。ムード・ミュージックが、邪魔にならない程度に流れている。バンド用のステージと、踊る場所が奥の一角にあった。

常連しか来ない。その常連も事業家がほとんどで、三、四人が連れだってくる。そうした種類の、高級クラブなのである。ホステスも、とびきり上等なのを揃《そろ》えている。残らず女優クラスの美貌の持ち主だった。

「いらっしゃいませ」

入口でボーイが、躊躇《ちゅうちょ》しながら挨拶《あいさつ》した。おそらくジーンズの若者を客として迎えるのは、『ドミンゴ』の従業員にとって初めてのことなのだろう。

もしミキが一緒でなかったら、フリの客は入れないとでも言われたかもしれない。そのミキがボーイの背後にいた男に近づいて、何やら耳打ちをした。マスターらしい男が、驚いたような顔になって頷《うなず》いた。

ミキは、波多野社長の息子だと、告げたのにちがいない。マスターらしい男は、卓也に向かって一礼した。マスターから指示を受けたボーイが、小腰を屈《かが》めて案内に立った。ミキは別の方向へ、姿を消した。

まだ、時間は早い。それでも客は六分の入りだった。ボーイが案内したのは、バンド用のステージとは反対側のいちばん奥に位置している席であった。その席には二人の客と、四人のホステスがいた。

こっちを向いてすわっているのは、血色のいい大男だった。大きな頭には、一本の毛も残っていなかった。見事に禿《は》げあがっていて、磨きをかけたような光沢を放っている。太い眉毛の下で、ギョロッとした目が鋭く光っていた。

精力絶倫を思わせる立派な鼻で、厚い唇の口も大きすぎるくらいであった。大入道、海坊主といった形容が、ぴったりである。太めの葉巻を、くわえていた。波多野竜三であった。

波多野竜三は、正面にいる卓也に気づいていた。葉巻の煙越しに、卓也を見据えている。だが、波多野竜三はまったく、表情を動かさなかった。もちろん、言葉を掛けようともしない。

その点は、卓也のほうも同じだった。無表情である。挨拶もしなかった。敵意を、示しているわけではない。二ヵ月ぶりに顔を合わせたというのに、波多野竜三と卓也はそうした父と子なのである。

ホステスたちが波多野竜三の視線を追って、突っ立っている卓也に目を向けた。それに気づいて、卓也に背を向けていた男が振り返った。五十に近い男で、髪の毛が真っ白であった。整った顔立ちをしているが、表情に暗さと険《けわ》しさが感じられた。

「すわれ」

波多野竜三が、いきなり言った。すべてが命令口調なのである。

「どうぞ……」

ホステスのひとりが立ちあがって、空《あ》いているアーム・チェアをすすめた。卓也は黙って、それに腰を沈めた。

「波多野工業の常務の鬼頭君だ」

竜三が、白髪の男を指さした。

「よろしく……」

鬼頭新一郎が、会釈《えしゃく》を送ってきた。低音である。ただ低いというのではなく、陰気な響きのある声だった。何となく凄味《すごみ》のある顔と白髪は十三年間の刑務所暮らしのせいだろう。

「どうも……」

卓也は、目礼を返した。

「例のフーテン息子でね」

竜三が、ニコリともしないで言った。

「社長さんのお子さんですか」

「素敵な青年って感じだわ」

「ねえ、モテるでしょうね」

「ナウで個性的で、魅力あるわねえ」

四人のホステスが、なかばお世辞の言葉を口にした。

「遊んでいる男に、何の魅力もあるものか」

波多野竜三が、鼻の先で笑った。卓也は、反発しなかった。父親の言動はすべて、無視することにしているのである。

「水割り、お作りしましょうか」

隣の和服のホステスが、卓也の顔を覗きこんだ。

「いや、ジュースを飲ませてやれ」

波多野竜三が、すかさず口をはさんだ。

「お飲みにならないんですか」

和服のホステスが、竜三に訊《き》いた。

「飲ませないんだよ。十円の稼ぎもないやつに、アルコールなんてもったいない」

竜三は葉巻の煙とともに、言葉を吐き出した。

「名刺を、いただけませんか」

卓也は唐突に、鬼頭新一郎に声を掛けた。竜三の言い分を無視したわけではなく、本当に鬼頭新一郎の名刺が欲しかったのだ。

「役に立つようなことは、ないでしょうが……」

鬼頭新一郎が、抜きとった名刺を差し出した。

「鬼頭さん、奥さんはお元気なんですか」

卓也はまたしても、唐突な質問をした。娘の美千子のことに触れるキッカケとして、そんな質問をしたのである。

「いや、三年前に病死しました」

鬼頭は、苦笑を浮かべた。

「そうですか」

卓也は、名刺に目を落とした。波多野工業常務取締役の肩書のほかに、会社と自宅の所番地と電話番号が印刷されている。自宅は、渋谷《しぶや》区南平台町《なんぺいだいちょう》の『パレス台町10号』となっていた。

妻は病死したという。三年前となると、鬼頭が服役中に死んだわけである。子どもは、娘がひとりだけであった。鬼頭は娘の美千子と二人だけで、ここに住んでいると見ていいだろう。

美千子は十四年前に、六つだったのである。いまは、まだ二十であった。結婚には、早すぎる。父と娘が二人で暮らしていると考えるのが妥当だろう。

卓也はふと、自分に向けられている視線を感じた。卓也は、顔を上げた。正面に、隣の席があった。そこに二人の男がすわっていた。テーブルの上に、ウイスキーの瓶やグラスなどが置いてある。

客には、ちがいなかった。だが、ホステスがひとりも同席していないのであった。サービス抜きの客である。その席は、キャンドルが消してあった。それに二人揃ってサン・グラスをかけていた。

顔をはっきりと、見さだめることはできない。

しかし、二人とも三十前後の男であることは見当がついた。身なりは背広にネクタイで、サラリーマンのようにきちんとしている。二人はさりげなく、卓也のほうへ目を走らせていた。

ミキの話によると、鬼頭新一郎は用心棒ふうの男を連れているという。二人の男は、多分それにちがいない。卓也は、二人の男のうちの一方が、ニヤリと笑うのを見た。

「いらっしゃいませ」

ミキが席に来て、波多野竜三の肩に後ろから両手を掛けた。それをキッカケにして、卓也は立ちあがった。もうここには、用がなかった。卓也は黙って席を離れると、大股に歩きだした。

「おい、どこへ行くんだ。話があるから、待て！」

背後で波多野竜三が、大声を張りあげた。だが、卓也は足を止めなかった。振り向きもしないで、彼は歩き続けた。突然、ピアノが鳴りだした。クヮルテットのバンドが、演奏を始めたのである。

鬼頭美千子とは、どんな娘か。卓也は胸のうちで、そう呟いていた。

2

翌日の午前十一時に、卓也は渋谷の南平台にある『パレス台町』を訪れた。五階建ての高級分譲マンションで、一階だけが喫茶店やレストラン、鮨屋《すしや》などの飲食店になっている。白い建物で、瀟洒《しょうしゃ》な感じであった。

十号室は、五階だった。部屋の位置を確かめてから、卓也はマンションの前の通りへ出た。五階のその部屋を彼は振り仰いだ。バルコニーに、鉢植えの木が並べてある。窓はすべて、閉じてあった。

だが、バルコニーに面したガラス扉だけが、一方だけ開いたままになっている。留守ではないと、判断してよさそうだった。鬼頭新一郎は、会社へ出勤したはずである。

重役出勤でも、午前十一時過ぎにはならないだろう。そうだとすれば、部屋にいるのは美千子だけである。美千子が、どこかに勤めているとは思えない。家を留守にしてまで、父と娘が勤めに出なければならないという境遇にはない。

鬼頭には、会社重役としての相応の収入がある。娘は家にいて、主婦代わりの役を果たすことになる。二人家族に、家政婦やお手伝いというのは、贅沢《ぜいたく》すぎる。料理、洗濯、掃除は美千子の役目のはずだった。

美千子は二十だから、学生だということも考えられる。しかし、学生だったとしても、いまは夏季休講中である。美千子は五階の十号室にいると、卓也は決めてかかることにした。

再び、マンションの五階に戻った。静かだった。高級分譲マンションらしい静寂である。廊下の左右に、ドアが四つあった。各フロアに、四つの部屋しかないのだ。いく間《ま》もある広い部屋なのにちがいない。

卓也は、十号室のドアの前に立った。今さら、迷っても仕方がない。彼は躊躇なく、チャイムのボタンを押した。すぐに、反応はなかった。室内の物音は一切、聞こえてこない。静まり返っていた。

「どちらさまでしょう」

いきなり耳許《みみもと》で、女の声が言った。インターホーンだった。若い女の声である。澄んでいて、やや甘かった。

「美千子さんですね」

卓也は無遠慮に、そう呼びかけた。

「どちらさまでしょうか」

と、また同じ質問が、繰りかえされた。

「波多野です」

卓也は答えた。

「波多野さん……？」

「波多野竜三を、ご存じでしょう」

「ええ」

「その波多野です」

「父は、おりません」

「あなたに、会いにきたんですよ」

「ご用件は……？」

「とにかく、ドアを開けてくれませんか」

卓也は、ドアをノックした。ひどく、用心深い。そう思うと一層、美千子という女の顔が見たくなる。ロックをはずす音がした。ドアが開いた。一戸建ての家と、変わらない広さの玄関があり、その三和土《たたき》に人の姿があった。

卓也は、予期していなかった美貌を、そこに見出した。彼がまず目を見はったのは、絵に描いたような女のスタイルだった。均整の取れた肢体を、白いスーツに包んでいる。その曲線が、理想的な美しさであった。

黒い髪の毛が、品よく波打っている。色の白い顔にも、気品があった。大きな目に知的な輝きがあり、神秘性が感じられた。もの怖《お》じしない眼差《まなざ》しには、冷えた情熱といったものがこめられているようだった。

形のいい鼻、そして綺麗な唇には可憐さがある。チャーミングな美貌であり、それに冷たさが加わっている。ただ全体として翳《かげ》りがあるような印象を受け、暗いムードを漂わせていた。

滅多《めった》にお目にかかれない美人だと、卓也は思った。二十の女という潑剌《はつらつ》とした若さは、感じられなかった。すでに人生に対する心の屈折があって、大人の雰囲気を持っているみたいだった。

美千子は、ニコリともしなかった。そのせいか、娘というより女の感じであった。丹念にメイク・アップしているし、服装も外出着である。三和土には、赤い靴が主を待つように置かれていた。

「波多野卓也です」

卓也は表情のない顔で言った。

「美千子です」

赤い唇の間から、歯の白さがこぼれた。

「話がしたい」

卓也はぶっきらぼうな言い方をした。

「どんな話ですか」

美千子の口調は、ひどく事務的であった。

「一口には、言えないな」

「どうして、ここをご存じなんでしょうか」

「昨夜、鬼頭新一郎氏に会いましてね。名刺を、もらったんですよ」

「では、あなたがここへいらっしゃることを、父は承知していますのね」

「いや、鬼頭新一郎氏には、内緒ですよ」

「内緒……？」

「つまり秘密だ」

「だったら父には、あなたが見えたことを黙っています。だから、どうぞお引きとりください」

「ずいぶん、冷たいんだな」

「わたしのほうに、お話しするようなことはありません」

「こっちにはある」

「じゃあ、おっしゃってください」

「それには、あんたともう少し親しくなる必要がある」

「折角《せっかく》ですけど、わたしはあなたと親しくなんかなりたくありません」

「はっきり言いますね」

「お帰りください。わたし、これから出かけますの」

美千子は、ドアを押した。卓也の鼻先で、スチール製のドアが閉まった。美人だが、冷たい女である。ついに笑わずじまいであった。卓也は、廊下を歩きだした。自動エレベーターに彼は乗った。

一階の喫茶店に、はいることにした。マンションを出るには、喫茶店の前を通りすぎなければならない。その姿は、ガラス越しに見えるのだった。卓也は、入口にいちばん近い席に陣取った。

アイス・コーヒーを飲みながら、卓也は待った。美千子の姿を認めたのは、約三十分後であった。卓也は、立ちあがった。レジで支払いを済ますと、彼は喫茶店を出た。冷房に馴れた身体を、炎天下の熱気が包んだ。

美千子の後ろ姿が、歩道にあった。玉川《たまがわ》通りの方角へ、向かっている。いいスタイルだと、卓也はあらためて思った。彼はすぐに追いついて、美千子と並ぶ恰好になった。

卓也だと気づいて、美千子は驚いたようだった。しかし、一瞬にして冷ややかな顔に戻り、彼女は視線を前方に据えて足を早めた。卓也もそれに歩調を合わせた。玉川通りに出て、渋谷方向へ右折した。

「いいかげんにしてください」

歩きながら、美千子がようやく口を開いた。だが、卓也のほうを、見ようとはしなかった。

「簡単には、諦《あきら》めない」

卓也は言った。

「何が目当てなんです」

「さあね」

「おっしゃってください」

「まずは、あんたと親しくなりたい」

「それは、駄目です」

「駄目……？」

「無理だわ」

「どうして、無理なんだ」

「私は、誰とも親しくはしない主義なんです」

「おれと同じだ」

「だったら、わたしとだって親しくならなくてもいいでしょう」

「あんただけは別さ。似た者同士で、親しくなるというのもいい」

「冗談じゃないんです。わたしには近づかないほうが、あなたのためにもなるんですから

「……」

「あんたに近づくと、どういうことになる？」

「取返しのつかないことになります」

「たとえば……？」

「死ぬかもしれません」

「こうなったら、たとえ殺されようと、あんたとは親しくなるつもりだ」

「え……？」

美千子は初めて、卓也の顔を見上げた。ふと情熱的な女の目つきになっていた。

金曜日の海

1

自分に、関わり合いを持つな。

そのほうが、あなたのためだ。

わたしに近づくと、取返しのつかないことになる。

あるいは、死ぬかもしれない。

と、こうしたことをその辺の女が口にしたとしたら、まさしく噴飯《ふんぱん》ものである。何とまあ芝居がかったことを言うのかと、呆《あき》れずにはいられない。意識過剰もいいところだと、思うにちがいなかった。

自分を何さまだと考えているのかと、首をひねりたくなる。スパイ映画の、見すぎではないかと思う。あるいは誇大妄想狂ではないかと、疑ってしまうかもしれない。とにかく滑稽になるはずだった。

ところが、鬼頭美千子の場合は違うのである。芝居がかった台詞《せりふ》とは、感じられなかった。それほどオーバーに表現してはいないのに、真に迫っているし、現実性を帯びていた。まともに、受け取りたくなる。

鬼頭美千子が、でたらめを言っているとは思えなかった。彼女の雰囲気のせいばかりではなく、何か特殊なものが感じられるのだ。だから卓也も一瞬、殺されるかもしれないという予感に捉《とら》われたのであった。

たとえ殺されようと、美千子とは親しくなる。卓也はそのように宣言した。そう聞いたとき、美千子は初めて反応らしきものを示した。彼女は情熱的な眼差しで、卓也を見上げたのであった。

それは一種の感動と、解釈してもよさそうだった。孤独な女が、初めて頼もしい男にめぐりあえたときは、おそらく、いまの美千子のような目つきになるのにちがいない。美千子はたしかに、目を輝かせたのである。

だが、それは瞬間的な反応にすぎなかったのだ。美千子はすぐに、冷ややかな顔に戻った。思い直したのである。ゆるみかけた気持ちを、慌《あわ》てて引き締めたのではないか。

「とにかく、わたしから離れてください」

鬼頭美千子は立ちどまって、卓也に背を向けた。

「そうは、いかない」

卓也は、美千子の後ろ姿に目をやった。

「わたしの言うことが、信じられないようですわね」

美千子は肩越しに、後ろを見返った。そこには、巨大なガラスが嵌《は》めこまれていた。沿道のビルの一階で、自動車会社のショー・ルームになっている。ガラスの向こうに、新車が飾ってあった。

「信じたさ。だから、殺されてもいいと、言ったはずだ」

卓也も美千子の視線を追って、ショー・ルームのガラスを振り返った。

「論より、証拠でしょ」

美千子が言った。

「何がだ」

卓也は、眉をひそめた。巨大なガラスに、現実の光景がそっくり吸いとられている。ガラスの正面の人や車の動きばかりではなく、ややずれて離れているところの景観も映っていた。

「監視の目です」

「監視……？」

「もう、わたしたちは、尾《つ》けられているんです。正確に言えば尾行されているのはわたしで、そのわたしにあなたが接近したことを、尾行者は確認したわけです」

「あんたには、監視の目が光っているのか」

「マンションを出たときは、必ずそうなんです」

「何のための監視だ」

「知りません」

「あんたには、監視されなければならないという事情、あるいは心当たりがあるのかい」

「ありません」

「誰があんたを、監視しているんだ」

「わかりません」

鬼頭美千子は、表情を動かさなかった。

卓也はショー・ルームの、ガラスに目を凝《こ》らした。人も車も、動いている。動かずにいるのは、卓也と美千子の二人だけであった。いや、もうひとりいる。

卓也から五メートルと離れていないところに、男が突っ立っていた。背広姿の男だった。『ドミンゴ』にいた鬼頭新一郎の用心棒の、片割れかどうかはわからなかった。

多分、別人だろう。鬼頭新一郎の用心棒であるはずはない。父親が娘に、監視をつけるとは考えられなかった。サン・グラスをかけて、タバコをくわえている。

両手をポケットに差しこんで、さりげなく車道を見渡していた。空車のタクシーを待ちうけているふうを装っているが、下手な芝居であった。落ちつきがなく、足を動かしすぎるのである。

「タクシーを停めるんだ」

卓也は、美千子の耳許で、そう囁《ささや》いた。美千子は無言で、卓也の顔を見据えた。彼の真意を、探ろうとしている目だった。

「いいね」

そう念を押してから、卓也は美千子のそばを離れた。美千子が、歩道の端に立った。タクシーが、渋谷方向から走ってきた。空車である。美千子が、手を上げた。

そこまで見届けておいて、卓也は足早にくわえタバコの男に近づいた。彼は軽く、男の肩を叩いた。男は振り返り、相手が卓也だとわかると、慌てて向き直った。同時に卓也は、男のネクタイの根元を摑んでいた。

後ろへ引いた卓也の右腕の肘《ひじ》が、完全に折れ曲がった。次の瞬間、その右腕が真っ直ぐに伸びきった。思いきって叩きこんだ右ストレートで、卓也自身が骨に砕けるような痛みを感じたほど、強烈な一撃であった。

奇襲であり、男にそれを防ぐだけの余裕はなかった。卓也の鉄拳は、男の顎《あご》を捉《とら》えていた。それは、かなりの衝撃を、伴っていた。男は大きく、のけぞった。

「わっ！」

男は、飛ばされながら、声を発した。男は二メートルほど飛んで、仰向けに倒れこんだ。地響きがした。

「きやっ！」

そばを通りかかった女が、悲鳴を上げて逃げた。近くにいた通行人が、一斉に振り返った。男はすぐには、起きあがれなかった。頭を、打ったのである。男は身体をくねらせながら唸《うな》った。

卓也は、停車したタクシーのほうへ走った。美千子がタクシーに乗りこんだところだった。卓也はそれに続いて、車の中へ駆けこんだ。タクシーが、走りだした。

卓也は、窓の外へ目を走らせた。男はまだ、歩道に倒れたままでいた。通行人たちが、走り去るタクシーに視線を集めていた。タクシーは、三軒茶屋《さんげんぢやや》の方向へ走った。

「もう、尾行される心配はない」

卓也は、右手をさすりながら言った。その卓也を、美千子が呑まれたような顔つきで見守っていた。彼の荒っぽいやり方に、いささか驚かされたのだろう。

「でも、駄目です。今日はこれ以上、あなたに付きあってはいられません」

しばらくして、美千子が気を取り直したように言った。

「今日は駄目なら、次の機会を与えてもらいたいな」

卓也はいきなり、美千子の手を取って、自分の膝の上に置いた。

「そんな……」

美千子は、手を抜きとろうとした。だが、卓也は放さなかった。柔らかく、華奢《きやしや》な美千子の手であった。

「いつ……？」

「二度と、お会いできません」

「何度でも、マンションへ押しかけるぞ」

「やめてください、そんなこと……」

「だったら、デートの約束をすることさ」

「無理です」

「何が、無理なんだ。あんたはもう、おれから逃げることはできない」

「ずいぶん、強引な方なのね。いまだって、あんな乱暴なことをして……。あれで、あなたは危険な領域に、みずから踏みこんだってことになったんだわ。あるいは、命取りになるかもしれませんせん」

「別に、長生きしたいとは、思っていない」

卓也は美千子の手を、彼女の膝の上に返した。美千子はその手を、撫《な》で回すようにした。沈黙が続いた。美千子には、迷っている様子が見られた。

「じゃあ、金曜日に……」

やがて、鬼頭美千子が吐息まじりに、そう言った。

2

明朝の五時に東京を出て、七時にタクシーは葉山《はやま》に着いた。途中、横浜《よこはま》で別のタクシーに、乗り継いでいる。尾行者を、マクためのようであった。

今日もまた、鬼頭美千子には尾行がつけられていたのだ。美千子もそうと承知していて、尾行者をマイたのである。不思議な女だと、卓也はあらためて思った。

金曜日だったが、海に近いところの人出は休日並みであった。八月も残り少ない、という気持ちもあるのだろう。葉山周辺は、朝から活気づいていた。

ヨット・ハーバーで、個人用のモーター・ボートに乗りこんだ。ボートの所有者は、鬼頭新一郎だった。白く塗られている。アルミニウム合金製のモーター・ボートであった。艇長は、六メートルほどである。

一般にランナバウトと呼ばれていて、比較的小型の高速艇であった。それでも、二人だけで乗るのが、もったいないくらいの広さはある。操縦席から後ろにはデッキがなく、機関がエンジン・ボックスの中に納まっている。ユーティリティ型だった。

オープンである。機関の前後に、コックピットがあった。時速は最高で、八十キロは出せるはずだった。ギラギラした日射しが、船体を熱くしていた。

美千子は白いブラウスに、白いパンタロンを穿《は》いていた。彼女は、スカーフで頭を包んでから、操縦席にすわった。

ランナバウトは、軽快に走りだした。美千子のハンドル操作は、手馴れたものだった。

だが、あまり楽しそうな顔つきではなかった。今日の彼女も、また口数が少なく、冷ややかな表情を崩さなかった。

仕方なく卓也に付きあっているのか、それともボート遊びを楽しみにきたのか、見当のつけようがない。何を考えているのか、わからない美千子であった。

「あんた、車はやらないのか」

隣の席から美千子の耳に口を寄せて、卓也は訊いてみた。

「持っています」

美千子は、サン・グラスをかけた。

「しかし、いつもタクシーを、利用しているみたいじゃないか」

卓也は言った。

「自分で車を運転していたのでは、尾行をマケないでしょ」

美千子は、卓也のほうを見ようとしなかった。目を前方に、据えたままだった。

「なるほど……」

「あなたは、どうなんですか」

「車かい」

「ええ」

「車は乗るものさ、それ以上の興味はない」

「いまの若い人にしては、珍しいんですね」

「いまの若い男ってのは、とにかくマメすぎるよ。車の運転なんて面倒臭いことを、なぜやりたがるのか、おれにはわからない」

「あなたって、生きていることも面倒臭がっているみたいだわ」

「そうかな」

「すべてに、投げやり……」

「ただ、かったるいだけさ」

「現代人ね」

「しかし、いまは楽しい」

「そういうふうには、見えませんけど……」

「あんた、学生かい」

「いいえ」

「勤めてはいないだろう」

「ええ」

「お嬢さんか」

「いいえ、家庭の主婦です」

そこで美千子は、急激にスピードを上げた。エンジンの響きが大きくなり、船体のバウンドが激しくなった。海面を船底が叩き、波が砕け、水しぶきが豪雨のような音を立てた。声を張り上げないと、話ができなくなった。

あるいは会話を打ち切りたくて、美千子はスピードを上げたのかもしれない。海が広くなった。遠くにヨットの三角帆が、いくつも見えていた。

疾走するモーター・ボートの航跡が、海上に何本も白く残っている。その速力を見て、素人《しろうと》の操縦ではないとすぐにわかる。レコード・ブレーカーと称されるレーサーが、走り回っているのである。

青い夏空に、雲はなかった。水平線に一ヵ所だけ、銀色の積乱雲が盛り上がっている。真夏の陽光が、海上に溢れていた。ようやく水が綺麗になり、紺碧《こんぺき》の海となった。

美千子は沖へ向けて、一直線にランナバウトを走らせた。八十キロのスピードだった。海面のうねりが大きくなったせいか、船体の弾みが忙《せわ》しくなっていた。

振り返ると、陸地がかなり遠くにあった。白い航跡が帯のように続いている。引き裂かれる潮風が、耳許で鳴りっぱなしだった。冷たい美千子の横顔が、何かに憑《つ》かれたような感じであった。

間もなく、美千子は速力を落として、エンジンを止めた。急に、静寂が訪れた。しばらくは余力で走っていたランナバウトが、波に弄《もてあそ》ばれるだけになった。停止せずに、漂《ただよ》う船となったのだ。

静かだった。風の音しかなかった。四方が海である。ほかに、船影は見当たらない。水平線が、長かった。別の世界に、二人だけでいるような気分であった。黙っている。長い沈黙が続いた。

「岸部桜子や、修二の姉弟は知っているだろう」

不意に、卓也が口を開いた。汗は出ない。だが、皮膚が灼《や》かれるように、熱くなっていた。

「ええ……」

美千子は、海へ視線を投げかけていた。

「会ったことは……」

卓也は顔をしかめて、太陽を振り仰いだ。美千子が、首を振った。

「岸部姉弟は死んだ。無理心中ということになっている。もちろん、そのことは知っているだろう」

卓也は言った。美千子が頷《うなず》いた。

「あの夜、姉弟が心中する少し前だ。あんたは、サクラ美容室に電話を掛けた」

卓也は、美千子の横顔に、目を移した。美千子が、卓也のほうを向いた。怪訝《けげん》そうである。どうして、そんなことを知っているのかと、言いたそうな顔だった。

「あんたは電話で、岸部桜子と話をした」

「ええ」

「あんたは、どこから電話を掛けたんだ」

「マンションの、お部屋からです」

「初めての電話だろう」

「ええ」

「なぜ急に、電話してみようという気になったんだ」

「頼まれたからです」

「誰に……?」

「父にです」

「どう、頼まれたんだ」

「一度、岸部さんご姉弟に会って、それなりの挨拶《あいさつ》をしたい。電話で、都合を伺ってみてくれって……」

「それで、すぐに電話をした」

「ええ」

「そのとき、鬼頭新一郎はそばにいたんだな」

「ええ」

「電話で桜子とは、その話しかしなかったのかい」

「ええ」

「桜子は、何て言っていた」

「いつでも結構ですけど、そんなご心配はなさらないでくださいって……」

そう答えながら、美千子はサン・グラスをはずした。

「このまま、あの水平線の彼方《かなた》へ行ってしまいたい。帰りたくないわ」

美千子が暗い眼差しで、呟くように言った。その美千子の肩へ、卓也は衝動的に腕を回していた。卓也は、彼女を抱き寄せた。彼の腕に倒れかかりながら、美千子は慌てて体勢を立て直そうと努めた。

卓也は強引に抱きしめて、美千子の唇を捉えていた。美千子は、逆らった。だが、重ねられた唇は、離れなかった。卓也は、固く結んでいる美千子の唇を吸った。

やがて、美千子は上半身の力を抜いた。同時に、結ばれていた唇に隙間《すきま》ができた。卓也はねじこむように、舌を差し入れた。遠慮がちにそれを迎え入れたあと、美千子の舌もしだいに激しく応じはじめたのであった。

激情の謎

1

もちろん、初めて経験する接吻《せっぷん》ではなかった。それどころか、かなりの経験を積んでいる。新妻のように接吻を、日々の常習としているという感触であった。

あるいは深い仲の恋人がいて、接吻を日常茶飯《さはん》のこととしている。そのように判断してよさそうである。一人前の女の、熟練した接吻であった。

最初は逆らったし、拒《こば》もうともした。しかし、間もなくきわめて自然に、応ずるようになったのだ。それは、接吻による性感の目覚めが、鋭敏であることを物語っている。

理性的であろうとする意志が、接吻という直接行為でたちまち鈍らされたのである。一つには、美千子の性感が一人前に熟しているためだろう。同時に美千子は卓也を嫌っていない、という解釈も成り立つのであった。

それにしても卓也はなぜ、衝動的に美千子に対して直接行動に出たりしたのだろうか。それは卓也自身にも、明確には答えられないことだった。

美千子との距離を縮めて、正直なことを語らせようといった下心はなかった。彼女を愛しているという精神的な前提もないし、そうなるには知りあってからの時間が短すぎるのである。

ただ美千子という女に、魅力を感じたことだけは確かであった。あくまでも、衝動的にやったことだった。そうした衝動に走らされるだけの魅力を、美千子が具《そな》えていたということになるのだ。

そうしたかったのである。だから、そうしたのだとしか、答えようがないのであった。それだけの理由であり、ほかには何の思惑も雑念もなかった。

卓也は、薄目を開けてみた。美千子の顔が、半分ほど強い日射しを浴びていた。あとの半分は、卓也の頭の影の中にあった。困惑か、あるいは苦悶するかのような表情だった。目を閉じて、眉間《みけん》に浅い皺《しわ》を刻んでいる。長い睫《まつげ》が、微《かす》かに震えていた。鼻翼《びよく》にふくらんだり、縮んだりする動きが見られた。口で呼吸はできないが、美千子は明らかに喘《あえ》いでいるのである。

美千子は接吻に応じているのではなく、もう完全にそれに乗りきっているのだ。おそらく彼女の念頭にあるのは、相手が誰かということではないはずだった。

相手は、嫌いではない男――。美千子の頭の中にあるのは、ただそれだけのことなのにちがいなかった。いまは接吻によって湧きあがる甘い感覚のみを、享受しようと努めているのである。

長い接吻が、続けられている。何度か互いに、顔の角度を変えた。舌の動きが激しくなり、技巧的に触れあい吸いあっている。卓也は一層、強く美千子を抱きしめた。

美千子の声だけが洩《も》れた。短く呻《うめ》くような、甘い声であった。遊んでいた彼女の両手が、いつの間にか卓也の身体に触れている。左手が卓也の腕を摑み、右手は彼の肩にかかっていた。

卓也の右手も、目立たないような動きを示していた。美千子の胸をまさぐり、まずブラウスの上から左側の隆起を捉《とら》えた。柔らかく、それでいて張りのあるふくらみの感触が、卓也の掌《てのひら》の中に溢れていた。

量感は、十分にある。だが、大きいという感じはしない。形のいい乳房であることが、確認されたような気がした。ブラジャーはしていなかった。

しかも、ブラウスのすぐ下に、乳房があるという感触ではなかった。もう一枚、何かが胸の隆起を被《おお》っている。どうやら美千子は、セパレーツの水着をつけているらしい。

卓也は、美千子の背中に手を回した。ブラウスのファスナーを、そっとひきおろした。美千子の舌が、卓也の口の中から消えた。接吻を中断するつもりなのだ。

卓也の舌が、美千子のそれを追った。だが、間にあわなかった。美千子はそこで、いやいやするように首を振ったのである。唇がはずれて、二人の顔は離れた。

「いけないわ」

美千子が、かすれた声で言った。苦しそうに喘ぎながら、その表情にはまだ陶酔の余韻を残している。卓也は美千子のブラウスを、引っ張りあげるようにした。

「やめて……」

美千子は、卓也の胸を押しこくった。卓也は押されながら、強引にブラウスをめくりあげた。乱暴なやり方だった。逆らえば、ブラウスが裂けそうであった。

そう思ってか、美千子は一瞬の怯《ひる》みを見せた。卓也はさらに、ノースリーブのブラウスを引っ張った。美千子の上体が、前に傾いた。バンザイをするように、彼女の白い両腕が揃《そろ》って伸びた。

そうすることを、余儀なくされたのであった。頭を包んでいたスカーフが、はずれ落ちた。続いてブラウスがすっぽり抜けるように剝《は》ぎとられた。

その反動で、美千子はのけぞった。それを素早く、卓也は抱きかかえた。肌が直接、触れあった。柔らかくて、弾力のある肉づきだった。しかも、皮膚は心地よいほど、滑らかであった。

温かかった。体温だけではない。直射日光を、浴びていたこともあるのだ。その身体の温か味に、生きている女が感じられた。若々しさがあった。

果たして、美千子は水着をつけていた。セパレーツの水着の一部が、彼女の胸を被っている。白い肌に、明るいピンク色が、美しく鮮やかであった。

「お願い……」

声を震わせながら、美千子は身をよじった。

「さあ、脱いで……」

卓也が、美千子の耳許《みみもと》で囁《ささや》いた。パンタロンを脱げ、という意味であった。靴はすでに脱げてしまい、卓也の足許に転がっていた。彼は美千子の首筋から肩へと、這《は》うように唇を滑らせた。

美千子は上体を縮めるようにして、乱れた息を吐き散らした。俗な言い方をすれば、美千子は感じているのである。性感が、反応を示しているのだった。

「どうして、そんなことをしなければならないの？」

美千子は卓也の肩に、顎《あご》を埋《うず》めながら喘いだ。

「おれは男だし、あんたは女だからだ」

卓也の唇は、美千子の首筋を往復した。

「ただ、それだけのことで……？」

「ほかにも、いろいろとある。しかし、理屈はどうでもいい」

「どうでも、いいことじゃないわ。ほかにもいろいろあるって、それを聞かせてほしいのよ」

「女には、自分を納得させる言葉ってものが、必要なんだろう」

「わたしは、何かのハズミで深い仲になるなんてことは、とてもできないわ」

「おれはとにかく、あんたが欲しいんだ」

「なぜ？」

「なぜって……」

「わたしの身体が、欲しいのね」

「そうだ」

「身体だけね」

「心まで欲しがったところで、そう簡単にはもらえないだろう」

「わたしの外見だけに、魅力を感じたということでしょ」

「おれたちの付合いは、まだ浅すぎるくらいだ。愛しているなんて言うのは、ただ軽率なだけだろう」

「でも、わたしを抱くことが目的で、近づいてきたわけじゃないんでしょう」

「もちろんだ」

「わかったわ」

「自分で、脱ぐかい」

「ええ」

美千子は、立ちあがった。彼女は乱れた髪の毛に手をやってから、おもむろに卓也に背を向けた。美千子は二本の脚を交互に、白いパンタロンから抜きとった。セパレーツの水着をつけた美しい裸像が、卓也の眼前に浮かびあがった。

次の瞬間、美千子は跳躍していた。宙を流れた美千子の身体は、飛沫《しぶき》を上げて海中へ没した。ユーティリティ型のランナバウトに、横揺れだけが残った。

卓也もそのあとを追って、海の中へ身を躍らせた。靴を脱いだだけで、Tシャツもジーパンもそのままだったた。

2

太陽が、真上にあった。

船底に、防水カバーが広げてある。運転席にかぶせるシート・カバーであった。その上に二枚のバス・タオルを敷きつめて、卓也と美千子は身を横たえていた。

卓也は、ブリーフだけの姿だった。濡れたシャツとジーパンは、フロント・ガラスの向こうに投げ捨ててあった。もうとっくに、乾いているはずである。

美千子は、仰向けになっている。それに寄り添い、被いかぶさるようにして、卓也は俯《うつぶ》せになっていた。二人は、無言であった。さっきから、接吻を繰りかえしている。

美千子は、卓也の唇を拒まなかった。むしろ待っていたように、接吻には積極的に応じる。だが、それ以上のこととなると、美千子は頑《かたく》なに拒絶するのであった。

両手を胸の上に置き、太腿《ふともも》を重ねて密着させている。卓也がそれをはずそうとしても、美千子は力をこめてそうさせまいとする。だが、けっして性感を鈍化させたり、殺したりしているわけではないのである。

接吻によって、強い刺激を受けているのだ。美千子の胸は大きく波打っていた。何度も痙攣《けいれん》するように、身体を震わせた。鋭い感覚が来るのか、腰を浮かせてひねるようにすることもあった。

「もう、やめて……」

繰りかえされる接吻の合間に、息を弾《はず》ませて美千子が言った。耐えきれなくなって、哀願するような口調であった。

「やめるもんか」

卓也は美千子のウエストから、腰にかけての円味《まるみ》を撫《な》で回した。もう美千子の水着は、湿ってもいなかった。

「お願いよ」

美千子は、目を閉じたままだった。泣きだしそうな顔になっている。

「駄目《だめ》だ」

卓也は手を、美千子の下腹部に移した。ふくらみを掌《てのひら》で捉えながら、卓也は美千子の太腿の付け根に指を押しつけた。

「いけないわ」

美千子は首を振り、腰を揺すり上げるようにした。

「なぜだ」

「とにかく、いけないことなのよ」

「そんなの、答えにはならない」

「苦しむだけだわ」

「誰が……？」

「お互いによ」

「苦しむのも、悪くないさ」

「そんな、生やさしいことじゃないのよ。わたしに近づくだけでも、取返しがつかないことになるって言ったでしょ」

「覚悟の上だ」

「命に関わることになるかもしれないというのも、冗談やでたらめじゃないんだから……」

「嘘《うそ》とは、思っていない。だから、死んでもいいって言ったはずだ」

「駄目よ、そんなの……。わたしとそんな仲になったら、絶対に無事には済まないわ。結ばれたところで、わたしたちに明日はないのよ」

「先のことなんて、どうでもいい」

「いやよ、わたしは無意味なことで苦しみたくない」

「無意味なこと……」

「そうよ。明日のない恋なんて、無意味なことだわ」

「恋か」

「正直にいうわ。わたし、このままだとあなたのことを、好きになってしまいそうな気がするの」

「お互いさまだ、いいじゃないか」

「それが、いけないのよ」

「どうしてなんだ」

「わたしには、あなたを愛する資格なんてないの。わたしの心も身体も、泥にまみれているんだから……」

「ずいぶん古風なことを、言うじゃないか」

「でも、本当なの。だから、堪忍《かんにん》して。お願い」

「だったら、いま以上に泥にまみれればいいんだ」

「無理よ」

「あんたに男がいるってことは、わかっている。だけどその男との仲はほんものじゃない。あんたはおれとの仲を、ほんものにすべきなんだよ」

「そんな……」

「そのことにおれたちは、命を賭《か》ければいいじゃないか」

卓也は、そう言った。そうするのが当然みたいな気持ちに、彼はなっていたのだった。そのせいか、淡々とした口の利《き》きようであった。虚勢でもないし、意気がってもいない。悲壮感もなかった。

「そんなふうに、苦しめないで……」

美千子の閉じた目から、涙が溢れ出た。とめどなく溢れ出て、それは頬にいく筋《すじ》もの流れを作った。美千子は、その濡れた顔を両手で被った。指の間から、嗚咽《おえつ》が洩れた。

かなりの感情が、沸騰しているようだった。嗚咽が、完全な泣き声になった。美千子は、身体を震わせて泣いた。髪の毛も、揺れている。号泣とまではいかないが、激しい泣き方であった。

卓也は、静観することにした。泣きやむまで、待つほかはなかった。静かな海上に浮かぶランナバウトの中で、照りつける陽光を浴びながら、ひとりの女が声を上げて泣いている。

それは、ひどく印象的な光景であった。卓也は孤島に美千子と二人きりでいる、という気分になっていた。ランナバウトが揺れて、ひたひたと水が船縁《ふなべり》を叩いている。

美千子は十分ほど、泣き続けていた。ようやく泣きやんだあとも、しばらくは彼女は両手で顔を被ったままでいた。やがて両手を取り除くと、美千子は顔をそむけた。

「抱いて……」

美千子が溜息《ためいき》まじりに、弱々しく言った。卓也はあらためて、美千子を抱きしめた。

「あなたのものにして。激しく、愛してほしいわ。わたしをメチャメチャにしてしまうくらいに……！」

美千子は、声を大きくした。激情に駆られている、という感じであった。彼女はみずから、胸を被っているものをはずした。唇を合わせながらさらに、美千子の両手が腰の部分で次の作業を進めていた。

セパレーツの水着が、棄て去られた雑巾《ぞうきん》のように船底に散らばった。美千子は、生まれたままの姿になった。美を象徴する彫像のように見事な裸身を、白昼の明るさの中に剝《む》き出しにしたのであった。

卓也は両手で、張りのある左右の乳房を押し上げるようにした。絵に描いたように、いい形をした乳房だった。卓也はそっと、それを撫で回した。

「もっと、強くして……」

美千子が、立てていた両膝を伸ばしながら、そう口走った。

卓也は丘の側面から、摑むようにして揉みしだいた。美千子は両脚を伸ばしきり、左右の足の裏で敷いてある防水シートを交互にこすり始めた。

卓也は左の乳房に、顔を近づけた。その丘の頂きに埋まっていた可憐な蕾《つぼみ》を、彼は舌の先で掘り起こした。小さくてピンク色の蕾は固さを増して、戸惑ったように浮かびあがった。卓也はそれを軽く唇の間にはさみ、舌の先に包みながら巻きこむようにした。

「ああ」

美千子は声を洩らして、持ち上げるように胸を張った。のけぞった美千子の顔で、唇が戦《おのの》くように震えていた。卓也は右手を、美千子の腹へ滑らせた。

美千子の腰のあたりにも、高熱を発したときのような震えがあった。ひどく、昂《たか》ぶっている。期待に煽《あお》られて、燃えあがりつつある女体だった。

あれほど、拒み続けた美千子である。やめてくれと哀願し、苦しさに耐えかねたように声を出して泣きもした。長い間、泣いていた。ところが泣きやんだあと、美千子は豹変したのであった。

みずから、卓也を求めたのである。激情に駆られたように、美千子は積極的であった。

そうした豹変ぶりを、ただ単に感情の起伏の激しさということでは、済まされないような気がする。

何かあるのだ。美千子の影の部分に、重大な謎が感じられるのであった。

「もう、どうなってもいい……」

美千子が喘ぎながら、甘い声で言った。美千子は股間にあてがわれた卓也の手を、火照《ほて》るように熱い太腿で強くはさみつけていた。

眠りのない夜

1

海の上での情事、小さな船の中での性行為は、新鮮でありロマンティックでもある。だが、それは常態として肉体関係を持っている男女にとって、より刺激的な情事の舞台装置と言えるのであった。

たとえば、夫婦である。すでに夜の倦怠《けんたい》を感じはじめている夫婦には、新鮮で刺激的なセックスの場所となるだろう。海上を漂うモーター・ボートの中で、激しく愛しあう。それを知るものは、白昼の陽光と潮風だけなのである。

しかも、そうしたセックスの舞台も、初めて結ばれる男女の褥《しとね》としてはふさわしいと言いきれない。もし、モーター・ボートの中での束《つか》の間《ま》の情事に満足しきれるのであれば、それは単なる遊びということになる。

そこはたしかに、無人の世界であった。二人だけに、なりきれる。だが、それだからと言って、完全に落ちつけるという雰囲気ではなかった。

波にボートは揺れる。防水シートの上に、バス・タオルを広げただけのベッドである。白昼の日射しも、容赦なく吹きつける潮風も、全裸になった男女に心からの安らぎを与えるものではなかった。

そうした場所での男女の結びつきは、厳粛な儀式には程遠いのである。安直なセックスであり、愛し愛されているという精神的な満足をもたらすものではなかった。

現代人には、儀式の場というものが必要だった。形式とはいえ、それが気持ちの安定に結びつくのである。夜の静寂、二人だけの部屋、清潔で落ちつけるベッドが、愛しあう雰囲気を作りあげるのであった。

卓也と美千子は、ボートの中で初めて肉体的に結ばれた。しかし、それで二人は完全に結ばれたという気分に、なりきれるものではなかった。

互いにそうする意志があることを、確認しあったのにすぎなかった。二人が固く結ばれたという意識を持つには、何か大きなものが欠けているように思えるのだった。

ものたりなさが、残ったのである。気持ちの上で、中途半端なのであった。肉体的にも、満足しきってはいなかった。男の射精によって、一応の終止符が打たれるというだけの行為であった。

女のほうは、男を受け入れたことしか自覚できなかった。快感はあっても、陶酔にまで到達しないのである。もちろん場所や雰囲気にかかわらず、初めての関係で女が狂喜する例は少ない。

羞恥心が強く働くし、遠慮やポーズ、それに漠然とした不安を、女は捨てきれないのであった。互いにツボというものを心得ていないし、消極的に振舞うことになる。

女にはまず、男に肉体的に馴染《なじ》むということが必要だった。したがって、初めての行為によって、みずからの身体を解放しきるというのは、女にとってむずかしいことなのだ。

そうした点でも、気分的に中途半端であった。二人は完全に結ばれたという意識を、持てないのである。これで、すべては終わったという気持ちに、なれないのだった。

たとえ一度でも、許しあった仲であった。もう他人ではないという観念的な認識は持っているし、愛しあっていることも自覚しないではいられない。

それだけに、未練なのであった。俗な言い方をすれば、あとを引くのである。これだけで別れてしまうということが、何としても心残りなのであった。

葉山から、東京ナンバーのタクシーに乗った。東京から客を運んできた、帰りのタクシーであった。運転手は東京へ帰る客を歓迎した。

そのタクシーに乗れば、いやでも東京まで運ばれてしまう、東京に着けば、二人の別離が待っている。そう思うと、焦燥感を覚えずにはいられなかった。

美千子も、同じ思いである。その証拠に美千子は、東京へ向かうタクシーの中で口を利こうとはしなかった。怒ったような顔で、むっつりと黙りこんでいた。

それでいて美千子は、卓也の手を強く握ったままでいた。ときどき、思い出したように溜息をつく。窓の外へ、目を向けようともしなかった。

卓也も、沈黙を続けていた。何とかしなければならないと、卓也は考えていたのだった。このまま、別れたくはない。東京へ直行する気にはなれなかった。

葉山をあとにしたのが、午後二時であった。まだ、時間もある。炎天下の路上を、車が埋めていた。暑そうであった。冷房車の中の涼しさが、嘘のように感じられた。

横浜市内にはいって間もなく、ドライブ・インに寄った。タクシーの運転手と卓也は、カレー・ライスを注文した。美千子は、冷やしそばを食べた。

磯子《いそご》である。斜めの筋向かいに、横浜プリンス・ホテルへの入口があった。カレー・ライスを食べ終わって、卓也は店の奥へ立った。電話を掛けるためであった。

卓也は看板を見て記憶した番号どおりに、ダイヤルを回した。横浜プリンス・ホテルの電話番号であった。スイート・ルームの、それも大きな部屋なら取れる、というフロントの予約係の返事だった。

卓也は、テーブルへ戻った。運転手は、少し離れた席についていた。美千子が怪訝《けげん》そうに、戻ってきた卓也を見上げた。沈んだ顔つきであった。

「予約してきた」

卓也は、椅子にすわりながら言った。

「予約……？」

美千子が、小さく唇を動かした。

「プリンス・ホテルだ」

卓也は道路の反対側へ、視線を投げかけた。美千子は、無言のまま目を伏せた。卓也の計《はか》らいに、逆らう気持ちはないのである。だが、積極的に同調もできない、という態度であった。

「このまま、東京へ帰りたくはないだろう」

卓也は笑いのない顔で、美千子を見やった。

「当然でしょ」

美千子が答えた。

「じゃあ、いいんだな」

「でも、そうはいかないのよ」

「まだ、四時前だぜ」

「ホテルへ行ったら、明日までいたくなるでしょ」

「泊まれば、いいじゃないか」

「駄目だわ」

「無理をするんだ」

「できないわ」

「あんたは、金曜日という日を選んだ。それは、金曜日なら自由を得られる、という考えがあったからなんだろう」

「そりゃあ、――そうだけど……」

「だったら、いいだろう」

「そうは、いかないのよ。外泊できるほどの自由さは、与えられていないの」

「金曜日なら、少しの自由は得られる。それは、どうしてなんだ」

「毎週、金曜日には波多野コンツェルンの首脳陣が集まっての会食があるってことを、ご存じないの？」

「波多野コンツェルンに関しての、知識はゼロなんでね」

「二十人ほど集まって、食事をしながら事業報告や経営の方針について、意見交換をするらしいのよ。それで、その会食に出席する父の帰りが、遅くなるわけなの」

「遅くなっても、家へは帰ってくるのか」

「もちろんよ」

「帰ってくる時間は、何時なんだ」

「十二時前後に、決まっているのよ」

「どうしても、それまでには帰っていなくちゃあいけないのかい」

「そうなの」

「父親がどうして、あんたをそこまで束縛するんだ」

「ひとり娘を持った父親って、みんなそういうものなんじゃないかしら」

「その束縛を今夜、はね返すんだな」

「駄目よ」

「鬼頭新一郎は、あんたの実の父親なんじゃないか。実の父親を、それほど恐れる必要はないだろう」

「でも……」

美千子は、弱々しく首を振った。暗い表情であった。美千子が、父親の鬼頭新一郎を恐れているのかどうかは、判断がつかなかった。あるいは、ほかに恐れなければならない人物がいるのかもしれないと、卓也は思った。

2

船の中での最初の行為とは、反応の点でもはっきり違っていた。羞恥心や不安から、解放されている。肉体の馴染みを通じて、遠慮せずに燃えあがろうとする気持ちが強まっているのだった。

それに、やはり舞台装置が整っているということで、女の情感は高まるものなのであった。部屋は広いサロンふうの洋間と、寝室に分かれていた。バス・ルームもゆったりとしていて、ビデの設備があった。

山側は、ゴルフ場になっている。照明の下に、グリーンの色が鮮やかだった。海に向かっても、大きな窓があった。だが、海は見えなかった。

海を埋めたてて、工業地帯がそこに広がっているのである。その代わり、工業地帯の各種の照明、無数の電灯がきらびやかであった。それなりのムードをかもし出す夜景になっている。

ツイン・ベッドの片方へ、卓也は美千子の湯上がりの裸身を運んだ。彼自身も、全裸であった。卓也は美千子に、バス・タオルを巻くことも許さなかった。

美千子は恥じらいながらも、そのことに強い刺激を覚えたようだった。美千子はベッドへ運ばれるときから、すでに胸を波打たせていた。彼女の戦《おのの》くような震えが、卓也の腕に伝わってきた。

「電気を……」

ベッドの上で、美千子が喘《あえ》ぎながら言った。しかし、卓也はその注文を無視して、寝室の電気を消そうとはしなかった。美しい女の肢体は、触れるとともに眺めるものでもあった。卓也はあらためて、美千子の裸身を美しいと思った。

接吻しながら、美千子の腰を撫で回した。微妙な動きが、その腰にあった。両脚の屈伸が、腰を動かすのである。美千子はかなり忙しく、膝を立てたり伸ばしたりしていた。

それに合わせて、美千子は腰を浮かせ、よじるようにするのであった。その間隔も、短くなっていた。積極的に、卓也は唇を、燃えさかることを目ざしているようだった。

た。卓也は唇を、美千子の首筋に移した。それだけで美千子の身体を、痙攣が垂直に走った。卓也の唇は美千子の胸の中央部を、真っ直ぐに滑っていった。

左より右の乳房のほうが敏感だと、すでにわかっていた。卓也は両手で、右の乳房を包
んだ。左右から押し上げるようにして、彼は乳房の頂《いただ》きにある蕾《つぼみ》を唇の間に吸いとっ
「うっ……」

と、美千子が腹を蹴られたみたいな呻《うめ》き声を洩らして、全身を硬直させた。その呻きは
卓也の舌の動きにしたがって、鼻にかかった甘い声に変わった。

「愛しているわ」

唄うように言って、美千子は両手で顔を被った。

卓也は唇を、美千子の脇腹へ移行させた。脇腹の柔らかい部分に、唇を押し当てて思い

きり強く吸う。美千子は叫ぶように声を発して、腰をよじろうと力をこめた。

だが、美千子の腰は、卓也に押さえつけられている。彼女の上半身だけが、横向きにな

った。美千子は両手で顔を被ったまま、激しく首を振っていた。

卓也はさらに、唇を下のほうへ這わせた。それは美千子の、それほど濃くはない茂みの

中へ忍びこんだ。石鹸の匂いが、残っていた。ほかに磯の香に似た匂いを、卓也は嗅い

だ。昼間、海水に浸《つ》かったせいだろう。

美千子の息遣《づか》いが、急に激しく乱れはじめた。それは喘ぎだけでなく、断続的に声が加

わるのであった。女の子が、拗《す》ねて泣き真似をしているような声だった。

おそらく美千子は、次に卓也の唇が触れる場所を予測したのだろう。その期待感が急激

に甘美さを強めて、美千子を昂ぶらせるのにちがいなかった。

しかし、卓也は意識的に、美千子の予測と期待を裏切ったのだった。卓也の唇は中心部

を避けて、右の太腿《ふともも》の内側へ走ったのである。そこを軽く吸ったあと、中心部をそっと撫

でるようにして、彼の唇は左の太腿へと移っていった。

美千子が、小さく叫んだ。今度こそはという期待をはずされて、美千子は苛立《いらだ》たしさを

声にしたのである。卓也は再び、右の太腿へ唇を迂回させた。

その繰りかえしを、卓也は忍耐強く続けた。無意味な意地悪ではなかった。美千子は、

焦《あせ》らずにはいられない。そうやって、じらされることが女の快感を倍加させるのだった。

卓也は、その効果を狙《ねら》ったのであった。

美千子の腰が、浮いたり沈んだりしていた。左右の太腿が、別の生きもののように動いている。腰と太腿とに、美千子の全身の力が集中されているのだった。

喘ぎと声が、ますます激しくなると同時に、絶え間なくなっていた。美千子は両手で摑んだ枕に、横顔を埋めていた。小さく口を開けて、泣いているような横顔だった。

卓也の唇はようやく、美千子の期待する部分に近づいた。美千子はもどかしげに、みずから押しつけてきた。卓也の唇と舌が、そのもっとも敏感な小さい蕾を捉《とら》えた。

「卓也さん……！」

美千子はそう叫びながら、乱暴に寝返りを打つように仰向けになった。踏んばるように、両脚を伸ばしきっていた。美千子は次の瞬間、荒々しく腰を揺すり上げた。

卓也の指が、亀裂に滑りこんだ。熱く、潤《うるお》っていた。湧き出る湯に、濡れそぼっている。卓也は、すべてを知り尽くしている女の肉体を、感じていた。

男を十分に知っているし、性感も完全に開拓されている。美千子は現在も、その男との関係を保っていると、判断していいだろう。その美千子がなぜ、卓也と深い仲になる気を起こしたのか。

火遊びではないのである。美千子は卓也を愛してしまうのが恐ろしいと、苦悩したくらいなのであった。たったいま彼女は、愛していると口走った。

美千子に、女の歓びを教えた男がいる。その男は、美千子との関係を続けている。女としてそれを、不幸なこととは言えないだろう。だが、彼女はあえてその男を裏切り、卓也を愛することとなったのだ。

美千子は、やはり不幸な女なのである。これまでの男を、愛してはいなかったということになる。だからこそ美千子は、水平線の彼方《かなた》へ行ってしまいたいなどと、口にしたのだろう。

「軽蔑しないで……！」

美千子が、絞り出すような声で言った。卓也には、咄嗟に理解できない言葉だった。だが、その直後に美千子は、狂おしげな呻き声を発したのであった。

美千子は身体を弓なりにして、枕の向こう側へ頭が落ちこむほど大きくのけぞった。呻きが、悲鳴に変わった。悲鳴は甲高くなって、尾を引くように長く続いた。

前戯の段階での絶頂感に、美千子は達したのである。大きな声を出して、狂態を示す。そのことで軽蔑しないでほしいと、美千子は言いたかったにちがいない。

「もう駄目、わたしあなたを愛してしまったわ！」

そう叫びながら、美千子は何かを探るように両手を差しのべた。卓也を、求めているのであった。美千子の目を閉じた蒼白な顔に、粒となった汗が見られた。

卓也は美千子の腰を、かかえるようにして引き寄せた。美千子の脚が、押し開かれる。

その中心の熱く濡れた部分に、卓也は怒張したものをあてがった。

「卓也さん、一緒に死んでもいいわ。殺されたって、いいわね！」

美千子が、張りあげた声で言った。なかば、泣き声であった。卓也はそれを貫くように、美千子の中へ埋めこんだ。美千子は、全身を萎縮させて、激しく震えはじめた。

「一緒に、殺されよう」

卓也は美千子の上に被いかぶさって、その耳許で囁いた。誰になぜ殺されるのか、見当もつかなかった。だが卓也は何となく、死を予感していたのである。

「卓也さん、素晴らしいわ！」

美千子は、卓也の背中に両手を回した。卓也の力強い律動が始まり、そのリズムに合わせて陶酔感が強まることを訴える美千子の声と言葉が繰りかえされた。

もし東京へ帰ることを忘れるならば、二人を待っているのは眠りのない夜のはずだった。

男とは誰か

1

股間に微妙な感触を覚えて、卓也は眠りの底から浮かびあがった。

部屋の中は暗く、ベッド・ランプだけが光を放っていた。だが、もう朝を迎えていることは、間違いなかった。カーテンの隙間から朝の明るさが射しこんでいる。

卓也は、時計に目をやった。六時半であった。昨夜から、眠りの時間はなかった。美千子と、愛しあい続けたのである。身体が離れることさえ、ほとんどなかったくらいであった。激しく、貪欲《どんよく》に求めあったのだ。

体力の限界とか、疲労とかいうものを、意識することがなかった。なぜ欲望が萎《な》えないのか、どうして短時間における恢復《かいふく》が可能なのか、といった理屈は抜きであった。

とにかく肉体を結合させて、互いに快楽を極める。飽くことなく、それを繰りかえす。

そうしないでは、いられなかったのである。そのほかに男女の結びつき、相手の存在を確認する方法がなかったのだ。

追いつめられた男女の心理とは、そういうものであった。結ばれたために、二人には危険が迫る。殺されるかもしれない。二人の将来は、きわめて短い。

その短い時間を、愛しあうことによって埋めようとする。共犯者意識みたいなものもあって二人は寄り添わないではいられない。悲壮感を覚えて男と女は遮二無二《しやにむに》、燃えあがるのであった。

卓也の身体は、思いのほか強靭《きようじん》であった。自分がこれほどセックスに対して精力的であるとは、彼にとっても新しい発見だったのである。美千子という女に惚れたのだと、卓也は自覚せずにはいられなかった。

美千子もまた、激しかった。狂おしく燃えつきて、息も絶え絶えになる。しかし、美千子はすぐ、どちらからともなく求めあう次の行為に、溶けこむのだった。

ひたむきであった。死が訪れるまで、燃焼しつくそうとしている。そんな悲痛なものさえ、陶酔にわれを忘れている美千子には、感じられるのである。

卓也がさすがに消耗を覚えて、浅い眠りに引きこまれたのは四時を過ぎてからだった。二時間は、寝たことになる。美千子のほうはおそらく、一睡もしていないのにちがいない。

美千子は、卓也に寄り添っている。彼女は右手を、卓也の股間に伸ばしていた。微妙な感覚とは、その美千子の指の動きによるものだったのだ。

肉体的に結ばれて、まだ二十四時間も過ぎてはいない。だが、二人の肉体の接触時間はかなり長かった。その馴れ親しみようも、強く深かった。

一週間の接触分を、一夜に集中したと言ってもいいだろう。したがって必ずしも、美千子の行為が大胆すぎるということにはならないのであった。

しかし、その美千子にも、卓也が眠っているという安心感があるのにちがいなかった。だからこそ大胆な愛撫を、女のほうから進んで仕掛けられるのであった。

卓也もしばらくは、眠っているふうを装うことにした。美千子を、恥ずかしがらせないためであった。彼自身にも、照れ臭さがあったのである。

美千子の指は、遠慮がちにさまよっていた。卓也が目を覚ましてはと、気遣っているのだろう。美千子は卓也の萎えたものを、そっと掌《てのひら》の中に包みこんだ。

そのあと三本の指を使って、卓也の敏感な部分を刺激する作業を続けた。けっして、稚《ち》拙《せつ》な愛撫ではなかった。ツボを心得ているし、むしろ巧みなやり方であった。

初めての経験ではないと、卓也は察していた。そのようなテクニックを、美千子は男に教えこまれている。美千子の男とは、いったい何者なのか。

もちろん、若い男ではない。美千子ほどの若い女の肉体を見事に開花させて、技巧的な愛撫の方法も教えこむ。それは若い男にとって、かなりむずかしいことである。

それに美千子が卓也に対して、何度も放った言葉が興味深かった。いきりたった卓也を迎え入れたとき、美千子は必ずその言葉を口走るのであった。

「いっぱいよ。あたしの中が、あなたでいっぱいだわ。こんなに素晴らしいってこと、初めて……」

美千子は、感動的にそう言うのである。それは美千子が、卓也の男のような量感、硬度を経験するのは初めてだということを意味している。

つまり、美千子の相手は量感と硬度の点で、卓也よりも劣っているということになる。技巧的だが、そのものに完璧な逞《たくま》しさがない。そうだとすれば、中年以上の男ということが十分に考えられるのであった。

美千子の肉体は、性的に成熟しきっている。二十代後半の女、という感じさえする。官能の極致も、一応は知っている。そこまで、開拓されているのだった。

一度だけ絶頂感を極めて終了する、という単純な性感ではなかった。何度も繰りかえしのぼりつめて、最後に狂乱状態へ追いやる強烈な絶頂感が訪れるのであった。

美千子の身体を、そこまで磨きあげた男なのである。五十代か六十代の男で、しかも美千子を独占することに異常な執念を燃やしている。

《何者なのか……》

胸のうちでそう呟きながら、卓也は萎えていたものが元気づくのを感じた。美千子の指が、戸惑ったように動きを止めた。眠っていても刺激に反応を示すものなのかと、美千子は、一瞬、迷ったのだろう。

しかし、もともと男を元気な状態にさせることを目的に、女が加えている愛撫なのである。そのとおり男が反応を示すのは、女にとって嬉しいことだった。

美千子は、愛撫を再開した。もう遠慮がちにというやり方ではなかった。技巧をほどこす甲斐《かい》も出てきたし、卓也が反応を示せば美千子も興奮するのだった。

いつの間にか、美千子は息を弾ませていた。手の動きが早く、激しくなっている。卓也のその部分は、熱く硬直していた。美千子はそれを把握しながら、急に喘ぎはじめた。

不意に、美千子は起きあがった。耐えきれなくなって、衝動的にそうしたようだった。美千子は突き上げてくる昂《たか》ぶりに、抗しきれなくなったのである。

裸になりきった美千子には、もう恥じらいもなかった。大胆になる、という意識もない。それが自然な行為の進展だったのだ。いまや美千子には、気取りは必要としなかった。彼女は、横浜のホテルで朝を迎えた。外泊したのである。

父親の鬼頭新一郎の拘束は、無視してもいいだろう。しかし、美千子を独占する男が、それを許すはずはなかった。それで美千子も、身の危険を覚悟したのだった。

すべてを投げ出して、卓也と愛しあう行為に没入する。それには、気取りも羞恥心も不要であった。こうなったからにはという気持ちが強まるのは、当然のことと言えた。

美千子は、卓也の脚の間に蹲《うずくま》った。彼女は屹立《きつりつ》した卓也のものに、両手を添えるようにした。この世でもっとも愛《いと》しいものに接吻するように、美千子はそっと唇を押しつけた。

唇と頬が、それに触れた。美千子はやがて、それを深く口に含んだ。口いっぱいに頬張るという感じが、卓也にもわかった。彼はもう、知らん顔をしてはいられなかった。

まだ気づかずに、眠っているわけがないのである。卓也は、目を開いた。上下する美千子の顔が見えて、髪の毛が乱れつつ揺れていた。その美千子が、このうえもなく可憐な女の姿として、卓也の目には映じた。

卓也は両手を伸ばして、美千子の肩に触れた。美千子の動きが、激しくなっていた。卓也は彼女の腕を、引っ張るようにした。骨がバラバラになるまで、美千子を愛さなければならない。卓也はそう思った。

「愛している！　愛しているわ、どうしようもないくらいに……！」

美千子は身を投げ出すように、卓也の上にかぶさってきた。首を振りながら、彼女は苦しそうに息を乱した。無我夢中という狂おしさであった。

身体を起こした美千子の太腿の間には、卓也の灼《や》けた鋼鉄に似たものがあった。彼女はそれをみずから、自分の中へ導いて腰を沈めた。美千子は、短い叫び声を洩《も》らして、頭をのけぞらせた。

2

カーテンを、開けただけだった。朝から、日射しが強かった。今日も、暑くなりそうである。ゴルフ場に、もう人影があった。健康的な、朝のゴルフ場だった。

そうした背景のせいか、部屋の中が陰湿なものに感じられた。空気が澱《よど》んでいる。追いつめられた男女の、セックスの匂いがこもっているみたいであった。

卓也と美千子は、一つベッドに寄り添って身体を横たえていた。美千子は卓也の腕を枕にして、彼の胸の側面に横顔を押しつけていた。二人とも、全裸のままだった。

「わたしたち、自分から不幸の海へ飛びこんだようね」

美千子が、目を閉じたままで言った。

「宿命さ」

卓也は、美千子の肩を軽く叩くようにした。汗は引いているが、美千子の身体は冷たく湿っていた。

「宿命って言葉が、好きみたい……」

美千子は、唇を押しつけた部分を、音立てて吸った。

「すべては、宿命だろう」

卓也は、無表情であった。

「でも、命短しよ」

「長生きすることが、幸福とか幸運とかとは限らない」

「そりゃあ、そうだけど……」

「ただし、わけもわからずに殺されるのは、ばからしいことだ」

「きっと、殺されるわ」

「間違いないのか」

「いまのうちに、わたしたちが離れてしまえば、あるいは無事に済むかもしれないけど……」

「別れるのかい」

「ええ」

「別れられるか」

「いや……。もう、駄目だわ。あなたとは、別れられないの。だったら、殺されたほうがマシよ」

「おれもだ、何よりも、おどされて別れるってのが気に食わない。それに、わけもわからずに殺されるってこともだ」

卓也は、美千子の顔に目をやった。美千子は黙っている。卓也の質問が、触れられたくないことに及びそうだと、彼女は察知したのだ。

だが、卓也としても、知りたいことなのである。誰になぜ、殺されるのか。それも不明のまま、おとなしくこの世から抹殺されることはなかった。

「あんたの男ってのは、いったい何者なんだ」

卓也は訊いた。美千子は瞬間的に、身体を固くしたようだった。触れられるのを恐れていた点なのである。

「言えないわ」

美千子は、力なく首を振った。暗い眼差しであった。

「どうしてだ」

卓也も、天井《てんじょう》を見上げた。クラシックな型のシャンデリアが、鋭い光を放っていた。

「言いたくないの」

美千子は、目をつぶった。暗澹《あんたん》たる思いを、噛みしめているような表情だった。

「隠しても、仕方がないだろう」

「でも、言いたくないわ」

「その男を、愛していないのか」

「あなたに対するような愛は、まったく感じていないわ」

「なぜ、裏切った」

「あなたが、出現したからよ」

「それにしても、ずいぶんさっぱりと決心したもんだ」

「苦しんだうえで、決心したんだわ。でも、いつかは逃げ出さなければならないと、思っていたのよ。そこへ、あなたが現われた。それで一挙に、心を決めてしまったのね」

「おれが、踏み台になったわけか」

「そんな言い方をしないでほしいわ。わたしは一目見たとき、あなたに強く惹《ひ》かれたのよ。それに、あなたは、わたしに殺されてもいいから親しくなりたい、と言ったわね。あの一言が、わたしの心に突きささってしまったんだわ」

「しかし、なぜおれたちは、殺されなければならないんだ」

「それは……」

「おれは、あんたをその男から奪った。あんたは、その男を裏切った。だから、殺されるのかい」

「それも、理由の一つになるでしょうね」

「ほかにもまだ、理由があるのか」

「何かはよくわからないけど、彼には重大な秘密があるらしいの。その秘密が洩れることを、彼は極度に恐れているのよ」

「しかし、あんたはその秘密がどんなことなのかを、知っていないんだろう」

「ええ」

「だったら、あんたがその男から離れたとしても、恐れることは何もないはずだ」

「秘密そのものはわからなくても、わたしにはいろいろなことを知られているでしょ。もし、わたしがその秘密を探ろうとする人間と結びついたら、彼にとっては致命的な脅威になるわ」

「それで、その男は死ぬまであんたを独占、拘束しようという考えでいるのか」

「尾行者をつけて、わたしを監視させてもいるのよ」

「そんなことで、何も殺される必要はないだろう」

「たしかに、そのとおりなの。でも、結果的には……」

「殺されると言うのかい」

「ええ」

「ギャングの世界とは、違うんだぜ」

「殺すとは、言われていないのよ。警察に、保護を頼むわけにはいかないわ」

「いきなり、実行する?」

「そうよ。気がついたときには、殺されるってことになるでしょうね」

「逃げればいい」

「駄目よ」

「なぜだ」

「わたしには、逃げられないわ」

「あんたは、水平線の彼方《かなた》へ行ってしまいたい、帰りたくないって言っていたじゃないか」

「できないことだからこそ、そんなふうに祈ってみたのよ」

「その男に、未練があるのか」

「違うわ」

「じゃあ、どうして逃げる気を、起こさないんだ」

「ねえ、もう許して……」

「何をだ」

「これ以上、わたしを苦しめないで。お願いだから、堪忍《かんにん》して……」

「そのことには、もう触れるなと言うのか」

「そうなの。もう、何も訊かないでほしいの。わたしはあなたを愛しているわ。可能なかぎり、愛しあいましょう。それだけで、いいじゃないの」

「しかし、可能なかぎり愛しあうって、それはもうすでに不可能なんじゃないか」

「どうして……？」

「あんたはこれから東京へ帰って、その男の翼《つばさ》の下に戻るんだろう」

「でも、まだあなたとの関係が、わかってしまったわけじゃないわ。外泊の言い訳さえうまくつけば、何とかごまかせると思うの」

「それで……?」

「毎週一度は、会えるでしょ。危険な密会だけど、用心に用心を重ねれば、うまくいくんじゃないかしら」

「もし、発覚したら……?」

「そのときは、二人一緒に殺されるのよ」

「週に一度の密会か」

「毎週、金曜日がいいわ」

「いいだろう」

「卓也さん、愛して……」

美千子は横向きになって、卓也にしがみついた。その美千子を、卓也は強く抱きしめた。死を賭けた密会に、男と女は甘美な興奮を覚えていたのだった。

だが、卓也の思考の一端には、どうにも釈然としないものがあった。美千子の言うことに、矛盾が感じられるのである。まったく、謎の部分が多い女だった。

殺されると言いながら、美千子はその男の許《もと》を逃げ出さないのである。未練はない、卓也を愛していると言うのは、嘘ではないだろう。それでいて美千子は、男のところへ戻っていこうとするのだった。

卓也はますます、その男の正体を知りたくなっていた。

男たちの訪問

1

一週間が、長く感じられた。

次の金曜日を待ち望む気持ちが、強いせいであった。卓也にとっては、これまでにないことだった。一つのことに執心する。それは卓也が、久しく忘れていたことであった。指折り数えて、その日を待つ。そうしたことは、小学校時代の遠足や正月以来の気持ちである。いまはひとりの女との密会の日を、焦燥感とともに待ち望んでいる。

そのことに、照れ臭さも覚えなかった。今さら何を、という自嘲《じちょう》の気持ちもない。自己嫌悪に、陥《おちい》ることもなかった。これが恋というものだろうかと、他人事《ひとごと》のように思うだけであった。

《宿命だ》

結論は、そういうことになるのである。

木曜日になった。金曜日が、目の前に来ている。明日の二度目の密会は、午後二時の約束であった。場所は、渋谷のホテルだった。ラブ・ホテルとしては目立つし、かなり有名であった。

しかも、美千子の住まいから、歩いて十分ほどの距離である。冒険のようだが、利点もあった。まず往復の時間が、短くて済む。その節約した分の時間だけ、二人は一緒にいられるわけだった。

それに、灯台もと暗し、ということがある。遠くへ行けば、それだけ尾行者の目につく危険率が高まる。しかし普段着のままで出かける美千子には、尾行者の目も鈍くなるはずであった。

近くのスーパー・マーケットへ、買物に行くとでも判断するだろう。まさか、すぐ近くのラブ・ホテルで男と密会するとは、想像も及ばないはずだった。

その夜、西川ミキが泥酔して帰ってきた。酔って帰ることは、珍しくなかった。だが、腰が抜けるほど泥酔するというのは、滅多にないことだった。

「卓也さん……」

靴を脱いだだけで、ミキは上がり框《かまち》にすわりこんだ。

「水……！」

ミキは、怒鳴《どな》った。

逆らっても、仕方がなかった。卓也は水を注《つ》いだコップを、玄関まで運んでいった。ミキは壁に凭《もた》れかかり、片膝を立てていた。そのうえ、大きく股を開いている。しどけない恰好《かっこう》などというものではなかった。太腿《ふともも》を剝き出しにして、割れ目に食いこんだパンティを見せているのである。ひどく、淫靡《いんび》な姿であった。

「ありがと……」

コップを受け取りながら、ミキは卓也に笑いかけた。媚《こ》びる目つきだった。

「どうしたんだ」

卓也は表情のない顔で、ミキを見おろした。

「どうしたって……?」

ミキは、へらへら笑った。

「そんなに酔っぱらうなんて、珍しいじゃないか」

卓也は、投げ出されたバッグに、目を落とした。

「わたしだって、狂ったみたいに酔っぱらうことがあるのよ」

ミキの目は、すわっているというより、焦点が定まっていなかった。だが、口の利《き》き方は、しっかりしていた。やや呂律《ろれつ》が回らないという程度である。

「何か、あったのか」

卓也は、ミキのバッグに、視線を突き刺したままだった。投げ出されたバッグの口が開いて、札束が顔を覗かせていた。二つの札束であり、二百万円はあると判断してよさそうであった。

「大ありの、コンコンチキだわ」

ミキは両足を、揃《そろ》えて投げだした。

「何があったんだ」

「いろいろとね」

「ミキにも、悩み事はあるのか」

「あるわよ、失礼しちゃうわね。卓也さんと、変わりないんだから……」

「おれと……？」

「そうよ」

「知ったようなことを言うな」

「知っているもん」

「何をだ」

「恋よ」

「恋……？」

「卓也さん、恋をしているんでしょ」

「隠さなくたっていいじゃないの。女ってそういうことには、凄《すご》く敏感なんですからね」

「だったら、好きなように解釈しろよ」

「それにね、わたし猛烈に嫉妬《しっと》しているんですからね」

「嫉妬とは……？」

「誰だかは知らないけど、卓也さんに愛されている女性によ」

「何を言っているんだ」

「なぜ、わたしが嫉妬するか、わかっているでしょ」

「さあね」

「卓也さんに、惚れているからよ」

「寝言は、眠ってからにしろよ」

「寝言ですって……！」

「そうだ」

「侮辱だわ！」

「絡《から》み酒か」

「そうじゃないわよ。わたしは正直な気持ちを、告白しているんじゃないの」

「無用の告白さ」

「ばからしい」

「そうね親子丼《どんぶり》は、やめたほうがいいものね」

「それが、ミキの悩み事か」

「まあね」

「そうかな」

「そうよ」

「悩み事をかかえて悪酔いするにしちゃあ、金持ちすぎるような気がするぜ」

「金持ち……？」

「大金を、お持ちのようだ」

卓也は足でバッグを、ミキのほうへ押しやった。

「え……？」

ミキは、バッグに目をやった。二つの札束がバッグの中からこぼれ出た。

「客のチップだとしたら、豪華なものじゃないか」

卓也は言った。

「パパから、お小遣いをもらったのよ」

ミキはバッグを引き寄せると、二つの札束をその中に押しこんだ。

「波多野竜三からか」

「そうよ」

「というより、気まぐれね。パパは思い出したように意外な大金をお小遣いにくれたりするの」

「気前がいいな」

「今夜、波多野竜三が店に来たんだな」

「ええ。それで実は、ちょっとした事件があったのよ」

「何だ」

「卓也さんがこのマンションにいるってことを、パパは知っているらしいの」

「まさか……」

「それが、間違いないみたいなのよ」

「ミキが、喋《しゃべ》ったのか」

「とんでもない。そんなこと、わたしのほうから喋るはずないでしょ」

「だったら、どうして知っているんだ」

「誰かに、あなたのあとを尾《つ》けさせたらしいわ」

「いつ?」

「この間、パパや鬼頭さんがいるとき、あなたも〝ドミンゴ〟へ来たでしょう」

「ああ」

「パパが引きとめたけど、あなたは先にさっさと帰ってしまったわね。あのとき卓也さんに、尾行者がついてたってわけよ」

「なるほど……」

「だから、卓也さんがこのマンションの中へはいっていったというところまでを、見届けたんでしょうね。それでもパパは、あなたがわたしの居候《いそうろう》になっているとは、まだ思ってもいないようよ」

「波多野竜三は、ミキにどういう言い方をしたんだ」

「お前が住んでいるマンションに、卓也も住んでいるらしいって……」

「それで、どう答えた」

「そんな偶然って、あり得るかしら。マンションの中で一度だって、あの方を見かけたこともないし……。そう答えておいたわ」

「その言葉を、波多野竜三は信じたのか」

「わからないわ。それっきり、そのことには触れなかったしね」

「まあ、いいだろう」

「どうして……？」

「そうと知れても、たいしたことじゃない」

「そうね」

「それより、早く寝たらどうだ」

「わたしを、抱いてくれる?」

「いいかげんにしろよ」

「ねえ、卓也さん。これ一つだけ、あなたに上げるわ」

壁に縋《すが》って立ちあがったあと、ミキは無造作《むぞうさ》に札束を一つ差し出した。

「あなたのお父さまから捲《ま》きあげた二百万、半分はあなたの分け前よ」

ミキは百万円を卓也の手に押しつけると、甲高《かん》い声で笑いながら歩きだした。スカートがまくれたままで、ミキは腰を左右に揺すった。その後ろ姿に、自嘲する女の空《むな》しさが感じられた。

2

翌日の午後一時に、卓也はマンションを出た。

まだ秋の気配は、感じられなかった。残暑が厳《きび》しく、見た目には夏の盛りと変わりない。卓也は歩道の端に立って、タクシーの空車を待った。

いつもは、タクシーの往来が激しいところだった。青山通り、青山墓地、霞町《かすみちよう》の三方面へ道が通じている。タクシーにとっては、便利な通りなのである。

だが、今日に限って、タクシーの往来が途切れている。走ってくるのは、一般の乗用車ばかりであった。卓也は、サン・グラスをかけて、貧乏揺すりを続けていた。

不意に、左のほうから車が走ってきた。走るというより、バックしてきたのである。歩道に沿っての、かなり乱暴なバックであった。黒塗りのセダンだった。

その乗用車は、卓也の前で急停車した。同時に後部座席のドアが開《あ》いて、二人の男が飛び出してきた。二人の男は素早く、卓也の両側に立った。

「どちらへ……?」

「ご一緒しましょう」

二人の男が言った。

卓也は、黙っていた。あまりにも、唐突すぎた。直感したのは、男たちが招かざる客だということだけだった。彼らはマンションの前に車を停めて、卓也の動静を見張っていたのである。

そこへたまたま、卓也が出てきた。男たちは待っていたとばかり、卓也に飛びついてきたのである。彼らはいったい、何者なのだろうか。

顔に見覚えはない。方にも、見えなかった。外見は普通のサラリーマンと、まったく変わらなかった。

鬼頭新一郎が連れていた用心棒と、同一人物かどうかもわからない。あるいは、波多野竜三が雇った男たちかもしれなかった。昨夜遅く、ミキから話を聞かされた。

波多野竜三は、卓也の住まいを突きとめたというのである。そうだとしたら、波多野竜三がこのマンションを見張らせたとしても、おかしくはないのだった。

ただ、その目的がわからない。波多野竜三が実の息子である卓也の行動を、人を雇ってまで監視させる。そんな必要が、果たしてあるものだろうか。

「どうぞ……」

右側の男が言った。車に乗れと、すすめているのである。

「何のために……？」

卓也は訊いた。

「お送りするんですよ」

左側の男が、チラッと笑った。

「それは、助かる。見たとおり、タクシーが来ないんでね」

卓也は頷いた。

「だったら、いいでしょう」

右の男が軽く、卓也の背中を押しやった。その男が先に、車に乗りこんだ。続いて、卓也であった。多少の不安はあったが、度胸を決めるほかはない。

「乱暴なことはしませんから、どうぞご心配なく……」

左側にいた男が、最後に乗りこんだ。卓也は二人の男に、はさまれる恰好になった。もうひとり、男が運転席にいる。もう、身動きはとれなかった。

　こうなったからには、男たちの真意を探ってやろう。卓也は、そう思った。男たちの狙いは何か。彼らは、誰に雇われているのか。むしろ先方から、そうした手がかりを持ちこんできたようなものである。

「行く先は……？」

　右側にすわっている男が、サン・グラスをかけた顔を卓也に向けた。

「渋谷……」

　卓也は、正直に答えた。こうした場合、正直に答えたほうが、嘘だと受け取られるものであった。

　ドアが閉まり、乗用車は走りだした。すぐ、青山通りだった。

「あまり、時間はありませんね」

　右側の男が言った。青山通りを左折すれば、間もなく渋谷なのである。

「手っ取り早く、済ませてもらいましょう」

　右側の男は、タバコに火を点《つ》けた。

「何を……？」

　卓也は顔の前に漂っているタバコの煙を、激しい息で吹き飛ばした。

「話ですよ」

「話ね」

「簡単なことです」

「誰に頼まれた」

「頼まれた……？」

「あんたたちは、メッセンジャー・ボーイにすぎないんだろう」

「まあ、そういうことになりますね」

「だから、誰に頼まれたかと、訊いているんだ」

「そんなことは、どうでもいいじゃないですか」

「よくはない」

「われわれは、あなたに話を伝える。あなたは、それを聞く。ただそれだけのことで、済むんですから……」

「あんたたちのボスは誰だ」

「言えません」

「卑怯なボスだな」

「Xということに、しておきましょう。そんなことより、話を聞いてください。重大な話ですよ」

「重大な話かどうかは、おれ自身が判断することだ」

「そうですかね」

「当然だろう」

「これは、警告なんですよ」

「警告……?」

「この次にお会いするときもまた、われわれが紳士でいるとは限りませんからね」

「脅迫か」

「警告は、二つあります。その一つは、無粋《ぶすい》な話なんですがね。あなたの恋路の、邪魔をすることになります」

「なるほど、無粋な真似だ」

「二度と、彼女には近づかないことです」

「彼女……?」

「ええ」

「どうして、鬼頭美千子とはっきり言わないんだ」

「いいですね。彼女との縁をすっぱり、お切りなさい」

「余計なお世話だと、言いたいね」

「もう一つは、例の姉弟のことです」

「正確なメッセージを、届ける義務があるんだろう。もっとはっきりした言い方を、したらどうなんだ」

「岸部桜子と、その弟のことです」

「それが、どうしたというんだ」

「姉弟の無理心中事件は、もう過去のことなんですよ」

「だから……?」

「過去のことは、さっぱり忘れるべきです。妙な関心を持ったところで、どうにもなりはしません」

「つまり岸部姉弟の無理心中事件について、何か探ったりはするなという意味か」

「そういうことになります」

「事件から、手を引け。まるで、テレビ映画だな」

「テレビ映画なら、言葉の上だけの警告に終わるでしょう。しかし、現実だと岸部姉弟の死みたいなことも、起こり得るんですからね」

男はわざわざ卓也の顔に、タバコの煙を吹きかけた。男は薄ら笑いを、浮かべていた。

女の裸身

1

高速道路のランプ・ウェイの近くで、卓也は車を降りることを告げた。運転している男が、それに素直に応じた。今回だけは紳士的に振舞うという言葉を、行動で裏付けたのであった。

それにもう、警告を済ませている。卓也を拉致《らち》するのでなければ、これ以上、拘束する必要はないのである。停まった車から、卓也は降りたった。

黒塗りのセダンは、すぐに走り去った。それが車の流れの中に消えるまで、卓也は動かずにいた。セダンが見えなくなったのを確認してから、彼は歩きだした。

玉川通りを渡って、上通《かみどお》り四丁目から神泉町《しんせんちょう》へはいる。歩きながら、卓也はふと苦笑を浮かべた。語るに落ちるとはこのことだと、思ったのである。

鬼頭美千子に近づくなという警告はともかく、もう一つの警告が語るに落ちたのであった。岸部姉弟の無理心中に、関心を持ってはならないと言うのである。

それが事実、無理心中であるならば、そうした警告はまったく不要なのだ。誰が関心を持とうが、無理心中であるかぎりは、困ったりする者はいないはずであった。

ところが、無理心中を装った殺人だったとしたら、どうだろうか。関心を持たれたら、まずいことになる。殺人者はおおいに、迷惑するわけだった。

関心を持ったり、何かを探ったりする者に対して、手を引けと警告もしたくなるだろう。いまの男たちはボスの指示を受けて、そのとおりのことをしたのであった。

つまり、岸部姉弟の無理心中はそのように擬装した殺人であることを、みずから認めたのである。しかも殺したのは、いまの男たちとそのボスであることを、告白したのであった。

岸部桜子と修二は、やはり無理心中によって死んだわけではなかった。漠然とした卓也の疑惑に、はっきりした回答が出されたのだ。桜子と修二は、殺されたのである。

確信を持って、そう断言できた。西川ミキがほんの思いつきで口にした推理が、当たっていたということにもなる。そのときの卓也は、くだらない想像だと否定する側に回ったのである。

しかし、ミキの話を聞いているうちに、あるいはそうかもしれないと、思うようになった。修二が大金を手に入れるために、ある人間を脅迫した。

修二はその人間の重大な弱味を、握っていたのである。脅迫された側も、その秘密を明らかにされたら、決定的なダメージを受けることになる。

もちろん脅迫には応じない。そればかりか秘密を知っている修二と桜子の、口を塞《ふさ》ぐ必要に迫られた。それで桜子と修二を、無理心中したと見せかけて殺した。

そのような疑惑を、卓也は抱いたのである。疑惑を煮つめるための突破口を求めなければならない。そうなって卓也が目をつけたのは、鬼頭美千子だったのだ。

結果的にはその美千子と、愛しあう仲になったのだから皮肉なものである。しかも、美千子に近づくなという警告を、卓也は受けたのであった。

その警告が、岸部姉弟を殺したと告白したようなものであり、それはさらに皮肉なことだった。やはり、岸部姉弟を殺した人間は、美千子の身近にいる者なのである。

Xというボスは、いったい何者なのか。Xと美千子は、どのような関係にあるのか。鬼頭新一郎と考えたいところだが、多分そうではないだろう。

鬼頭新一郎と美千子は、実の父娘である。娘の男関係をまるで嫉妬するように、父親が厳しく禁じたりするはずはない。それに美千子には、彼女を『女』にした男がいる。

つまり美千子は、ある男の愛人になっている。鬼頭新一郎も、それを承知なのだ。むしろ彼は、その男に協力的である。

その男のために鬼頭新一郎は、娘である美千子の自由を束縛している。鬼頭新一郎は進んで、娘をある男の愛人にしておこうと努力しているのだ。

父親としては、矛盾している。だが、鬼頭新一郎は、そうせざるを得ないのである。なぜだろうか。一つにはその男が大物すぎるからなのだ。

鬼頭新一郎は、その男に対して頭が上がらない。つまり、彼のボスなのである。鬼頭新一郎にとって、頭の上がらないボスというのは、たったひとりしかない。

波多野竜三——。

美千子は、波多野竜三の愛人なのではないか。ミキがよく、親子丼という言葉を口にする。美千子が波多野竜三の愛人だとしたら、まさにその親子丼であった。

まさか——と、卓也は思った。

波多野竜三の愛人でありながら、その実の息子の卓也とも関係する。そのようなことができる美千子ではないし、そんなふうに想像すらしたくなかった。

『ホテル福亭』の消えたネオンが、頭上にあった。七階がレストラン、六階には和食と中国料理の店がある。二階から五階までが、ホテルの客室だった。

ホテルに出入りするのを誰かに見られても、食事が目的だという弁解が成り立つのであった。そのせいか人目を忍ぶ男女がよく利用するラブ・ホテルだという。

トンネルのような入口を通り抜けると、真っ直ぐエレベーターに達している廊下がある。その廊下とエレベーターは、食事をする客専用になっている。

ホテルの利用者は、左側の小さなロビーへはいる。そのロビーは、食事をする客が通る廊下からは見えないようになっている。形だけのフロントがあり、そこに和服姿の女がすわっていた。

ロビーに、人影はない。フロントの脇に、体裁《ていさい》のいい黒板が置いてある。それが伝言板の、役目を果たしているのだ。『お待合わせのお客さまは、どうぞご利用ください』とあった。

三〇八号、ルミ。

五一一号、宮本武蔵。

二〇二号、花子さん。

五一八号、みの字。

と、四列の文字が、記されている。ホテルへ男と女が、一緒にはいるとはかぎらない。ホテルで、待ちあわせる男女もいる。そうなると、一方が早くホテルに着いてしまうという場合も少なくはない。

顔を見られたくないので、一刻も早く部屋に落ちつきたい。ところがフロントで名乗るわけではないし、誰が誰というカップルがわからなくなる。

あとから来た者も、相手が何号室にいるのか知りようがない。そのために、一種の伝言板を利用する。先に着いたほうが、何号室にいるかを伝えるのだった。

もちろん、そこにも本名は書かない。前もって、たがいに符号のようなものを決めておくのである。その中には宮本武蔵《みやもとむさし》とか、花子《はなこ》さんとか、ふざけたものもあった。『みの字』は、美千子だった。そのように、決めてあった。美千子のほうが、先に来ていたのである。時計を見ると、まだ二時前であった。

「五一八号室……」

卓也は、フロントの女に告げた。

「どうぞ、ごゆっくり……」

女が愛想よく、頭を下げた。女はすぐに『五一八号、みの字』という文字を消した。卓也は専用エレベーターに乗った。案内に立つ従業員はいなかった。

客室の案内数字があちこちにあるので、迷うようなことはなかった。五一八号は、すぐにわかった。ドアを、ノックした。ドアの脇に、インターホーンが取りつけてある。

「はい」

不安そうに、女の声が応じた。

「おれだ」

卓也は、短く言った。数秒後に、ドアが開《あ》いた。部屋の中へはいった卓也の胸に、美千子が身体をぶっつけてきた。卓也は、ドアに背中を押しつける恰好になった。

「会いたかった……！」

美千子は卓也の胴に両腕を巻きつけると、泣きだしそうな声で言った。その美千子を抱きしめて、卓也は彼女の髪の毛の匂いを思いきり嗅《か》いだ。

2

洋間にテーブル、ソファ、テレビ、冷蔵庫などが置いてある。特別な仕掛けがしてあったり、刺激的な細工や装置に凝っていたりするラブ・ホテルではない。

浴槽が素通しのガラスでできている、という程度であった。寝室には、超特大の円形ベッドが据えられている。照明が、眩《まぶ》しいくらいの明るさだった。

卓也と美千子は、ソファにすわった。部屋は密閉されているし、冷房があまり利《き》いていない。暑くていられないというほどではないが、快適な涼しさは感じられなかった。

美千子は寄り添って、卓也の手を握っていた。会いたかったと口走ったのも、本音にはちがいない。だが、美千子は卓也の顔を、まともに見ようとはしなかった。

目をそむけようとする。明らかに、卓也の視線を避けているのだった。それに、暗いという印象であった。何となく、元気がないのである。

「出がけに、ちょっとしたことがあってね」

卓也は美千子の肩に、腕を回した。

「どんなこと……?」

美千子は、顔を上げようとしなかった。

「三人の男に、車の中へ連れこまれた」

「誰なの?」

「さあ……」

「知らない連中ね」

「あんたのおやじさんが、連れているような男たちだった」

「それで、何かされたの?」

「警告を受けたよ」

「警告……?」

「一つは、あんたに近づくなということだった」

「やっぱり……」

美千子は一層、深くうなだれた。

「今度会うときも、紳士的に振舞うとはかぎらないって、凄《すご》んでいた」

卓也は肩に回した手で、うなだれている美千子の横顔をそっと撫でた。

「単なる口先だけの、おどしではないわ。それ……」

「わかっているさ。しかし、その警告は、無視するつもりだ」

「それでいいの？」

「殺されたっていいと、横浜で覚悟したはずだぜ」

「でも……」

「あんたが、言っていたとおりになったよ。いよいよ、そのときが来た。ただ、それだけのことさ」

「あなた、死ぬ気ね」

「ただし、無抵抗のままで、殺されるのはご免だ。やるだけのことをやってから、散ろうじゃないか」

「やるだけのことって……？」

「挑戦さ」

「挑戦のしようがあるのかしら」

「三人の男は、ボスの警告をおれに伝えたのにすぎない。まずはそのボスの正体を、突きとめることだ」

「それで……？」

「殺人という犯罪行為を、摘発してやる」

「殺人ですって……？」

「無理心中に見せかけて、岸部桜子と修二の姉弟を殺しているのさ」

「何ですって！　本当？」

「間違いない。新聞にはノイローゼで、と出たが、犯人はもっと用心深く、二人が姉弟でありながら愛しあっていたためと知れるような状態に現場を作って去っている。おれは警察が来る前にそれを見ているんだ」

「証拠はあるの？」

「警告の第二は、岸部姉弟の死に関心を向けるなということだった。つまり殺人だということを、みずから認めたってわけだ」

「たしかにそうでなければ、そんな警告はしないでしょうね」

「ただ、その点には一つだけ、不思議なことがある」

「どういうこと？」

「おれが、岸部姉弟の死に関心を持って、何かを探りたがっているということが、どうして先方にはわかったのか。そのことが、どうにも納得できない」

「そうね」

「おれはまだ実際に、何の行動も起こしていなかった。しかも、おれが岸部姉弟のことを持ち出した相手というのは、この世に二人しかいないんだ」

「その二人のうちどちらかが、先方に通じているというわけね」

「ボスに、報告した。そうとしか、考えられない」

「その二人って……？」

「ひとりは、西川ミキという女だ。銀座のクラブのホステスで、波多野竜三の愛人だよ。あんたのおやじさんも彼女のことはよく知っている」

「もうひとりは……？」

「あんたさ」

卓也は美千子の上体を、起こしにかかった。卓也は、抵抗を覚えた。素直に応じないで、美千子はそうさせまいとしているのだった。卓也は、彼女の顎《あご》に手をかけた。

「どうしたんだ」

卓也は言った。美千子は黙って、顎を引こうとしている。

「なぜ、逆らうんだ」

卓也は強引に、美千子の顔を押しあげた。

「卓也さん、まさかわたしのことを、疑っているんじゃないでしょうね」

美千子は素早く、卓也の胸に顔を押しつけた。

「そうじゃない。今日のあんたは、様子がおかしい。何かあったんじゃないかって、そのことが気になっている」

「何もなかったわ。いつもと同じ、わたしなのよ」

「だったら、なぜ顔を見られることを恐れている。どうして、まともにおれの顔を見ようとしないんだ」

「違う……」

「美千子……」

卓也は、胸を張った。いやでも、美千子の顔が上向く。それを両手ではさみつけて、彼は美千子の唇を吸った。彼女が、それを拒《こば》むことはなかった。

二人は激しく抱きあうと、唇を完全に重ねた。舌が絡みあい、それが荒々しく動き回った。美千子も、情熱的に応じた。激しくて長い接吻だった。

美千子の顔が、ピンク色に上気していた。全身が、汗ばんでくる。卓也は、美千子のブラウスとスカートのファスナーを、乱暴に引きおろした。

彼はブラウスの内側へ手を入れると、柔らかい半球形のふくらみに触れた。美千子がビクッとして、腰を引くようにした。喉《のど》の奥で呻《うめ》きながら、乱れた鼻の息遣いになった。

波打つ胸に、汗の湿《しめ》りがあった。卓也は掌《てのひら》で滑らかな乳房を包み、凝固した蕾《つぼみ》を二本の指の間にはさんだ。卓也はもう一方の手で、美千子のスカートを脱がせにかかった。

「いや……！」

美千子が反射的に、唇を離して小さく叫んだ。慌《あわ》てて美千子は、スカートにかかっている卓也の手を振り払った。

「ここじゃ、いやなの。ベッドへ、行きましょう」

喘《あえ》ぎながら、美千子は目を伏せて言った。

「駄目《だめ》だ。ここで、愛しあおう」

卓也は、そう注文をつけた。美千子の真意を、探るためであった。

「そんな、意地悪を言わないで……」

「なぜ、ここがいやなんだ」

「だって、明るすぎるんですもの」

「暗いところが、いいって言うのかい」

「まだ真っ昼間だし、窓の外には青空が見えているのよ」

美千子は、首を振った。しかし、それでは答えにならないと、卓也は思った。陽光が照りつける船の中で、二人は全裸になって愛しあったことがある。

真っ昼間であり、いまとは比較にならない明るさだった。横浜のホテルでも、朝の日射しを浴びて愛しあった。

夜の場合も、真っ暗にはしなかった。全裸であった。

今日になって急に、明るさを嫌うのはおかしい。それは、口実である。美千子は明るいところで、裸身を見られたくないのだ。それは、なぜなのか。

美千子の裸身に、何かの跡が残っているためと、察するほかはなかった。彼女は、裸身に刻まれている何かの跡を、隠そうとしている。つまり、卓也の目には、触れさせたくないのである。

「やめて！」

美千子が、悲鳴を上げた。だが、卓也は容赦しなかった。彼は美千子を押し倒すと、躊躇《ちゅうちょ》することなくスカートを剝《は》ぎとった。念頭にあるのは、彼女の裸身を見ることだけだった。

責めた男

1

美千子は床に転がって、動かなくなった。抵抗しても無駄だと、諦めたのである。

卓也は俯《うつぶ》せになっている美千子の、パンティ・ストッキングを丸めるようにして脱がせた。

水色のパンティが、美千子の形のいい尻を包んでいた。白い太腿《ふともも》から、美しい脚線が続いている。ブラウスにパンティだけの女が、床の上に俯せになっているのである。その姿態が、何とも言えずに煽情的だった。

卓也は、美千子のパンティに手をかけた。美千子は腰をよじって、卓也の手を振り払った。彼女は四つん這《ば》いになってから、上体を起こしてすわりこんだ。

「自分で、脱ぐわ」

横向きになると、美千子はまずブラウスの袖から両腕を抜きとった。頭を通したブラウスを、彼女はソファの上に置いた。張りを見せて盛り上がっている乳房が、震えるように揺れていた。

美千子は、立ちあがった。その均整のとれた肢体を、卓也はじっと見守った。美千子は交互に左右の足を上げて、パンティを脱いだ。そのパンティを丸めて股間にあてがい、彼女は下腹部の茂みを隠した。

「どうぞ、ご覧になって」

怒ったような顔で言って、美千子は卓也に背を向けた。卓也は裸身の後ろ姿に、視線を投げかけた。彼は眉をひそめた。やはり、思ったとおりだったのだ。

美千子の裸身には、刻まれた跡が残っていた。それは二種類の跡であった。腰から臀部《でんぶ》にかけて、黒い痣《あざ》が見られた。その数は、三つほどだった。

一つの大きさが、コップぐらいである。間違いなく、何かで撲《なぐ》られた跡であった。日数が経っていて、それでも色が薄れて小さくなりかけているのだろう。

もう一種類の跡は、腰から背中に点在していた。そのほうは小さく、小指の先ほどであった。茶色であり、皮膚が固くなっているような跡だった。

卓也は近づいて、美千子の背後に両膝を突いた。指先でそっと触れてみたが、やはり固くなっている。数は全部で、五つもあった。卓也は両手で美千子の腰を押さえた。

「大きい痣のほうは、何で撲られた跡なんだい」

卓也は美千子の尻に、横顔を押しつけた。

「スリッパよ」

美千子は答えた。

「スリッパ……？」

「厚味のある皮のスリッパだわ」

「裸にしたうえで、撲ったのか」

「ええ」

「いくつも……？」

「そうね。でも、痣になって残ったのは、その三つだけよ」

「小さいほうのは、何の跡なんだ」

「火傷《やけど》だわ」

「火傷……？」

「タバコの火を、押しつけられたの」

「五カ所もか」

「水ぶくれになって、それが潰《つぶ》れて、そんな跡になったのよ」

「ひどいことをしやがる」

「わたしだって、生まれて初めての経験だったわ」

「いつ、やられたんだ」

「あの晩よ」

「横浜から帰った日の夜かい」

「そうよ」

「つまり、折檻《せっかん》されたってことか」

「責めて責めて、責めぬかれたわ。無断外泊したでしょ。どこに誰と、泊まったのかって……」

「拷問じゃないか」

「わたしも頑固に白状しなかったから、なおさらよ。でも、あなたと一緒だったということは、察していたみたいだったわ」

「おれの名前が、出たんだな」

「波多野卓也とは、二度と会ってはいけないって……」

「辛《つら》かっただろう。痛みが……」

「とってもね」

「若い女の身体をこんなに傷つけるなんて、まるで狂った人間のやることだ」

「皮のスリッパでぶたれたときは泣き叫んだし、タバコの火を押しつけられたときは気絶しそうになったわ」

「当然だ」

「でも、女って強いものね。愛してる人がいると……」

「訊くだけ野暮《やぼ》かもしれないが、誰がこんな目に遭《あ》わせたんだ」

「あなたと二度と会うなって、あれほど痛めつけられたのに、こうしてちゃんと一緒にいるんですものね」

「もちろん、君を自分のものにした男がやったんだろう」

「だけど相変わらずあなたと会っているってことがわかったら、今度こそ殺されるでしょうね」

「美千子、答えてくれ」

卓也は、美千子の腰を抱きしめた。美千子は、口を噤《つぐ》んだ。黙っているし、後ろ向きになったまま動こうともしなかった。美千子の男とは、いったい何者なのか。

黒塗りのセダンに卓也を乗せた男たちの警告も、その一つは二度と美千子に近づくなということだった。彼らのXなるボスと、美千子を愛人にしている男とは当然、同一人物なのである。

「一つだけ、確かめておきたいことがあるんだ」

卓也は言った。美千子は、返事をしなかった。

「君のその男というのは、まさか波多野竜三じゃないだろうな」

　卓也は一瞬、緊張を覚えていた。美千子がイエスと答えることを、恐れる気持ちがあったのである。卓也は美千子を見上げて、その返事を待った。

　美千子の髪の毛が揺れた。彼女は首を、横に振ったのであった。違うと、否定したのである。

「もし、そうであれば、あなたを愛したりはしなかったわ」

　美千子はさらに、そう付け加えた。なるほどそのとおりだと、卓也は納得した。波多野竜三の愛人でありながら、卓也とも肉体関係を持つ。しかも、同時進行なのである。

　ミキが言うところの親子丼であり、不潔な三角関係ということになる。そのようなことができる神経を持ちあわせていないと、美千子は言いたかったのだろう。

「すると君をこんな目に遭わせたのも、波多野竜三ではなかったわけだな」

　ほっとしながら、卓也は念を押した。

「ええ」

　美千子は、はっきりと答えた。

「じゃあ、誰なんだ」

「駄目よ」

「え……？」

「言いたくないし、言えないわ」

「どうしてなんだ」

「そのことだけは訊《き》かないでって、お願いしてあるでしょ」

「訊いても無駄か」

「そうね」

「仕方がないな」

卓也は、美千子の返事を引き出すことを、断念したのであった。美千子に答える意志がないのだ。この次の機会を待とうと、卓也は思ったのである。

卓也は美千子の前に回した手で、邪魔な遮蔽物《しゃへいぶつ》を取り払った。邪魔な遮蔽物とは、下腹部に押し当ててある丸めたパンティと、美千子の手であった。

「おれとのことのために、辛い思いをさせてしまった」

そう言いながら卓也は、美千子の腰を半回転させた。美千子は彼の腕の中で、前向きに向き直った。卓也の目の前に、あまり濃すぎない黒い茂みがあった。

卓也はその茂みが股間で消えるあたりに、素早く口を押しつけた。

「ああ……」

小さく叫んだ美千子の太腿に、力がこもったようだった。

「お風呂に、はいってから……」

と、美千子は、腰を引こうとした。卓也はその腰を、逆に引き寄せた。卓也の唇と舌が、美千子の敏感な突起を的確に捉えていた。それでもう、美千子は逃げることを忘れたのであった。

彼女は自然に、下腹部を前に突き出すようなポーズをとっていた。心持ち腰を落として、やや太腿を開くようにした。そのまま、美千子はのけぞった。

「ああ、愛しているわ」

美千子はそう口走って、卓也の頭をかかえこむようにした。弓なりになった彼女の顔は、天井に向けられていた。髪の毛が揃《そろ》って、下へ垂れている。

息遣いが荒々しくなった。苦しそうに、胸が波打っている。小さく開いた口から、歯の白さとともにかすれた声がこぼれた。卓也は彼女の腰を両腕でしめつけ、美千子は彼の頭を強くかかえこんでいた。

「ベッドへ、早く……」

甲高い呻き声を洩らして、美千子が乱れた言葉を口にした。

2

卓也と美千子は、互いに全裸の身体を抱きあっていた。

超特大の円形ベッドのほんの一部を占領しているにすぎなかった。ただ円形ベッドの全体の敷布に、まんべんなく皺《しわ》が寄っていた。それが行為の激しさを、物語っていた。

水銀灯のような色調の光線が、ベッドの上を隈《くま》なく照らしている。太陽光線よりも、白い明るさが強かった。裸身が幻想的に、美しく見える照明であった。

「最高に素晴らしかったわ」

美千子が恥じらいを含んだ声で言って、卓也の胸に縋《すが》った。それは間違いなく、彼女の本音であった。これまでになく美千子は、正直な姿をさらけ出したのである。

強烈な反応を、示したのであった。空恐ろしくなるような、声と身体の動きようだった。まさに狂乱状態であり、歓びを最大限に表現したのである。

美千子は水を浴びたように、汗にまみれていた。死にもの狂いという感じに、卓也は圧倒された。美千子は繰りかえし達して、最後の快感の噴出の際には、感きわまって泣きだしたほどだった。

「もう、死んでもいいわ」

美千子が、そう呟いた。汗は引いたが、まだ動けない状態にあるようだった。

「殺されたって、構わない」

美千子は泣き疲れたときみたいに、断続する溜息《ためいき》をついた。

「しかし、その前にどうしても、片付けなければならない仕事がある」

卓也は手を伸ばして、ジーンズを引き寄せた。ポケットから、小さく折り畳んだ紙を取り出す。卓也は、それを広げた。レター・ペーパーであった。

卓也さま——という書き出しで始まる内容であり、文面が最後まで続いてはいない岸部桜子の書きかけの手紙だった。結果的には、桜子の遺書となったのである。

卓也はそのレター・ペーパーを、美千子の顔の上に置いた。美千子はそれを手にして、目を走らせた。彼女の目はまだ、うっとりしているように潤《うる》んでいた。

「これは……?」

読み終わって、美千子が訊いた。

「岸部姉弟の心中死体を、最初に見たのはおれだったんだ。そのとき、屑籠《くずかご》に投げこんであったこれを見つけたのさ」

卓也は言った。

「遺書じゃないわね」

美千子はもう一度、便箋の女文字に目を向けた。

「遺書なんて、書くはずがない。岸部姉弟は、殺されたんだぜ」

卓也は、タバコをくわえた。だが、火は点《つ》けなかった。

「殺したのは……?」

「直接手を下したのは、金で雇われている男たちだろう」

「殺せと命令したのは、Xというその連中のボスってわけね」

「それに、君のおやじさんも、一枚嚙んでいるんだ」

「え……？」

「鬼頭新一郎は、君に、電話を掛けさせているじゃないか」

「サクラ美容室へ……？」

「そうだ、そのことによって君のおやじさんは、岸部姉弟が家にいるって確認したわけなんだ」

「そうだわ、きっと……」

「何か、思い当たることがあるのか」

「あのとき、弟さんの意向も訊くようにって、父から言われたのよ。それで、わたしは電話に出ている桜子さんに、弟さんがいらっしゃるようだったら、父と会うことについて意向を訊いてみてくれってお願いしたわ」

「それに対する答えは……？」

「弟は家におりますけど、弟の意見もわたしと同じだと思います。桜子さんは、そうおっしゃったの」

「なるほど、それで姉弟が揃って家にいることが確かめられた」

「でも一つだけ、わからないことがあるんだけど……」

「何だい」

「姉弟を殺して、無理心中に見せかける」

「うん」

「無理心中には、それなりの動機が必要でしょう」

「当然だ」

「しかも姉弟は、一つのベッドの上で抱きあうようにして死んでいた。つまり姉が弟との近親相姦に悩んで、無理心中を図《はか》ったと見せかけるように、行き届いた細工がしてあったと、あなたは言ったわね」

「そうだ」

「そこに、わからない点があるのよ。そのように行き届いた細工というものは、桜子さんと弟さんが、近親相姦の関係にあって苦悩していると知っている人間でなければ、できないことでしょ」

「うん」

「父にしてもXなるボスにしても、どうして桜子さんと弟さんのそんな関係を、知っていたのかしら」

「そうか」

「そういう関係は、絶対に人に喋《しゃべ》ったりはしないはずでしょ」

「徹底して、隠すだろうな。偶然に愛しあっている現場を、見てしまったおれは別として

「……」

「誰も知らないことだと思うわ」

「ところがXなるボスや、君のおやじさんはそのことを承知していた」

「おかしいでしょ」

「おかしいな」

卓也は、起きあがった。

たしかに、美千子の言うとおりなのだ。桜子と修二は、実は本当の姉弟ではなかったのである。だが、当人たちは姉弟であることを、信じて疑わなかった。

それで近親相姦という罪の意識に、桜子は苦悩していたのであった。その桜子が、忌《い》むべき弟との関係を口外するはずはない。修二にしても、同じである。

口が裂けても、喋りはしない。二人だけの秘密として、徹底的に隠そうとする。

この世で姉弟の秘密を知っていたのは、卓也ただひとりだったと言っていい。

しかし、Xなるボスや鬼頭新一郎は、そのことを嗅《か》ぎつけた。そこで無理心中と見せかけて、姉弟を殺すというやり方を思いついたのである。

どうして、それを知ったのか。もちろん、誰かから仕入れた情報である。話を聞いたのだ。その誰かとは、ミキではないだろうか。卓也は、そう判断していた。

たったひとり、卓也のほかにその話を知っている者がいた。ミキである。姉弟のセックスの場を目撃して、桜子から事情を打ち明けられて数日後に、卓也はそのことをミキに話して聞かせたのであった。

ミキがその話を、Xの耳に入れたのである。Xとはやはり、波多野竜三だったのだ。波多野竜三と鬼頭新一郎は、ミキの話に基づいて、姉弟殺しの計画を立てたのにちがいない。

波多野竜三と鬼頭新一郎は、なぜ岸部姉弟を殺さなければならなかったのか。その動機とは、いったい何なのか。

その辺のことを探ろうとすれば、たとえ実の息子でも容赦なく叩き潰すと、怪物波多野竜三は警告してきたのである。

それにもう一つ、美千子を拷問にかけるように責めた男とは、何者なのだろうか。

死を結ぶ糸

1

他殺死体が見つかったといった新聞記事は、まったく珍しくない。

三日に一度ぐらいは、目にするのではないだろうか。記事そのものも、あまり大きくはない。それで、とくに興味をそそられる、ということもなかった。

若い女の全裸死体というように猟奇的な事件ならともかく、記事の内容を丹念に読みとろうとする者も少ないのにちがいない。習慣的に、目を通すだけなのだ。

だが、例外もある。他殺死体の名前に、見覚えがあったりした場合だ。別人だろうと思いながらも、記事を丁寧に読んでしまう。読むだけで、すぐに忘れることが多い。

やはり、別人だとわかるからである。おやっと思って熱心に活字を追うが、年齢などが違っていて、同名異人だということがはっきりする。とたんにもう、その記事には無関心になりきるのであった。

黒柳正吾《しょうご》（45）――。

小さな記事の中に、そういう氏名と年齢が読みとれた。

一瞬、卓也はおやっと思った。黒柳正吾なる氏名を、知っていたわけではなかった。黒柳姓だけに、記憶があったのだ。それに加えて、四十五歳という年齢である。四十五歳ぐらいの、黒柳という男を知っている。そう気づいたとたんに、卓也はその小さな新聞記事に興味を覚えていた。他殺死体が、見つかったという記事だった。

山中湖畔に、他殺死体。

それだけの、見出しである。昨日、つまり九月八日の夜八時ごろに山中《やまなか》湖畔の別荘地内で死体が見つかったというのだ。発見者は、別荘を訪れた夫婦者であった。

男の死体で、後頭部を撲《なぐ》られての頭蓋骨陥没だった。他殺である。殺されたのは、発見される三十分前、七時半ごろと思われる。男は前日の九月七日から、河口《かわぐち》湖畔の『ニュー富士五湖《ふじごこ》ホテル』に泊まっていた客とわかった。

黒柳正吾、四十五歳である。

住所は東京都新宿区三光町二十五ノ三ノ一となっている。その可能性がひじょうに強いと、卓也は思った。『バロン』という喫茶店は、新宿の三光町にあった。もし、あの黒柳という男が『バロン』に住みこんでいるとするならば、住所も新宿区の三光町となるのであった。黒柳とは『バロン』のバーテンである。

かつて岸部隆行の鞄《かばん》持ちだった男で、高輪の岸部邸に住みついていた。卓也はこの黒柳の口から、桜子と修二が実の姉弟ではないらしいという話を、訊きだしたのであった。

山中湖畔で殺された黒柳正吾という男、新宿三光町『バロン』のバーテンである黒柳、それは同一人物ではないか。その可能性が強いと、卓也は思ったのだ。

卓也は『バロン』のマッチを捜しだした。電話番号が記してある。卓也は、ダイヤルを回した。人間の運命とは、一時間後にどう変わるかわからない。

『バロン』の黒柳が、山中湖畔で殺されたとしても、けっして不思議ではないのであった。なぜ殺されたのかと、考える必要などないかもしれない。

卓也にとって、まったく無関係なことには、ちがいないのである。しかし、卓也には何となく、気にかかることだったのだ。卓也から見れば、ある意味で重大な過去に繋《つな》がる人間のひとりと言えるからであった。

最初に卓也が、『バロン』を訪れた。黒柳は、一万円を握らされて、過去の不可解な出来事について語った。その結果、桜子と修二に血の繋がりがないという想定が、成り立ったのである。

その直後に、次の事件が起こった。桜子と修二が、無理心中を装って殺された。黒柳も当然、ニュースでその事件を知った。ただし黒柳の場合は、無理心中であることを信じていたはずである。

黒柳は、おやっと思っただろう。不意に訪れてきた卓也が、過去のことを知りたがった。その直後に、話題の主であった桜子と修二が悲劇的な死を遂げた。

黒柳はそれを、偶然の重なりあいとは見なかった。何かあると思ったかもしれない。そのために、黒柳は動きだした。それが命取りとなって、殺されたのではないか。

「はい、〝バロン〟でございます」

男の声が、電話に出た。黒柳と一緒にいた若いほうのバーテンである。音楽が聞こえているし、『バロン』は営業中であった。

「黒柳さんを、お願いします」

卓也は、時計を見た。正午である。

「黒柳ですか」

そう言ってから、バーテンは押し黙った。どう答えようか、迷っているのだ。

「お願いします」

やはり黒柳の身に何かあったらしいと、卓也は直感していた。

「どちらさまで……？」

バーテンは、ひどく用心深かった。

「友人です」

卓也は答えた。

「実は……」

バーテンは、溜息をついた。

「休んでいるんですか」

卓也は、畳みかけた。

「黒柳は、死んだんです」

バーテンの声が、低く小さくなった。

「死んだ……？」

予感が的中したと思いながら、卓也はそう訊き返していた。

「今日の朝刊に、出ていますよ」

「新聞に載《の》っているんですか」

「ええ。殺されたもんで……」

「殺された……」

「山中湖畔の別荘地で、殺されたんです」

「しかし、〝バロン〟はちゃんと、営業しているみたいですね」

「黒柳はこの店の、経営者じゃありませんよ。従業員が死んだからって、店を休んだりはしないでしょう」

「でも黒柳さんは、そこに住んでいたんですからね」

「妻子もいない身軽さから、住みこんでいただけのことですよ」

「そうですか。それで黒柳さんは山中湖へ、何をしに行ったんでしょうか」

「さあ……」

「〝バロン〟を休んで、出かけたんでしょうね」

「一泊旅行をしてくるって、二日の休みを取りました」

「いつです」

「一昨日と昨日、つまり昨日のうちには帰ってくるつもりだったんでしょう」

「彼はよく、山中湖方面へ出かけるんですかね」

「いや、これまでには山中湖とか河口湖とか黒柳の口から聞いたことはありませんでしたよ」

「すると、不自然ですね」

「何がです」

「急に富士五湖方面へ行ってみようと、思いたったことがですよ」

「まあ不自然と言えば、不自然ですけど……」

「彼は、ひとりで行ったんでしょう」

「ええ」

「遊びに行ったわけじゃない。そうだとすると用があったということになります。つまり、はっきりした目的があって……」

「そうですね」

「そんなようなことを、彼はあなたに言ったりしませんでしたか」

「さあ……」

「誰か、人に会うとか……」

「そうは言いませんでしたけど、古い知合いがいるって聞かされました」

「山中湖の近くにですか」

「そこまでは、わかりませんが……」

「ほかに何か、言ってませんでしたかね」

「あとは……。金のかからない旅行だって、笑っていましたよ」

「金のかからない旅行……？」

「ホテルに無料で泊まれるとかで……」

「ほう……」

「すみませんが、お客さんを待たせてしまっているので……」

バーテンは、電話を切りたいことを告げた。

「いや、どうも……」

卓也は、送受器を置いた。彼はソファの上に、長々と寝転がった。黒柳は河口湖や山中湖へ、遊びに出かけたのではない。それだけは、確かであった。

黒柳には妻子がなく、四十五歳の独身者だったのである。愛人関係にある女の存在は、当然あり得ることであった。だが、黒柳はひとりで、小旅行に出かけたのだ。

一泊だけの旅行だから、静養ということにはならないだろう。ひとり静かに湖畔の宿で憩《いこ》うといった心境になるような黒柳とも思えなかった。

目的は、現実的な用向きではなかったのか。人に会うことである。黒柳はその方面に、古い知人がいると洩《も》らしている。黒柳は、古い知人というのに会いに行ったのだ。

その古い知人とは——。

河口湖畔の『ニュー富士五湖ホテル』の関係者ではないかと、卓也は思いついた。黒柳は河口湖畔の、ニュー富士五湖ホテルに泊まったのである。

その黒柳は若いバーテンに、ホテルに無料で泊まることができると言って、出かけているのだった。タダで泊まれるのは、ホテルに親しい間柄の人間がいるからなのだ。

たとえばホテルの支配人が昔からの友人だったとすれば、宿泊費は不要だということになるだろう。おそらくそういうことなのにちがいない。

黒柳は古い知人に会いに行き、そして殺されたのである。これまでの黒柳がつねづね、『ニュー富士五湖ホテル』へ足を向けるといったことはなかったらしい。

今回、急に思いたって、彼は出かけていった。なぜだろうか。何が黒柳を、動かしたのか。古い知人ということが、気にかかる。黒柳は、過去へ目を向けたのだ。

それで、その時代の知合いに、会ってみようという気になったのである。何かを探り、訊き出すためであった。だが、結果は逆目に出た。黒柳は触れてはならないことに触れようとして、この世から抹殺された。桜子と修二のように――。

2

中央高速へはいると、視界が広く感じられた。強い日射しが、巨大なベルトの上に溢れている。そこには、影というものが見当たらなかった。

車の数が、少ないのである。八王子《はちおうじ》を過ぎると、さらに車が疎《まば》らになった。はるか彼方に点のような先行車が見えている、といった視界が珍しくなくなった。

正午過ぎという時間も、影響しているのだろう。それに乗用車が少ない。やはり、夏の終わりが感じられる。遊び疲れたあとに来る季節の、エア・ポケットであった。

河口湖は、あっけないほど近かった。東京のタクシーで乗りつけるのが、当然という感じであった。眼前に起きあがったような富士の姿がある。

九月十日、木曜日の河口湖畔は、全体的に閑散としていた。日曜や祭日ではないということもある。それに、やはり過ぎ去った夏というものが、しみじみと感じられた。

『ニュー富士五湖ホテル』は、河口湖の西岸にあった。西湖《さいこ》寄りである。その名前から察して大きなホテルを想像していたが、それほどの規模ではなかった。

五階建てで、中規模のマンションぐらいであった。外見は瀟洒《しようしや》であり近代的だが、安っぽいという印象は免《まぬが》れなかった。二流どころのホテルということになる。

予約はしてなかったが、泊まれるということだった。一つや二つの部屋が、空いているというのではない。全館のほとんどが、空室なのにちがいなかった。

卓也は、五階の和室に案内された。ホテルと称してはいても、ベッドのある洋間は一つもないのだ。十畳の座敷に、六畳の次の間が付いている。

「このホテルは、まだ新しいんですね」

卓也は窓の外を眺めながら、女子従業員に訊いた。まだ和服にも着換えていないし、ブラウスにスカートという身なりの女子従業員であった。

「ええ、一昨年にオープンしたんですよ」

ポットの湯を急須に注ぎながら、女子従業員が答えた。

「そう」

「でも、まるっきりの新築というわけじゃないんですよ」

「どういうことですか」

「ここは、〝富士五湖荘〟という日本式の旅館だったんです。それを取り壊して、このホテルを新築したんですよ」

「その〝富士五湖荘〟だった時代は、かなり長かったんですか」

「現在の社長が〝富士五湖荘〟を買い取って、営業を始めたのが昭和三十八年だったと、聞いていますね」

「十二年前か」

「だから、現在の社長が経営してきた〝富士五湖荘〟時代というのは、十年間ってことになりますか」

「このホテルにも、もちろん支配人はいるんでしょうね」

卓也は、振り返った。四十過ぎの女子従業員が、口が軽そうだと判断したからである。

「おります」

女子従業員は、人のよさそうな笑いを浮かべた。

「年はいくつぐらいの支配人……？」

卓也は、質問の火蓋《ひぶた》を切った。

「二十五でしょうかね」

女子従業員は、考えこむ目つきになって言った。

「二十五……？」

若すぎると、卓也は思った。四十五歳の黒柳の古い知人に、二十五歳の男がいるはずはなかった。

「社長の息子さんなんです」

女子従業員が、そうつけ加えた。

「社長ってのは、いくつぐらい？」

「五十五か六です」

「そう」

「お客さん、まさか刑事さんじゃないでしょうね」

「どうして？」

「山中湖畔の殺人事件を、ご存じでしょうか……？」

「詳しくは知らないけど、新聞で読んだみたいな気がするな」

「うちに泊まっていたお客さんが、山中湖畔で殺されたんですよ」

「ほう……」

「それで、このところ刑事さんたちが、何度も社長に会いに来ているんです」

「だって社長には関係ないことじゃないの？」

「それが、殺された黒柳さんってお客さんが社長の知合いだったことから、いろいろと参考事情を訊かれるらしいんです」

「なるほどね」

卓也は自分の推測が、妥当であったことに満足感を覚えていた。黒柳の古い知人というのは、やはり『ニュー富士五湖ホテル』の関係者だったのである。

それも支配人などではなく、経営者であったのだ。黒柳の古い友人にホテルの社長がいたのであり、何となく不自然な取合わせという感じがしないでもなかった。

「知合いと言ったって、滅多《めった》に来ないお客さんなんですからね。社長も、運が悪かったんでしょう」

女子従業員が言った。いつの間にか、すわりこんでいた。話しこむ気に、なっているのである。

「社長は、何という人なんです」

卓也は訊いた。

「殿村《とのむら》というんです。殿村忠吉《ちゆうきち》……」

「この土地の人かな」

「いいえ、十二年前に〝富士五湖荘〟を買いとったときから、この土地に住みついたんです」

う言ってました」


「他所者《よそもの》か」

「それまでは、東京にいたという話ですけど……」

「東京で、旅館を経営していたってことですか」

「それが運転手だったとか……。社長は昔のことを話したがりませんけど、息子さんがそう言ってました」

「タクシーを運転していたんですね」

「いいえ、お抱《かか》え運転手というんでしょうか。個人に雇われて、ずいぶん長い間、お抱え運転手をやっていたそうです。会社の社長さんの、お抱え運転手とかで……」

「その会社というのは……」

「そこまでは、わかりませんよ。とにかく、その後も会社の社員として運転手を続けて、社長さんの送り迎えをやっていたそうですがね」

「それが、いきなり河口湖畔の旅館を買いとって、やがてはこのホテルの経営者となった……」

「何かあって、大金が転がりこんだんでしょうね」

「そうだろうな」

卓也は憮然たる面持ちになって、再び窓外の湖面に視線を投げかけた。

会社社長のお抱え運転手。

それが十二年前に、いきなり旅館の経営者に変身した。

殿村忠吉――。

そうした事柄が、晴れない霧のように卓也の頭の中をゆっくり流れていた。殿村忠吉という名前にも、彼の記憶と結ばれるものがあるように思えるのである。

卓也がまだ子どものころに、その名前を知っていたような気がする。黒柳正吾の死に結ばれている糸を、卓也は手繰《たぐ》りはじめていた。

父への挑戦

1

昼間のうちは、それでも湖畔に、人影が多く見られた。

乗用車が、渋滞しない程度に絶え間なく、湖畔の道路を走っていた。行楽客にはちがいないが、大半が日帰りの連中であった。富士五湖周辺までドライブに来た男女のカップルで、あまり長居はしないという感じである。

夕闇が訪れるころになると、もう湖畔に人影は見当たらなかった。対岸の旅館街を眺めても、全館の窓に明かりがともっているという光景は見られなかった。

河口湖畔の夕景は、秋の風景画のように寂しかった。これという目的もなく、ひとり湖畔に来ている人間であれば、感傷的にならざるを得ないだろう。

だが、卓也は乾ききった目的を持って、河口湖畔に来ているのだ。それに卓也は感傷的になるような、湿《しめ》っぽい気持ちをかかえてはいなかった。

夜になった。食事が、運ばれてきた。昼間の女子従業員とは別の女中が、座卓の料理を並べた。きちっとした和服姿で、化粧もしている女中である。

殿村忠吉という『ニュー富士五湖ホテル』の社長に、会ってみるべきではないか。卓也は昼間のうちから、そのように考え続けていたのである。

殿村忠吉の顔を見れば、何かを思い出すかもしれない。意外に、知った顔だったということも、あり得るのではないか。少年時代に『殿村』という名前と、何度か接したことがあるような気がするのだ。

殿村忠吉は、東京の会社社長のお抱え運転手だった。それが十二年前に突然、河口湖畔の旅館を買いとったのである。常識としては、考えられないことであった。

お抱え運転手は、月給取りである。旅館を買いとるだけの金を貯めこむには、大変な努力と長い年月が必要になる。普通なら、夢だけに終わるということになるだろう。

だが、殿村忠吉が突如として、お抱え運転手から旅館経営者に一変したことは事実なのである。いまでは『ニュー富士五湖ホテル』の社長になっている。

何十年もかかって、旅館買取りの資金を貯めこんだのだとは考えられなかった。その資金は一時《いちどき》に、殿村忠吉の手中に転がりこんだものなのだろう。

莫大な遺産を相続するといったことは、まずあり得ない。すると、その資金は赤の他人から、殿村忠吉の手に渡ったということになる。なぜ赤の他人が、そのような大金を殿村のために、出資したのだろうか。

十二年前――。

岸部隆行が鬼頭新一郎に殺されたのは、十四年前のことである。その二年後に、殿村忠吉は河口湖畔の旅館を買いとっている。この二つの事実に、何らかの因果関係があるのではないだろうか。

殿村忠吉と黒柳正吾は、古い知合いだった。黒柳は、岸部隆行の鞄持ち――当人は秘書と称していたが――だったことがあり、その当時は高輪の岸部邸に住みこんでいたのである。

岸部隆行は、会社社長であった。当然、会社には社長専用の車があり、送り迎えはもちろん、どこへ行く場合にもその乗用車を運転する者は、ひとりに限られていたと思われる。

社長専用の乗用車を運転することを利用している。それを、専業としていた。

つまり、社長のお抱え運転手ということになる。

殿村忠吉は、岸部隆行のお抱え運転手ではなかったのか。そうだとすれば、殿村と黒柳が古くからの知合いだったということも、頷《うなず》けるのであった。

殿村も黒柳も、岸部隆行に使われている人間同士だった。親しくもなるだろうし、今日まで何となく付合いが続いていたとしても、不思議ではないのである。

ある日、黒柳は卓也の訪問を受けた。黒柳は卓也から、岸部姉弟の過去のことを尋ねられた。その直後に、岸部姉弟が無理心中で死亡したことを、黒柳は知った。

黒柳は彼なりに考えをまとめて、何かあると判断した。黒柳が最初に目をつけたのは、殿村忠吉という存在だった。ただ殿村が古くからの知合いだから、というだけではなかった。

黒柳にしても前々から、お抱え運転手の殿村が一躍、旅館の経営者となったことに疑問を感じていたのだ。それで黒柳はまず、その辺の黒い霧に探りを入れてみようと、思いたったのではなかったか。

その黒柳の思惑どおり、そこには重大な秘密が隠されていた。その秘密を探りにかかった黒柳は、口を封じなければならない危険人物とされた。

殿村忠吉は、関係者に連絡を取った。その結果、早々に黒柳を消せという指示があった。殿村忠吉は、黒柳を山中湖畔の別荘地へ連れこんで、殺害した。

では、重大な秘密とは何か。多分、岸部隆行殺しに、関連してのことだろう。岸部隆行が殺されて二年後に、殿村忠吉は多額の金を手に入れて河口湖畔の旅館を買いとった。

殿村忠吉は、岸部隆行殺しに関しての口止め料を、受け取ったのかもしれない。殺人にまつわる口止め料なら、旅館を一軒買い与えたとしても、払いすぎにはならない。

以上が、卓也の頭の中でまとまった想定であった。何者がどういう理由から、殿村忠吉に多額の口止め料を払ったのか。その点については、まだ明確な判断が下せなかった。

しかし、殿村忠吉が黒柳の処置について、相談を持ちかけた相手がいることだけは間違いなかった。その相手とはもちろん、十二年前に莫大な口止め料を殿村に支払った人間、ということになるのだった。

「社長に、会いたいんだけどね」

卓也は、女中に言った。

「はあ……?」

女子従業員は、きょとんとしていた。

「殿村忠吉氏に、会いたいんだ」

卓也はいきなり、吸い物の椀に口をつけて一気に飲み干した。

「ああ、うちの社長ですか」

女中は茶碗に飯を盛りつけながら、拍子抜けしたように苦笑した。

「このホテルの中に、いるんだろう」

「ええ、おりますよ」

「会いたいって、連絡を取ってほしいんだけどな」

「お客さんは、社長のお知合いですか」

「まあね」

「連絡してみましょうか」

「頼む」

「ちょっと、お待ちください」

女子従業員は部屋の隅へ立っていき、電話機の前にすわった。ダイヤルを回している。内線番号にちがいない。

「社長さんですか。五階の桜の間《ま》のお客さんが、どうしても社長さんにお目にかかりたいと、おっしゃっているんですけど……。そうです、五階の桜です」

それだけ言って、女子従業員は沈黙した。そのまま待てと、殿村の指示を受けたのだろう。待たせておいて、その間に何をするつもりか、わかりきっていた。

殿村はフロントに連絡して、五階の桜の間の客の住所と名前を調べさせているのだ。そんなことをしても、無駄であった。卓也がフロントで記入した住所と名前は、まったくのデタラメだったのである。

「もしもし、はい……」

女中がそう応じてから、卓也のほうを振り返った。

「ご用件は、どんなことでしょうか」

女中の声が、卓也の背中へ飛んだ。

「会えばわかると、言ってくれないか」

卓也は答えた。

女子従業員はそのとおり伝えると、電話を切って卓也の脇へ戻ってきた。

「一時間後に、ここへお伺いするそうです」

女子従業員が、そのように報告した。殿村忠吉も、かなり混乱しているようである。会えばわかるという用向きの客と、面談することを承知したのであった。

たとえ客商売であろうと、普通ならばホテルの社長が、そのような話に応ずるはずはなかった。やはり脛《すね》に傷持つ身であるだけに、断わりきれなかったのだろう。

殿村忠吉と会うことによって、事態は大きく進展するような気がした。いや、進展ではなく、転換かもしれなかった。いずれにしても、トンネルを潜《くぐ》り抜けるのである。卓也は、そう思った。

2

食事を終えたあと、卓也はテレビの前に寝転がった。テレビは、クイズ番組を放映中であった。卓也はその内容に関係なく、テレビの画面に目を向けていた。

電話が鳴った。卓也は、両足を伸ばした。電話機は、小型の角テーブルの上に置いてある。卓也は両足でかかえるようにして、テーブルごと電話機を引き寄せた。

寝転がったまま、送受器を耳に当てた。東京からお電話ですと、男の声が言った。美千子だと、卓也は察していた。今日の出がけに彼は電話で、河口湖畔の『ニュー富士五湖ホテル』へ行くと、美千子に連絡しておいたのである。

卓也が河口湖畔にいることを知っているのは、美千子だけであった。東京から電話といえば、相手は美千子に決まっている。卓也はふと、明日が金曜日であることを思い出していた。

「もしもし……」

と、遠慮がちな美千子の声が聞こえた。

「ひとりかい」

卓也は足の指で、テレビのスイッチを切った。

「あと、一時間ぐらいは……」

美千子は甘えるように、小さく笑った。

「あと一時間もしたら、おやじさんが帰ってくるというわけかい」

卓也は、タバコをくわえた。だが、例によって、タバコに火は点《つ》けなかった。

「そうよ」

「だったら、いまからすぐに支度《したく》を始めるんだ」

「何の支度……？」

「出かける支度さ。おやじさんが帰る前に、そこを出るんだよ」

「どこへ行くの？」

「決まっているだろう」

「そっちへ……？」

「そうだ」

「無理よ、そんなの」

「明日は、金曜日だぜ」

「だから、明日になったら、そっちへ行きます。そのことを伝えようと思って、お電話したのよ」

「今夜のうちに、こっちへ来るんだ」

「卓也さん、お願いだからわたしを困らせないで……」

「おれは、本気で言っている」

「外泊は二度と許されないって、わかっているでしょ」

「二度とそこへ、戻らなければいい」

「そんな、ダダをこねないで……」

「ダダをこねているわけじゃない。ここへきて、ある重大な秘密を嗅ぎとったんだ。その結果、おれもあんたも危険な状態に置かれることになるかもしれない。一直線に、決着をつけるところまで、突っ走ることになるかもしれないんだ」

「本当なの？」

「本当だ。いずれにしても、これまでの生き方を捨てなければならない。もう過去の習慣に、こだわることもないのさ」

「矢は放たれたってことなのね」

「もし、おれと一緒に死にたかったら、いまからすぐこっちへ向かうんだ」

「わかったわ」

「タクシーで、来ればいい」

「夜の中央高速だから、時間もかからないでしょうね」

「いますぐに出れば、十時過ぎにはつくだろう」

「それまでは、死なないでね」

「当たり前だ」

「それから卓也さん、もう一度だけ念を押すけど、今夜ここを出ればもう二度と帰ることはできないのよ」

「わかっている」

「そのつもりで、そっちへ向かってもいいのね」

「いいんだよ」

「じゃあ、すぐに支度します」

「おやじさんが帰ってくる前に、出なくちゃならないんだ。急げよ」

「はい」

美千子は、電話を切った。

卓也も起きあがりながら、慌てて送受器を置いた。ドアが、ノックされたからだった。

卓也は床柱《とこばしら》を背にして、座卓の前にすわった。まだ風呂にもはいっていないので、彼は浴衣《ゆかた》に着換えていなかった。

「殿村でございます」

次の間《ま》の向こうで、男の声がそう言った。

「どうぞ……」

卓也は応じた。次の間を横切る足音が聞こえて、奥の部屋の襖《ふすま》が開《あ》いた。人影が、現われた。卓也は鋭い視線を、その人影に突き刺した。立派な体格をした五十男だった。

「失礼いたします」

大男は窮屈そうに膝を折って、敷居の向こうに正座した。殿村忠吉のほうも、卓也の顔に忙しく目を走らせた。まずは何者であるかを、窺《うかが》いたかったのだろう。

知った顔ではなかった。いや、記憶していない顔と、言うべきだろうか。殿村が岸部隆行のお抱え運転手だった男だとしても、そのころ卓也は、まだ十歳か十一歳であった。岸部隆行のお抱え運転手の顔など、記憶していないのは当然のことであろう。

「何か、ご用だそうで……」

殿村は座卓の前まで、膝を進めてきた。

「ええ」

卓也は火を点《つ》けなかったタバコを、灰皿の中へ投げこんだ。

「どのような、ご用件でしょうか」

殿村の顔に、笑いはなかった。探るような目つきをしている。用心と警戒を、怠《おこた》らずにいるようだった。

「あなたは黒柳正吾と、古い付合いだったんでしょう」

卓也は、単刀直入に言った。表情をまったく、動かさなかった。

「え……？」

一瞬にして、殿村は緊張していた。顔が強《こわ》ばったようである。

「岸部隆行社長の鞄持ちだった黒柳と、社長のお抱え運転手だった殿村さん。まあ、古い付合いであることは、当然でしょうがね」

床柱に凭《もた》れて卓也は、冷ややかに殿村を見やった。殿村の顔色が、やや青白くなっていた。目つきが険しくなったのは、咄嗟《とっさ》に答えが出なかったためである。

「それが、どうかしましたか」

ようやく殿村は、言葉を絞り出すように口にした。殿村は、とぼけることができなかったのだ。否定する余裕を、与えられなかったのである。殿村はあっさり、岸部隆行のお抱え運転手であったことを、認めてしまったのだった。

「あなたは、岸部社長が殺された当時のことを、忘れてはいないでしょうね」

「何を言いだすんです、あんたは……」

「岸部社長が殺された事件には、ある重大な秘密が絡《から》んでいる」

「そんなことを、知るもんですか」

「いや、知っている。あなたは、その重大な秘密を、がっちり握っていますね」

「ばかなことを……」

「そのために、あなたは莫大な口止め料をもらうことができた」

「冗談じゃない」

「その口止め料で十二年前に、河口湖畔の旅館を買いとった」

「何という言いがかりだ！　そんなこと、知るもんか！」

ついに殿村は、怒声を発した。血相を変えていた。

「口止め料を出したのは、誰だったんですかね。波多野竜三か、それとも鬼頭新一郎か」

卓也のほうは、対照的に冷静さを保っていた。

「あんたは、どこの何者なんだい！」

腰を浮かせて、殿村は居丈高《いたけだか》になった。

「おれは、波多野竜三の息子だ」

卓也は素直に答えてから、皮肉っぽく笑った。殿村の前で、波多野竜三の子どもであることを明らかにした。それは、父親に対する挑戦であった。勝ち目はないと承知のうえで、父の波多野竜三に挑戦したのである。

「何だって……！」

殿村忠吉は、蒼白な顔で凝然《ぎようぜん》となっていた。

衝撃の告白

1

殿村は、岸部隆行のお抱え運転手だった。

岸部隆行は十四年前のある夜、芝《しば》高輪の自宅の門内で待ち受けていた鬼頭新一郎に殺された。岸部隆行は会社から、帰宅したところであった。

門前で岸部隆行は、社長専用の車を降りる。その乗用車を運転していたのは当然、殿村忠吉だったということになる。殿村は車をUターンさせて、一旦は走り去ろうとしたのだろう。

だが、殿村はふと門内の異様な気配を、感じとったのである。殿村は運転席から、目を凝《こ》らして門内を見やった。殿村はそこに、殺人現場の光景を認めた。

鬼頭新一郎が、岸部隆行を絞《し》め殺そうとしている光景であった。つまり、殿村忠吉は唯一の目撃者となったのだ。しかし、そこには一つ、重大な問題が引っかかっている。

殿村が目撃したのは、単なる殺人現場だけではなかったのである。鬼頭新一郎が岸部隆行を絞殺する現場を見たというだけなら、殿村には莫大な口止め料など支払われなかったはずなのだ。

犯行を隠すために、目撃者に口止め料を払う。それなら頷けるのだが、鬼頭新一郎は犯行を隠そうとしなかったのである。鬼頭は翌朝、波多野竜三に付き添われて、高輪警察署へ自首しているのだ。

自首するくらいなら、目撃者に口止め料を支払ったりはしない。したがって殿村忠吉がそのとき目撃したのは、鬼頭新一郎の単純な殺人行為だけではなかったのである。

そのほかにも、重大な発見があったのにちがいない。そっちのほうが、致命的な弱味になることだったのだ。殿村に支払われたのは、そのための口止め料であった。

二年後に殿村忠吉は、口止め料を資金にして河口湖畔の旅館を買いとり、その経営に乗り出した。それがいままでは、こうして『ニュー富士五湖ホテル』になっているのである。

そうしたことを殿村忠吉は、全面的に認めたようなものだった。明確に否定することを忘れて、殿村は狼狽《ろうばい》しながら敵意を剝《む》き出しにした。すなわち、肯定したのである。

だが、そうだとしても、事実として決めつけることは不可能であった。あくまで、卓也の頭の中で成り立つことであり、想像にすぎないのである。

黒柳正吾殺しにしても、そうであった。黒柳を殺したのは、殿村忠吉に間違いないと思う。しかし、それも卓也の推定であって、証拠も証人もゼロなのである。警察へ持ちこむことはできなかった。

「話というのは、それだけですかね」

殿村忠吉が、かすれた声で言った。顔色は悪いが、取り乱してはいない。何とか冷静さを、取り戻すことができたのだろう。むしろ、計算する顔つきになっていた。

「まあね」

卓也は頷いた。これ以上は、質問しても無駄だった。殿村は、体勢を立て直した。興奮して余計な言葉を口にするということも、もう期待できないだろう。

殿村はのらりくらりと質問を躱《かわ》すか、そうでなければ頑強に黙秘するつもりなのだ。そうした意志がはっきりと、殿村の表情に示されている。

殿村を呼びつけて、二、三発ジャブをかますという目的は果たしたのだ。真正面から父親の波多野竜三に挑戦したことで、このラウンドは終了させるべきだろう。卓也は、そう思った。

「だったら、これで失礼しますよ」

殿村が、腰を浮かせた。

「早速にでも、おれがここに来ていること、おれが喋《しゃべ》ったことを報告するんだな」

卓也は冷ややかな目を殿村に向けた。あえて、波多野竜三に報告せよとは、口にしなかった。

「では、どうも……」

立ちあがって、殿村は次の間へ向かった。

「もう一つ、報告することがある」

卓也は、殿村の背中に言葉を投げつけた。殿村は立ちどまったが、振り返りはしなかった。

「間もなく、ここへおれの連れが来る。若い女だ。それが鬼頭新一郎の娘だってことも、ボスに報告しておいたほうがいいと思うんだがね」

卓也は言った。一瞬、殿村の肩に力がこもったようだった。微妙な反応であった。殿村は再び、弾《はじ》かれたように歩きだした。その後ろ姿が次の間に消えて、襖が音もなく閉じられた。

遠くで、ドアの閉まる音が聞こえた。殿村忠吉は、自分の部屋へ直行する。焦燥感に駆られながら、彼は電話機に飛びつくはずである。電話を掛ける相手は、波多野竜三か鬼頭新一郎だろう。

卓也が、乗りこんできた。かなり具体的なことまで、嗅《か》ぎつけているようである。そのうえ、間もなく鬼頭美千子までが、ここへ来るらしい。

そのような殿村の報告に、波多野竜三なり鬼頭新一郎なりが、どういうふうな反応を示すだろうか。その出方しだいで、卓也と美千子の運命は変わるのである。卓也が波多野竜三の実の息子、美千子が鬼頭新一郎の実の娘だからというのではない。

岸部桜子と修二を殺すみたいには、いかないはずであった。卓也が波多野竜三の実の息子、美千子が鬼頭新一郎の実の娘だからというのではない。

山中湖畔で、『ニュー富士五湖ホテル』の客だった黒柳正吾が殺されたばかりなのである。数日後に、同じ『ニュー富士五湖ホテル』の客が二人も死亡する。

他殺とも思える変死ということになれば、警察も、事件として重視するだろう。同じホテルの客が三人、連続して死んでいるのだ。世間も、注目するということになる。

殿村忠吉とその背後に存在する人間にとっては、危険信号というべき状態である。おそらく、手段を選ばないという暴挙は、避けるはずであった。

卓也と美千子の口を封ずるにしても、より安全な方法と絶好の機会というものを考えるにちがいない。二人が『ニュー富士五湖ホテル』にいるあいだは、迂闊《うかつ》には手を出せない。

卓也は、風呂にはいった。だが、あまり長湯はしていられなかった。電話のベルが鳴っているのに気づいて、卓也は浴室を飛び出すことになったのである。

卓也は濡れた裸身にバス・タオルを巻きつけて、電話機のところへ駆けつけた。送受器を耳に当てると、女の声が外からお電話ですと告げた。

外線からの電話となれば、相手は殿村忠吉ではない。美千子はとっくに、東京を離れているはずだった。では誰からの電話か。決まっている。予想外に早い反応だと、卓也は思った。

「はい」

卓也は、冷たく応じた。

「卓也君に、間違いないかね」

男の声が、いきなりそう言った。よく知っている声ではないが、鬼頭新一郎に間違いないと卓也は直感した。

「間違いありませんよ」

卓也は、抑揚のない声で答えた。

「あんたは、正気かね」

鬼頭の声は、震えを帯びていた。ひどく興奮しているようだった。

「もちろん、正気です」

「まったく、ばかなことをしたもんだ」

「何がです」

「何もかもだ」

「あなたらしくもない。冷静な判断力に欠けているし、逆上気味ですね」

「生意気なことを言うな」

「殿村忠吉からの連絡を受けて、慌ててここへ電話を掛けてくる。あなたは自分から、殿村との腐れ縁を認めたことになるんだ」

「どうかしているのは、君のほうなんだぞ。自分の父親を敵に回すようなことを、どうしてやりたがるんだ」

「波多野竜三を、父親とは思っていませんね。お互いに親とか子とかの意識はない。赤の他人以上に、他人なんですよ」

「美千子まで、引っ張りこんで……」

「彼女の意志です」

「許さん！　絶対に許さん！」

「何をです」

「美千子を奪い取るなんて、絶対に許せないことだ」

「ただ、愛しあっているだけですよ」

「黙れ！」

「彼女はもう、二度と帰りませんよ」

「そんな、ばかな……」

「自分の娘を人身御供《ひとみごくう》にすることは、諦めるんですね」

「美千子を、返してもらおう」

「駄目《だめ》です」

「そこに、もういるのかね」

「いますよ」

卓也は咄嗟に、嘘をつく気になっていた。

「電話に出してくれ！」

鬼頭新一郎が、声を張り上げた。

「無理な注文ですね。彼女は、首を振っています。電話に出たくないそうですよ」

卓也は言った。

「畜生！　殺してやる！」

鬼頭新一郎は怒声を吐き出すと、叩きつけるような勢いで電話を切った。感情が沸騰し、激昂したのだった。

美千子が到着したのは、それから四十分後のことであった。

2

若い男女であっても、日本的な情緒によって意外に刺激されるものだった。

その日本的情緒とは、畳の上に延《の》べられた蒲団《ふとん》であった。蒲団に寝ることは珍しく、それがひどく新鮮に感じられたのだ。とくに卓也と美千子が二人一緒に蒲団に寝ることは、今夜が初めてだった。

これまでは、どこへ行ってもベッドであった。モーター・ボートの中でというのが、一度あっただけである。そうした二人の目には、並べられた蒲団がなまめかしく、煽情的なものとして映《えい》じたのだった。

「淫蕩《いんとう》的ね」

と、美千子が恥じらう顔で、畳の上の夜具を眺めやった。浴衣《ゆかた》姿の美千子そのものも、好色な女に見えるから不思議であった。

女はその場の雰囲気に順応して、それらしく自己暗示にかかるものだった。美千子は淫蕩的な雰囲気を感じて、淫蕩的気分に酔ってしまったようである。

その美千子から、卓也も刺激を受けていた。二人は自然に、淫蕩な男と女になりきっていた。それに、二人きりだという気持ちも、強く作用している。

二人にはもう、戻るべき生活の場がない。定着して生きてゆく家も、明日を期待できる現実も捨ててしまったのだ。流浪《るろう》の男女であり、しかも危険な立場へ追いこまれているのである。

死ぬなら二人一緒にという決意から、すべてを投げ出した。共犯者意識みたいに、二人きりだという孤立感が強い。死ぬまで二人きりと、心身ともに寄り添っている。

追いつめられた男女は、危機感に刺激されて求めあわずにはいられない。強烈な悦楽の中で、何もかも忘れようとする。甘さがまじった悲壮感が、一つになりきってしまいたいという欲望を煽《あお》るのである。

それに加えて、淫蕩的な舞台装置が、目に見える刺激剤となった。死が眼前にある。もう二度と、身体で愛しあうことはできない。そのような気持ちへと、みずから駆りたてるのであった。

美千子は最初から、敏感に反応した。触れあう前に、激しく喘《あえ》ぎはじめていた。卓也の手が胸のふくらみを愛撫しただけで、美千子は声を洩らし腰をよじった。

卓也が埋没した瞬間から、美千子の悲鳴をまじえた呻《うめ》き声が途《と》切《ぎ》れることはなかった。これまでになく卓也のものが深く突き刺さり、美千子をいっぱいに満たすということを、彼女は断片的な言葉で訴え続けた。

たしかにベッドよりも結合感が鮮烈で、手応《てごた》えがあるという感じがした。ベッドのように弾むことがなく、女体をしっかりと蒲団が支えているせいではないか。

そういう先入観による気分的なものか、物理的な効果が実際にあるのかはわからない。だが、これまでと違う強烈な結合感覚を、味わえたことだけは事実だった。

美千子は、狂乱した。声を殺すためか、彼女は口の上に両手を重ねて置いた。しかし、狂ったような絶叫は、大声になるばかりであった。

美千子は枕を顔の上にのせて、それを両腕でかかえこむようにした。それでも声は消せなかったし、むしろ野獣の咆吼《ほうこう》のように凄まじさを増していた。

抑制できないうねりが、立て続けに美千子の腰から胸へと走った。美千子の身体が浮きあがり、反《そ》り返り、よじられた。その度《たび》に美千子が絶頂感に押し上げられていることを、卓也は肩にある彼女の脚の緊縮によって知らされた。

卓也はこの状態を、いつまでも持続させたいと思った。彼は果てることを堪《た》えながら、荒々しく激しい律動を続けた。美千子は無限に、のぼりつめ到達した。

美千子は、湯につかりすぎた赤ん坊のような顔色になっていた。赤く上気した顔が、汗にまみれている。髪の毛までが、湯に濡れたように汗ばんでいた。

枕は遠くへ飛んでいる。顔を左右に乱暴に振りながら、美千子は上半身に震えを見せていた。

両手はなぜか、自分の背中の下に差し入れてしまっている。

どうにかなってしまいそうな不安と、どうなっても構わないような気持ちを、彼女は交互に訴えた。それからもう駄目だという一方的な通告と、堪忍《かんにん》してほしいという哀願の言葉を口にした。

やがて、もっとも大きくて激しいうねりが訪れて、美千子は狂乱したように泣き叫んだ。絶頂感の天井を突き破り、美千子の陶酔感は限界を越えたようだった。卓也も、硬直した彼女の身体の中で果てていた。

二十分ほど、二人は動かずにいた。静かであった。その静寂が、何時になるのだろうという疑問を起こさせた。卓也は、時計を見た。一時五十分になっていた。

「おやじさんから、電話があった。あんたが、ここへ来る四十分ほど前のことだ」

隣の夜具へ移ってから、卓也は初めてそのことを口にした。はっとしたように、美千子は目を開いた。彼女は、黙っていた。腹這《はらば》いになると、コップの水を一気に飲み干して、美千子は引き寄せた枕に横顔を埋めた。

「ひどく、感情的になっていた」

卓也の汗ばんだ身体に、敷布の冷たさが心地よかった。美千子は、返事をしなかった。動かずにいる。

「興奮して、憎しみの感情を剝《む》き出しにしていたよ。畜生、殺してやるとまで、口走ったからな」

卓也は、美千子へ視線を向けた。美千子は、無言だった。見えるのは顔半分だけだが、暗く沈んだ感じである。

「おやじさんは、あんたを失うことがこのうえもなく痛手って感じだ。あんたを人身御供として、利用できなくなるからだろうか」

卓也は両腕を、左右に投げ出した。

「違うわ」

ようやく、美千子が口を利いた。力のない声だった。

「あんたが、ある男の許《もと》から逃げだす。そのことを何よりも、おやじさんは恐れていたんだろう」

卓也は言った。

「こうなったからには、隠し事も秘密も無意味だわ。卓也さんにどうしても言えなかったことを、打ち明けたほうがいいかもしれないわね」

美千子は手を伸ばして、投げ出されている卓也の腕を握りしめた。

「聞かせてもらおう」

「卓也さんに嫌われたり、軽蔑されたりするってことも覚悟のうえよ」

「まずは、話すことさ」

「わたしを徹底的に拘束して、監視させたりした。わたしが、あなたを愛してしまったことや、外泊したことで怒り狂い、わたしの身体に拷問に等しい折檻《せっかん》を加えた男……。それは鬼頭新一郎だったの」

「おやじさんが……？」

「そう」

「何のためにだ」

「嫉妬よ」

「娘に対する父親の嫉妬か」

「わたしにとって鬼頭新一郎は、父というよりも男なんだわ」

「何だって……？」

「実の父親には、ちがいないのよ。でも、一年前、処女だった私を、肉体的に一人前の女にしたのは、鬼頭新一郎という男だったの」

「本当の話かい！」

卓也は美千子の告白に、激しい衝撃を受けていた。

覚悟の朝

1

思いもよらないことだった。

予想もつかないこと、というのは当然である。父と娘を見くらべて、この二人は男女関係にあるかどうかと、いちいち疑ってみるばかはいない。

実の父娘だと知れば、誰であろうと額面どおり受けとる。あの父娘の仲はおかしいのではと、予想を立てるほうがどうかしている。父親をかなり極端に独占したがる娘を見ても、エレクトラ・コンプレックスだろうぐらいに思うのがせいぜいである。

そのくらいに父と娘が肉体関係を持つというのは、異常であり稀有《けう》なのだ。したがって卓也が、鬼頭新一郎と美千子のそうした関係を見抜けなかったのは、むしろ当然のことであった。

ただ、卓也が思いもよらなかったことだと強く感じたのは、岸部姉弟の悲劇をよく知っていたからなのである。桜子と修二は、実の姉弟として育てられた。そのために桜子は、弟との愛を近親相姦と信じ、悩み苦しんでいた。桜子はその苦悩を、最後まで捨てきれなかった。近親相姦の罪の意識を、背負ったまま死んでいった。

ところが事実は、近親相姦でも何でもなかったのである。桜子と修二は、実の姉弟ではなかったのだ。血の繋がりもない他人同士で、普通の男と女の仲が許される間柄であった。当人だけが実の姉弟、近親相姦と決めこんでいたのにすぎない。

近親相姦だと思っていたのが、調べてみると意外にあっさり否定される。その事実を知っていただけに、卓也は美千子の告白から強い衝撃を受けたのだ。

近親相姦であるべき姉弟が実はそうではなく、近親相姦などであろうはずはない父と娘が実はそうだった。そのように皮肉な結果から、卓也はことさら、思いもよらなかったことだと感じたのである。

「軽蔑されたわね」

美千子が、寝返りを打った。卓也は黙って、天井を見上げていた。

「ねえ、不潔な女だと思っているんでしょ。卓也さん……」

美千子が声を張り上げた。

「いや……」

卓也は、上の空で応じた。息苦しかった。まだ心臓の鼓動が、早まったままであった。

「嫌いになった？」

美千子の声が、耳許で聞こえた。美千子は卓也のすぐ脇まで、転がってきたのである。

「ばかな……」

卓也は、美千子の顔へ目をやった。気品があって、チャーミングで、いい女である。これほどの美人が実の父親と——と、不思議な気がするのだった。

「じゃあ、何も感じなかったかしら」

美千子は真摯《しんし》な眼差しで、卓也を見つめた。

「何も感じないわけはないだろう」

卓也は、苦笑した。

「どう感じたの？」

「ショックだった」

「それだけ？」

「とにかく、驚いたよ」

「あとは……？」

「別に……」

「嫌いにならない？」

「うん」

「不潔な女だって、軽蔑しない？」

「ああ」

「だったら、抱いて……」

「どうしたんだ、急に……」

「不潔だと思っていないんなら、これまでと同じようにわたしに触《さわ》れるし、抱けるはずでしょ」

「わかったよ」

卓也は、美千子の裸身に両腕を巻きつけた。抱き寄せて、脚も絡ませた。滑らかな肌の感触と美千子の体温が、卓也の気持ちを落ちつかせた。何も変わってはいないと、卓也は思った。

「いままでと同じように、愛してくれているわね」

美千子は卓也の手をとって、胸のふくらみに押しつけるようにした。

「当たり前だ」

怒ったような言い方をして、卓也は二本の指先で乳首の側面を軽く摩擦《まさつ》した。

「嬉しいわ」

美千子は太腿《ふともも》を持ち上げるようにして、腰のあたりを痙攣《けいれん》させた。目を閉じて、喘《あえ》いでいる。

「話の続きは、どうしたんだ」

「話の続きって……？」

「まだ結果だけで、そこに至るまでのプロセスについては、何も聞かされてないぜ」

「聞きたいの？」

「このままじゃあ、中途半端だろう」

「だって、不愉快でしょう」

「興味がある」

そう言いながら、卓也はいささか悪趣味であることに気づいていた。こうして抱いている美千子に、男との体験を語らせる。彼女の乳首を弄《もてあそ》びながら、その話を聞くのであった。それも、単なる男との体験談ではない。美千子の相手というのは、彼女の実の父親なのである。女を抱き、その口から近親相姦の体験を喋《しゃべ》らせる。たしかに、いい趣味とは言えなかった。

卓也の心の中には、美千子に対してサディスティックなものがある。同時に彼は、自虐的な気持ちにもなっていたのだ。それは、二人の明日に絶望的なものを、感じとっているせいかもしれなかった。

「父と母は、熱烈に愛しあった仲なの。そりゃあもう、大変なものだったらしいわ」

目を閉じたままで、美千子が言った。

「それで結婚して、あんたが生まれた」

卓也は、美千子の顔を見守った。

「母は身体が丈夫ではないほうなので、お産は一度だけにすると決めてあったらしいわ。そのうちに、とんでもない不幸が訪れて、父と母は……」

喋りながら美千子は眉根を寄せたり、あっと叫ぶように口を開けたりした。卓也の指の動きに対して、示される反応であった。

「おやじさんが、人殺しをした。岸部隆行を殺した犯人として、逮捕されたんだろう」

卓也は言った。

「そうなの。そのとき父は三十四、母が二十八、わたしは六つだったわ」

美千子は、卓也の手を押さえた。乳首を愛撫する指の動きを、封じたのであった。話を続けられなくなる、ということなのだろう。美千子はほっと溜息《ためいき》をついてから、再び語りはじめた。

鬼頭新一郎は一審判決の刑に服して、十三年後に刑務所を出所した。彼が服役中に、最愛の妻は病死した。もともと身体が丈夫ではなかった妻の病死であり、鬼頭としては誰を恨むこともできなかった。

だが、彼にとっては、一つの驚異があったのである。父の帰りを待っていた娘の美千子だった。鬼頭は娘に見せたくない姿だということで、服役中にただの一度も美千子との面会に応じなかったのだ。

したがって、十三年ぶりの父娘対面であった。しかし、鬼頭の目にはどうしても、美千子が娘として映じなかったのだ。彼が知っている娘は、まだ六歳の子どもであった。

だが、いま目の前にいるのは、十九歳の女だった。六歳から十九歳にまで成長する過程を知らない鬼頭には、どうにも別人としか思えなかったのである。

それも、単なる別人というのではない。娘ではなく、妻なのであった。美千子は、母親に生き写しであった。容貌、身体つき、声、表情や仕種《しぐさ》までそっくりそのままだった。

鬼頭は、愛妻の死に接していない。それだけに、妻が死んだという実感が稀薄である。

妻が死んで、娘が成長したというふうには、むしろ信じられなかった。

妻は、生きている。美千子は娘ではなく、愛する妻なのだ。鬼頭はそうした錯覚を、錯覚だと思いたがらなかった。しかも、十三年間も別々にいれば、父娘という血の繋《つな》がりによる親しみは薄かった。

男と女、という意識のほうが強い。その点は、美千子の場合も同じであった。美千子も鬼頭に、父という意識よりも一段と強く、男を感じたのである。それが、美千子の一種の隙《すき》となって、鬼頭の男の目を刺激することになったのかもしれなかった。

同じ屋根の下に、二人だけの生活がある。愛する妻の裸身ばかりを想像して、十三年間の禁欲に耐えてきた鬼頭だった。その愛する妻と二人だけの夜を過ごしながら、何もせずに朝を迎えられるはずはなかった。

二人だけの生活を始めて五日目の晩、鬼頭はついに忍耐の限界を越えたのであった。夜半に目を覚ました彼は、愛する妻のベッドに近づいた。次の瞬間、眠っている妻の身体の上に、鬼頭は荒々しく被いかぶさっていたのである。

そうと気が付いた美千子は、夢中になって抵抗した。死にもの狂いだった。相手が、父親だからというのではなかった。欲望に狂った男を意識したからこそ、美千子は恐怖を覚えたのである。処女本能であった。

しかし、助けが来ないかぎり、防ぎきれるものではなかった。体力の差であり、時間の問題であった。ネグリジェを剝《は》ぎ取られた美千子は、誰にも触れられたことのない部分を、やがて父親に貫かれたのだった。

鬼頭新一郎にとっては、愛する妻との二度目の初夜であった。

2

一度そうなってしまうと、美千子の気持ちから抵抗感が消えた。特殊な環境にあった父娘というよりも、やはり男と女の意識のほうが強かったのだろう。

一緒に、生活している。男と女の関係を、持ってしまった。処女を上げた相手である。そうしたことが美千子を、何をしても当然という気持ちにさせたのであった。

鬼頭は毎晩、美千子の肉体を求めた。美千子はそれを待っているわけではないが、嫌悪感を覚えることもなかった。だが、そのうちに美千子の感覚が、しだいに深まりはじめた。

鬼頭の執拗《しつよう》な愛撫と技巧的な演技が、急速度に美千子の肉体を開拓したのだった。半年後に美千子は、自分が自分でなくなる快感を知った。鬼頭の言葉を借りるならば、女になったのである。

「不思議な話だ」

卓也は美千子の髪の毛に、顔を押しつけて言った。

「自分でも、そう思うわ」

美千子は、卓也の太腿に手をかけた。

「抵抗感を、まるで感じないなんて……」

卓也は髪の毛を摑んで、美千子の顔を仰向かせた。

「まるで感じないわけじゃないのよ。父娘だってことを念頭に置こうもんなら、全身が総毛立つような嫌悪感を覚えるもの」

美千子は、卓也の太腿を撫で回しながら言った。

「しかし、できるだけそのことを、意識すまいと努めたんだろう」

「そうね」

「なぜだ」

「意識すれば、不愉快になるだけでしょ」

「近親相姦に終止符を打とうとか、そういう生活を破壊しようとか、考えたことはなかったのか」

「三度ぐらいは、あったみたいね」

「実行には、移さなかった」

「諦《あきら》めが、先に立ったわ。そのころからもう、わたしには監視がついていたし……」

「あんたを、ほかの男に奪われたくない。ただ、それだけのために、監視役をつけていたのかい」

「そうでしょうね。とにかく、異常に嫉妬深いんですもの。ほかの男を好きになったりしたら、その男と一緒に殺してやるって、一日に一度は言っていたわ」

「鬼頭新一郎はいったい、あんたにとって何なんだ」

「さあ……」

「おやじなのか」

「そんな気がしないでもないけど……」

「父親として、鬼頭のことを愛しているのかい」

「情はあるわ」

「じゃあ、男としてはどうなんだ」

「セックスの対象としては、男だったみたい」

「男として、愛していたのか」

「全然……。男として愛したのは、あなたが生まれて初めてだわ」

「もし、おれと出会わなかったら、あんたはどうなっていたんだろう」

「これまでの生活が、そのままずっと続いたでしょうね。多分、鬼頭新一郎が死ぬまで……」

「あんたも、そのつもりでいたのかい」

「結婚も、赤ちゃんを産むことも、諦めていたんですもの」

「美千子……」

「なあに?」

「正直言って、おれはいま嫉妬しているんだぜ」

「誰に……?」

「鬼頭にさ」

卓也は荒々しく、美千子を抱き寄せた。愛するのではなく、思いきり美千子を乱暴に扱ってやりたいという欲望に、卓也は捉《とら》われていたのだった。鬼頭に嫉妬を感じているというのも、本音だったのである。

「いやよ、そんなの……」

卓也の胸に顔をすりつけながら、美千子は彼の太腿から股間へと手を移していった。

「鬼頭とおれと、どっちがいい」

卓也は異様な昂《たか》ぶりによって、その部分が痛いほど怒張するのを自覚していた。

「比較にならないわ」

美千子は一旦、卓也のその部分に触れてから、手を引っこめるようにした。思わぬ逞《たくま》しさに、驚いたのかもしれなかった。

「どうしてだ」

卓也は美千子の、胸のふくらみをまさぐった。

「だって、鬼頭新一郎の場合は肉体だけが反応しても、頭の芯《しん》や心の底は冷えきっているのよ。あなたのことは、愛しているんですもの」

美千子はあらためて卓也のものを把握すると、不意に乱れて息を弾ませた。

「おれも生まれて初めて、嫉妬というものを味わったな」

と、卓也は、自嘲的に笑った。

「ねえ、愛して……。死ぬまで愛して、殺しちゃってもいいわ」

「慌てることはない。今夜が、最後になるかもしれないんだ」

「明日になったら、何かあるかしら」

「間違いないな」

「誰か、ここへ来るのね」

「お迎えか、そうでなければ押しかけか」

「誰が来ると思う?」

「波多野竜三か鬼頭新一郎か、あるいは二人揃《そろ》ってかだ。いずれにしても、覚悟だけはしておくんだな」

「もう、何があってもいいわ。あなたが、愛してくれさえすれば……」

美千子は身体を密着させると、そっと卓也のその部分を手放した。二人は、激しく唇を重ねた。すでに今日は金曜日だと、卓也は頭の隅でチラッと思った。

電話のベルで起こされたとき、窓の外はもう白昼の明るさになっていた。卓也は腕の時計に、目を走らせた。十一時五分前だった。眠ったのは夜明けだったが、気分はすっきりしていた。熟睡した証拠であった。

「お迎えの方が、お見えになりましたですって……」

電話に出た美千子が、振り返って言った。美千子もまだ全裸の腰に、浴衣を巻きつけているという恰好だった。

「急ぐ必要はない。ゆっくり、支度《したく》をしよう」

卓也は立ちあがると、バス・ルームへ足を運んだ。

三十分後に、二人は部屋を出た。ホテルの中は、静まり返っていた。一階のロビーにも、人影は見当たらなかった。卓也はフロントで、勘定を済ませた。彼は正面入口の自動ドアのほうへ、視線を移してみた。

大型乗用車が、一台だけ停まっていた。流行には無関係な高級車で、いかにも大きいという感じがする。飴色《あめいろ》の車体が、美しい光沢《こうたく》を放っていた。リンカーンだが、誰の車なのか見当の付けようがなかった。

「見覚えがあるかい」

卓也は、美千子に訊いた。

「いいえ……」

美千子は、首を振った。少なくとも、鬼頭新一郎が使っている車ではないらしい。卓也は波多野竜三が、どのような高級車を乗り回しているのか、まったく知らなかった。乗用車の中にいる人影を、はっきり見さだめることもできない。

殿村も姿を現わさなかったし、見送るホテルの従業員もいなかった。卓也と美千子は、自動ドアの前に立った。ドアが開けば、その向こうに停車中のリンカーンがあるのだった。

血みどろ

1

運転手が、降りてきた。制服制帽の運転手である。東西冷熱の社長専用車の運転手ではないかと、卓也は直感していた。つまり、この豪華なリンカーンは、波多野竜三の専用の車ということになる。

運転手が、後部座席のドアを開けて、丁寧に一礼した。卓也たちへの敬意を、表したわけではない。運転手は一種の習慣から、頭を下げたのにちがいなかった。

卓也は、車の中を覗きこんだ。奥に葉巻をくわえた男の姿があった。海坊主のような頭をした大男で、卓也のほうを見ようともしなかった。

波多野竜三である。果たして、波多野竜三がみずから専用車に乗りこんで、河口湖まで出かけてきたのであった。今さら、乗車することを拒《こば》んでも、仕方がなかった。

卓也が先に乗りこみ、そのあとに美千子が続いた。シートの幅が広いので、三人並んですわっても余裕はたっぷりとあった。ドアを閉めた運転手が、運転席のほうへ回っていった。

助手席に、男がもうひとりいた。背広姿の男だが、ただのサラリーマンには見えなかった。たとえ東西冷熱の社員だとしても、波多野竜三が個人的な必要から雇っている人間にちがいない。

秘書のひとりということになるのだろうが、公的に認められる存在ではないのだ。波多野竜三が社長ではなくボスになったとき、用心棒を兼ねて活動する男と見ていいはずであった。

その男はただの一度も、振り返ろうとはしなかった。無言だし、動こうともしない。そうしたところが、いかにも主人に忠実なロボットという感じであった。

「よろしいでしょうか」

運転手が訊いた。

「うん」

波多野竜三が、煙とともに声を吐き出した。大型乗用車は、滑るように走りだした。安全運転をしなくても、慎重な運転だと受け取れるような安定感があった。

誰もが、無言だった。沈黙を乗せてリンカーンは、中央高速の入口へ向かった。隣で美千子が緊張しきっているのを、卓也は身体の触れあいから感じとっていた。

「世話を焼かせるな」

ようやく、波多野竜三が口を開いた。大型乗用車はスピードを上げて、高速道路を走っていた。

「世話を焼いてくれと、頼んだ覚えはない」

卓也が、固い表情で言った。

「何か事を起こせば、誰かに世話を焼かせることになる」

波多野竜三の口調は重々しく、凄味《すごみ》を感じさせるような低い声であった。だが、高圧的ではなかった。波多野竜三にしては珍しく、低姿勢ということになる。

それは、最初から喧嘩に持ちこみたくはない、という気持ちが働いているからなのだろう。穏やかに話しあって、最後には妥協したいというのが本心なのだ。

「事を起こしたとは、妙な言い方だ。おれはただ隠された真実を、掘り起こそうとしたのにすぎない」

卓也は、腕を組んだ。卓也には、妥協する気持ちなど毛頭なかった。

「真実……」

波多野竜三はニヤリとして、葉巻をくわえ直した。

「秘密と、言い換えてもいい」

卓也は、波多野竜三の顔を見やった。

「秘密を暴《あば》く」

「そうだ」

「何のために……？」

「秘密を暴き、真実を知ることが目的だ」

「そんなことをして、何になるんだね」

「さあ……」

「お前にとって、何の利益もないだろう」

「あんたみたいに、利益のためだけに動く人間ばかりとは限らない」

「しかし、何の利益もないことのために、骨を折る人間も少ないはずだ」

「だったら、おれのことをその数少ない人間のひとりだと、解釈すればいいんだ」

「お前は、わしに戦いを挑《いど》みたがっている。そのために、事を起こそうとするんだ」

「否定はしない」

「バカなことだ」

「どうして……？」

「勝てる見込みがあってこそ、戦いを挑むんだろう。巨象を相手に水鉄砲で戦おうなんて、愚《ぐ》の骨頂だしバカなことだ」

「あんたが巨象で、おれは水鉄砲だって言いたいらしいな」

「わしとお前では、おそらくそれ以上の差があるだろう。一挺のシャベルで、富士山を崩そうなんてことは、考えてみるだけでもばからしい」

「じゃあ、その富士山がどうして、わざわざシャベルを迎えにきたりしたんだ」

「なるほど、そういう見方もあるか」

「あんたは些細《ささい》なことで、みずから出かけてくるような人じゃない」

「たしかにわしは余程、重大なことでもないかぎりは、自分から出向くといった行動は取らない」

「そのあんたが朝早く東京を出て、わざわざ河口湖まで来た。つまり、重大なことだ、という判断に基づいているわけだろう。富士山がシャベルに対して、そんな判断を下すはずはない。富士山対シャベルではなく、富士山は直下型の地震ぐらいには見て、河口湖まで駆けつけてきたんだ」

「自惚《うぬぼ》れるな、卓也。お前のことを直下型地震などとは、考えてもいないさ」

「それなら、わざわざ出向いてきたのは、なぜなんだ」

「責任を、感じたからだ」

「誰に対する責任だい」

「個人的には、鬼頭君に対して責任を感じている。鬼頭君は美千子さんを奪われたことで、狂わんばかりの状態にある」

波多野竜三はそう言いながら、美千子のほうを見ようともしなかった。波多野竜三が、鬼頭新一郎と美千子という父娘の特殊な関係について、承知しているのかどうかはわからない。

だが、美千子の前でその辺のところを、確かめるわけにはいかなかった。卓也はあえて、そのことには触れずにいた。

「個人的にではなく、責任を感じているというと……？」

卓也は訊いた。

「波多野コンツェルンの各企業の株主、社員とその関係者に対する責任だ」

波多野竜三は、苦々《にがにが》しい顔になった。

「どういう意味で……？」

「お前が、何か事を起こす。そのことがマスコミの餌食《えじき》となって、世間を騒がせるという結果を招く。波多野コンツェルンの各企業に、悪い意味での影響が及ぶだろう」

「世間に知られるとまずい秘密、隠された真実が存在する証拠じゃないか」

「そんなものがなくても、騒がれるだけでマイナスになる。疑われるだけでも、企業イメージはダウンする。波多野コンツェルンの総帥《そうすい》として、鬼頭君の長年の友人として、お前の父親として、わしが責任を果たすために乗り出すのは当然のことだろう」

「だったら、早いところ、はっきりさせたほうがいい。あんたが乗り出してきた目的は何か、おれにどんなことを要求したいのか。その二点について、答えを出してくれ」

「お前に対して要求も、注文もするつもりはない」

「じゃあ……」

「命令だ」

「あんたらしいな」

「命令の一は、美千子さんと絶縁すること。命令の二は、拗《す》ね者からいいかげんに足を洗うことだ」

「拗ね者とは……？」

「意味もなく、父親に反抗する。働きもせずブラブラしていて、余計なことに首を突っこみたがる。そうした拗ね者から足を洗って、東西冷熱の技術陣に加わり、波多野コンツェルンを仕上げるために貢献せよという命令なんだ」

「残念ながら、そんな命令には従えない。二つともだ。美千子の意志を無視して、別れることを強制できるはずもない」

「別れないつもりか」

「別れるどころか、おれたちは瞬時も離れずにいる」

「本気かね」

「あんたからあらためて、鬼頭新一郎に伝えておいてくれ。気に入らなければ、おれたちを殺せばいいって……」

「いいだろう。その代わり、そのことに関する責任は、もうわしも負わないぞ」

「結構だ」

「それから、わしがわざわざ乗り出してきた目的だが、一口に言えば最後の話合いのためということになる」

「話合いは、最初から決裂だ」

「決裂すれば、どういうことになるか、わかっているんだろうな」

「わかっているつもりだ」

「もう親子ではない。お前を挑戦してくる敵と見るし、降りかかる火の粉は払わなければならない。わしが敵に対して、まったく容赦しない男だということは、お前にもよくわかっているはずだぞ」

火の消えた葉巻をくわえたままで、波多野竜三は苦笑した。

2

親子の縁を切る――。

それは、一向に構わない。むしろ、望むところだった。もともと卓也のほうでは、波多野竜三のことを父親だとは思っていなかったのである。

波多野竜三は赤の他人として、卓也の挑戦を受けて立つというのだ。そのほうが闘志も湧くし、やり甲斐があるだろう。もちろん卓也にとって、敵に回した波多野竜三は容易な相手ではない。

誰もが、歯が立たないと見るだろう。巨象に水鉄砲、富士山とシャベルという波多野竜三の表現も、ただの豪語では片付けられなかった。

しかし、まったく勝ち目がないというわけでもないと、卓也は思った。波多野竜三にも、弱味はある。重大な秘密を持つ身であり、違法行為をしていることは間違いないのだ。

それも、軽い罪というものではない。たとえば、殺人である。波多野竜三が殺人者であることを立証すれば、卓也の完全な勝利に終わるのであった。

「手始めに、まず何をする」

波多野竜三が、新しい葉巻に火を点《つ》けた。からかうような口ぶりであった。宣戦布告をしてからの自信のほどが、窺《うかが》われるような言動である。

「あんたを、告発することになるだろう」

対照的に、卓也の顔つきが険《けわ》しくなった。

「告発……？」

「いまのところ、告発の事由は三つある」

「面白い」

「三つのうちの一つは、不法監禁および脅迫ということになる」

「ほう……」

「おれを自動車の中に引っ張りこんで、余計なことを嗅ぎ回るな、美千子に近づくな、この警告に従わなければ紳士的な態度で接することができなくなるとおどした」

「わしに、そんなことをした覚えはない」

「あんたは黒幕として、指示を与えただけさ。そのときの男たちも、ボスの命令だということを認めていた」

「そのボスが、わしだと言うのかね」

「もちろん、そうに決まっている」

「それは、お前の判断だろう。証拠は、どこにある。証人はどこにいる」

「これから、それを見つけだすんだ」

「無理だな」

「そうとは、言いきれない」

「まあ、いいだろう。あとの二つというのを、先に聞こうじゃないか」

「二つとも殺人だ」

「穏やかじゃないな」

「一つは岸部桜子と修二を、無理心中と見せかけて殺したこと。もう一つは、黒柳正吾を殺したことだ」

「わしがその三人を殺したというのか」

「直接手を下したかどうかはともかく、殺せと指示したことは間違いない」

「こいつは愉快だ」

波多野竜三が、声を上げて笑いだした。腹を揺すり上げ、肩を震わせて笑っている。虚勢ではない。滑稽《こっけい》で仕方がない、という笑い方であった。

「それにもう一つ、岸部隆行殺しについても何か重大な秘密があるはずだ」

哄笑《こうしょう》する波多野竜三を無視して、卓也は怒ったような顔で言った。

「いいかげんにしたらどうだ。そんな少年の作り話に似たことが、通用するとでも思っているのか」

煙を吐き出しながら、波多野竜三はまだ笑っていた。

「通用させてみせる」

卓也はふと、顔から表情を消した。

「意地になって、力むほどのことじゃない。そんな話を持ちこまれたら、検察庁の検事もさぞ戸惑うことだろうよ」

「何とでも言うさ」

「何の証拠もない。証人は、ひとりもいない。目撃者の証言もない。お前の話には具体性がまったくないし、すべてが想像の上に成り立っている。しかも、凶悪犯人だと指名されたのは、社会的に地位も名誉も信用も認められていて、財力のある波多野コンツェルンの総責任者ときている。まあ一笑に付されるのが、関の山というところだろう」

「告発したのがその波多野竜三の息子だということを、検察庁もマスコミも世間も重く見るはずだ」

「岸部隆行氏の事件については、問題も何もない。裁判所の判決どおりに鬼頭君が罪に服して、すでに刑期も終えている。一事不再理の原則もある。今さら、それに重大な秘密があるなどと申し立てて受理されるはずもない」

「岸部桜子と修二の死も、無理心中に間違いないと言い張るつもりだろう」

「いや、別にそんなことに口出しする意志は持っておらん。わしには関係ないことだし、警察が無理心中だと判断を下せば、なるほどそうかと思うだけだ」

「あんたには、関係ないことだ?」

「そうだろう。あの姉弟を殺す動機が、わしのどこにあるんだ。当然アリバイも立証されるだろうし、お前が言うような殺し屋とは無縁だということも明らかにされる」

「黒柳正吾殺しについても、同じことを言うつもりだろうよ」

「当然だ」

「そのうちに、殿村忠吉が口を割る」

「何のことだかよくわからんが、そう信じたければそれもいいだろう」

「とにかく、話合いは決裂だ。せっかく、迎えにきてもらったんだが、その辺で降ろさせてくれないか」

卓也は波多野竜三と、運転手へ半々に伝えた。リンカーンは中央高速を出て、甲州《こうしゅう》街道を新宿方向へ向かっていた。

「いいだろう」

波多野竜三が言った。運転手が頷くと同時に、リンカーンは道路の左端に寄りはじめた。烏山《からすやま》バイパスへはいる手前で、路上は車で埋まっていた。

運転手が先に降りて、後部座席のドアを開けた。スーツ・ケースを持って、まず美千子が路上に降り立った。

「もう二度と、会うことはないだろう」

波多野竜三の声が、卓也を追ってきた。卓也は車を降りてから、波多野竜三へ視線を投げかけた。葉巻をくわえて、波多野竜三は笑っていた。

海坊主が不敵に笑っている、という感じであった。相変わらずの怪物ぶりが、無気味でさえある。笑いながら、何を考えているかわからない顔だった。

「哀れなドン・キホーテ……」

波多野竜三がそう言ったとき、卓也は荒々しく叩きつけるようにドアを閉めていた。間もなくリンカーンは遠ざかって、車の波の中に没した。

もう二度と会うことはないと、波多野竜三は言いきった。これ以上に冷酷な、親子の別離の言葉はほかにないだろう。そして、その言葉が意味するものは何か。

骨肉相食《は》むといった生易《なまやさ》しいものではない。波多野竜三と卓也、鬼頭新一郎と美千子という二組の親子が、血みどろの敵同士となるのである。

血みどろの、決戦であった。その決戦の火蓋《ひぶた》は、妙な形で切られたのである。二日後の夜遅く、西川ミキが西銀座のビルの屋上から墜落して、即死したのだった。

死者の家

1

行くところがなかった。

ホテルか旅館に、泊まるほかはない。金はあった。西川ミキからもらった百万円のうちの九十万円が、まだそっくり残っている。ホテルに滞在することも、可能である。だが、有名ホテルは、避けなければならない。波多野竜三は当然、卓也たちに見張りをつけようとするだろう。そのためにまずは、卓也と美千子の居場所を突きとめる。

波多野竜三は、金によって機動力を発揮する。都内のホテルは真っ先に、探索の対象にされる。偽名を使っても、そんなものは気休めにすぎなくなる。

連込みホテルにしても、安全とは言いきれない。徹底的にやる気であれば、連込みホテルであろうと調べるにちがいない。そういう点で波多野竜三というのは、たしかに恐ろしい男であった。

「東京を一旦、離れることにするか」

卓也が言った。

「同じことだと思うわ」

美千子は表情のない顔を、自動車で埋め尽くされている道路へ向けていた。

「そうかな」

卓也は、美千子のスーツ・ケースに目を落とした。烏山バイパス沿いの歩道であり、タクシーを停めるほかはなかった。

「あなたのお父さま、本気に間違いないわ。やる気よ」

「だろうね」

「恐ろしい方ね」

「人間じゃないもの」

「あなたとお父さまの話を聞いていて、何度も寒気がしちゃったわ」

「怪物を近くで見れば、誰だってゾッとするさ」

「お前を挑戦してくる敵と見るし、降りかかる火の粉は払わなければならない……」

「もう親子ではない」

「わしが敵に対して、まったく容赦しない男だということは、お前にもよくわかっているはずだぞ……」

「最後におれのことを、哀れなドン・キホーテだって言いやがった」

「もう二度と会うことはないだろうって、まるで氷みたいなお父さまね」

「氷なら、溶けたあとに水が残る。あの海坊主には、そんなものはない」

「じゃあ、ドライ・アイスかしら」

「とにかく、こっちの出方しだいによっては、おれを殺す気でいる」

「タクシー、停めていいのかしら」

空車のタクシーを見つけて、美千子が卓也を振り返った。

「どこへ、行くんだ」

卓也は、美千子のスーツ・ケースを手にした。

「乗ってから、考えましょう」

美千子は手を上げて、タクシーを停めた。乗ってから考えるわけにはいかなかった。タクシーに乗りこんだら、すぐに目的地を告げなければならない。

「赤坂《あかさか》へ……」

卓也は、運転手の背中に言った。美千子がチラッと、卓也を見た。行くアテがあるのかと、訊《き》いているのである。卓也は、首を振って見せた。

やはり、ホテルに泊まるほかはないようだった。今さら、捜し出されることを、恐れても仕方がない。波多野竜三はあっさりと、卓也たちが車から降りるのを承知した。それは、卓也たちの行方《ゆくえ》がわからなくなることを、心配していない証拠ではないだろうか。つまり、卓也たちがどこへ逃げようと、たちまち見つけだせるという自信があるのだった。

なぜ、そんな自信を持てるのか、すでに卓也たちには、尾行がつけられているのだ。そうとしか、考えられない。波多野竜三を乗せたリンカーンだけが、河口湖まで来たわけではなかった。

もう一台の車が、少し離れたところに停めてあったのではないだろうか。リンカーンが東京へ向かうと、その車もさりげなくあとを追う。

その車を運転する者には、最初から卓也たちを尾行せよという指示が与えてある。卓也たちが途中でリンカーンを降りるようなことになれば、あとから来る車がそのあとを尾行する。

波多野竜三に、そのくらいの知恵が回らないはずはなかった。別働隊があくまで、卓也たちを尾行することに、打合わせずみだったのだ。だからこそ、波多野竜三はあっさりと、卓也たちを途中で降ろしたのである。

卓也は、後方を見やった。後ろも、車で埋まっている。自家用の乗用車が、何台も目についた。どの車に尾行者が乗っているのか、判断のしようもなかった。

こうなったら、もう遠慮することはない。有名ホテルだろうとどこだろうと、堂々と泊まってやる。逃げも、隠れもしない。卓也は、そう思った。

卓也はタバコを取り出そうとして、ポケットに手を突っこんだ。その手に、折り畳んだ紙が触れた。何だろうと、卓也は考えた。すぐには、思い当たらなかった。

彼はその紙を、引っ張り出した。便箋であった。桜子が卓也宛てに、書こうとした手紙である。だが、途中で思い留まって、屑籠《くずかご》の中へ投げこんだのだ。

「なあに、それ……」

美千子が、広げた便箋を覗きこんだ。

「岸部桜子が、殺される直前に書きかけた手紙さ」

卓也は答えた。

「ずっと、持ち歩いていたの？」

美千子の質問には、ちょっぴり嫉妬が含まれていた。

「気になる文句が、書いてあるんでね」

卓也は前置きを飛ばして、便箋にある文字にあらためて目を通してみた。

実は、とんでもないことをしてしまいました。私が、軽率だったのです。修二の頭を冷やすつもりで、私はそのことを口にしたのでした。それは私のカン違いかもしれないし、どっちにしろ無意味な昔話だったのです。

ところが、その結果は……。頭を冷やすどころか、火に油を注ぐような逆効果となりました。修二はすっかり燃えてしまい、水をかけようとする私の言葉には耳も貸しませんでした。

私という女は、何と愚かな——。


卓也は、美千子が読み終えるまで、便箋を広げたままにしておいた。美千子は、溜息をついて、寄り添っていた卓也から身を引くようにした。

「桜子さんは弟の修二さんに、何かとんでもないことを聞かせてしまったのね」

美千子は両手で、頬をはさみつけた。

「そのことを桜子は、とんでもないことをしてしまった、何と愚かな女だろうと、ひどく悔いているんだ」

卓也は、タバコをくわえた。例によって、火は点《つ》けなかった。

「修二の頭を冷やそうとしてって、これはどういう意味かしら」

「修二はもう、桜子に夢中だったんだ。桜子と愛しあうことしか、頭にないみたいだったのさ」

「そういう修二さんに、冷水を浴びせようとしたのね」

「桜子にしてみれば、姉弟相姦と思っているから、何ともやりきれない。それで、修二の目先を変えようとした」

「そのために、軽率でとんでもない話を、持ち出したってわけでしょ」

「そうだ」

「ところが、その話を聞いた修二さんは、逆に燃えてしまった。いったい、何に燃えたのかしら」

「その話には、重大な秘密が含まれていた。つまり、脅迫のタネになるような話だったんだと思う。おれが電話したときにも、修二は一億からの金が転がりこむという話をしていた。修二は桜子から聞いた秘密をタネに、大金を強請取《ゆすり》ろうとした」

「そのことに修二さんは、熱くなってしまったという意味ね」

「うん」

「脅迫した相手は……?」

「おそらく、鬼頭新一郎だろうと思う」

「父を……?」

「延《ひ》いては、波多野竜三を脅《おびや》かすことにもなったんだ」

「それで、桜子さんと修二さんを、殺した……?」

「姉弟が殺される直前に、鬼頭新一郎は君を使ってサクラ美容室に電話を掛けさせたんだろう」

「ええ」

「あの電話は、姉弟が家にいるかどうかを確かめるためのものだったのさ」

「重大な秘密、脅迫のタネって、どんなことだったんでしょう」

「それだけが、どうにもわからない。見当のつけようがないんだ」

「無意味な昔話……」

「過去のことには、間違いないわけだ」

「私のカン違いかもしれない……」

「つまり、桜子の記憶も曖昧《あいまい》だし、彼女の錯覚だったかもしれないというんだな」

「桜子が昔、あることを目撃した。でも、その目撃したこと自体が、正確ではないかもしれないというのね」

「最初から最後まで、じっくり見ていたことじゃないんだ。チラッと見たことか、あるいはどうもそうらしいという程度の目撃なんだろうな」

「桜子さんの判断には、彼女なりの推定がまざっていた。しかも、もうかなり昔のことだった」

「そうだろう。しかし、ただ一つだけ、考えられることがあるんだ」

「どんなこと……?」

「岸部隆行のお抱え運転手だった殿村忠吉がやはり何かを目撃して、重大な秘密を握ったんだ。そのために殿村忠吉は、波多野竜三から莫大な口止め料をもらっている。その殿村忠吉が目撃したのと、桜子が目撃した光景が同じものだったのではないかということなんだ」

そう説明しながら卓也は、その想定が確かであるように思えてきたのであった。

2

赤坂のホテルで、三日間を過ごした。

どうせ滞在するならという気持ちから、ローヤル・ルームを取った。一泊八万円であったが、贅沢《ぜいたく》をしている、という気はしなかった。

二人にとって、未来はない。いつ死が訪れるかわからないし、二人ともまったく無欲であった。無欲でいて、贅沢を望むはずはなかった。

金があるから、使ってしまおう。それに部屋の外へは、一歩も出ないのである。閉じこもっているには、広い部屋のほうがいい。ローヤル・ルームに泊まることを思いついた理由は、その二点ということになる。

しかし、卓也と美千子はほとんど、ベッドの中で過ごすことになった。食事も、寝室へ運ばせた。ほかに使うところは、バス・ルームぐらいのものだった。シャワーを浴びる。身体を洗う。ベッドで激しく、燃え尽くす。そのあと、眠りに落ちる。目覚めて、バス・ルームへ行く。その繰りかえしであった。

三日目の夕方、卓也はベッドの上で夕刊を広げた。ほかに読むものがないので、新聞には丹念に目を通す。彼はやがて、小さな記事に目をとめた。

社会面の隅に、その記事はあった。『ホステス、飛び降り自殺』と、見出しはそれだけである。その記事は、昨夜の十二時過ぎに西川ミキが、西銀座のビルの屋上から飛び降りて即死したことを報じていた。

卓也は隣のベッドにいる美千子に夕刊を渡し、指先でその小さな記事をつっついてやった。裸身を毛布に包んだ美千子は、二度繰りかえして記事を読んだ。

「〝ドミンゴ〟というクラブがあるビルの屋上から落ちて死んだんだが、ミキはその〝ドミンゴ〟のホステスさ」

卓也は暗い眼差しで、天井の豪華なシャンデリアを見上げた。

「遺書があるところから、自殺と見られる……」

美千子が呟《つぶや》くように、記事の一部を読んだ。

「でたらめだ」

卓也は、吐き出すように言った。

「じゃあ……」

美千子が、上体を起こした。

「消されたのさ」

「誰に……?」

「命令したのは、波多野竜三だろう」

「だって、このミキさんて……」

「そうだ。波多野竜三の若い愛人だった」

「その若い愛人を、殺すなんてことがあるかしら」

「自分の子どもだって、その必要があれば殺す男だぜ」

「じゃあ、どんな必要があって、ミキさんを殺したの?」

「ミキはいろいろなことを、知りすぎたんだよ。それにおれが行動を起こすとすれば、まずミキにアタックするだろうと、波多野竜三は睨《にら》んだんだ。酔っぱらったら、ミキは何を喋るかわからない。それで早手回しに、ミキの口を塞《ふさ》いだんだろう」

「ミキさんは、わたしたちが殺したようなものね」

「いや、いつかミキは、何かでしくじっただろう。そのときは、やはり消されるよ」

「自殺にされちゃうのね」

「ミキは、自殺するような女じゃない。しかし、ミキが死んだおかげで、おれたちの落ちつく場所ができたぜ」

「え……？」

「死者の家へ、戻るのさ。今夜のうちに、このホテルを出る。それで、シャトー南青山の八階A号室へ行くんだ」

卓也は電話機に手を伸ばして、自分の膝の上に置いた。0を回すと、外線に繋がる。卓也はシャトー南青山の管理室の電話番号を、思い浮かべてダイヤルを回した。

実は昨日すでに卓也は、美千子がバス・ルームにいるとき、ミキの部屋に電話している。ミキが岸部姉弟のことを波多野竜三に話したことを確かめたかったからだ。

ミキは相変わらずもの憂《う》い声で、結局、そのことを認めた。それればかりではない。ふっと彼女は洩《も》らしたのだ。波多野竜三が、

「やっぱり最初の計画どおりにすればよかったのだ」

と独語していたという。そしてミキが聞きとがめて追及すると険しい顔で、

「お前には関係ない」

と言い、あとはずっと口を閉ざしてしまったらしい。

男の声が出た。名前は記憶していないが、卓也の知っている相手であった。シャトー南青山の、ガードマンを兼ねた管理人である。四十過ぎの、人のよさそうな男だった。

「八階のA号の波多野だけど……」

卓也は言った。

「ああ、波多野さん。どこへ、行っちゃったんだね！」

管理人が、大きな声を出した。

「これから、帰ろうと思ってね」

「あんた、西川さんが大変なことになったんだよ」

「夕刊で読んだよ」

「知っているんなら、いいんだが……」

「部屋は、そのままになっているだろうね」

「今日の午後、西川さんの姉さんが来てね。遺品を持ち出していったが、どうやら預金通帳とか金目のものとかに限られていたようだよ」

「家具なんかは、そのままかい」

「そっくり、残っている」

「おれがそこへ戻っても、問題はないだろうね」

「今月に限ってだよ。今月分の部屋代を、受け取っているからね。でも、契約した人間が死亡したんだから、今月中には、出てもらわんと……」

「そんなに長くは、いられないさ。こっちのほうが……」

卓也はそう言って、電話を切った。

卓也と美千子は、すぐ支度に取りかかった。夜のうちにホテルを出るとは考えないだろう。監視者も尾行者も、目を光らせていないはずである。

シャトー南青山の八階A号室に引き移る。誰もが、そんなことをするとは思わない。西川ミキが死んだあとの部屋に住みつくなどと、波多野竜三も考えつかないのにちがいない。盲点であった。

監視者や尾行者の目が遠のけば、明日から少しは動くこともできる。

卓也と美千子は、九時前にホテルを出た。そのまま、シャトー南青山へ直行する。合鍵は、持っている。二人は、八階のA号室へはいった。

だが、監視者や尾行者の目が光っていないという卓也の判断は、甘すぎたのである。波多野竜三がそんな中途半端な真似はしないということを、一時間後には見せつけられたのであった。

十時に訪問者があった。卓也が、ドアを開《あ》けた。ドアの外には、鬼頭新一郎が立っていた。卓也は咄嗟に、鬼頭を突き飛ばしていた。同時に彼も、廊下へ飛び出した。

卓也のストレートが、鬼頭新一郎の顎《あご》を捉えた。鬼頭は階段を、転げ落ちた。卓也は追っていって、鬼頭の腰を蹴りつけた。

その一言

1

鬼頭新一郎は、ひとりで乗りこんできたのだ。ほかに、人影は見当たらなかった。見張り役から連絡を受けた鬼頭は、取るものも取りあえずシャトー南青山へ駆けつけてきたのである。

若い連中を引き連れてくることを、思いつかなかったのだろう。それだけの余裕もなかったのだ。美千子に会い、彼女を連れ戻す。そのことしか、念頭になかった。

美千子恋しさの一心から、鬼頭もいささか用心を怠《おこた》ったようである。あるいは自分の手足となって動く男たちの前で、美千子と争ったりすることを避けたかったのかもしれない。いずれにしても、鬼頭が単身乗りこんできたことが、卓也にとっては救いであった。

鬼頭ひとりだけなら、撃退することは容易である。マンションの中は、静まり返っている。そのために物音が、驚くほど大きく響いた。

だが、夜の遅い住人ばかりのマンションであり、留守の部屋が多かった。それに、階段であった。階段は非常の場合しか、使われなかった。八階から七階にかけての階段となると、なおさらのことである。

鬼頭は腰を蹴られて、踊り場まで転げ落ちた。ストレートを顎《あご》に喰らったうえに、全身を強く打ったのだった。鬼頭が素早く、立ちあがれるはずはなかった。

卓也は近づいて、鬼頭を引きずり起こした。そうしておいて、卓也は鬼頭の顎に続けて右の拳《こぶし》を叩きこんだ。そのあと膝頭《ひざがしら》で、鬼頭の鳩尾《みぞおち》を突きあげた。

鬼頭は呻《うめ》きながら、口から血を噴き出させた。抵抗する気力も、失っているようだった。手を放すと、鬼頭は崩れ落ちた。卓也は踊り場の壁に、鬼頭新一郎を押しつけた。

「美千子を……」

鬼頭が、声を絞り出した。薄目を開けていたが、表情は苦痛に歪《ゆが》んでいた。

「駄目《だめ》だ」

卓也は冷ややかに、鬼頭の顔を見やった。

「美千子を、返せ」

「駄目だと、言っているだろう」

「貴様に、そんなことを言う権利はない。美千子は、おれの娘だ」

「聞いたふうなこと、吐《ぬ》かすんじゃない」

「何だと……」

「彼女自身の意志だ。二度と、あんたの顔を見たくないそうだぞ」

「嘘だ！」

「あんたは、狂っている。彼女の父親だとは、言わせないよ」

「なぜだ」

「父親なら娘の一生を、台なしにするようなことはしないだろう」

「誰が、美千子の一生を台なしにする。美千子の一生は、おれのものだ」

「娘を自分の女にする。昔だったら、畜生呼ばわりをされるところだぜ」

「何だと……？」

「いいかげんにしろ！」

卓也は鬼頭の胃袋に、右の一撃を埋めこんだ。

「う……」

唸《うな》って鬼頭は、両膝を折った。苦悶しながらも鬼頭は、卓也を上目遣《うわめづか》いに見た。信じられないという顔つきだった。彼は美千子が父と娘の異常な関係について、卓也に告白するとは考えてもいなかったらしい。

「美千子はおれに、何もかも打ち明けたよ。それでも、おれたちは愛しあっている」

卓也は、鬼頭から離れた。鬼頭は背中を滑らせて、壁に沿って崩れ落ちた。彼は踊り場のタイル張りの床に、雑巾《ぞうきん》のようになってすわりこんだ。

卓也の止《とど》めの一言が、鬼頭にとっては致命的なショックとなったのである。一度に、気が抜けたようだった。美千子に関しては、敗北感と絶望感を強《し》いられたのであった。

鬼頭はやがて、両手で顔を被《おお》った。肩のあたりが、痙攣《けいれん》するように震えはじめた。声が洩《も》れた。泣きだしたのである。見ているほうが、惨《みじ》めさを覚えた。

男の慟哭《どうこく》にしても、あまりにも哀れすぎるのであった。鬼頭がこれほど、弱い男とは思われなかった。あるいは美千子を失うことが、鬼頭の最大にして唯一の弱点なのかもしれなかった。

「美千子なしでは、生きていられない……。生きる張りあいが……ないんだ」

鬼頭は泣きながら、弱々しく言葉を吐き出した。

「だったら、死ぬんだな」

卓也は、無表情であった。

「美千子……！」

と、鬼頭は泣き顔を見せて、吼《ほ》えるような声を出した。まるで、泣いて母親を求める幼児であった。その鬼頭の姿を見て、卓也は無性に腹が立った。

「やめろ」

卓也は、冷ややかに言った。

「美千子……!」

鬼頭が、再び呼びかけた。

「黙るんだ」

卓也は、右足を飛ばした。鬼頭の顎を、激しく蹴り上げたのだった。ズックの靴を履《は》いていたが、衝撃に変わりはなかった。鬼頭はのけぞって、大きな音を響かせるほどの強さで壁に後頭部をぶつけていた。

「わっ!」

鬼頭は、悲鳴を上げた。新たな血が、口から溢れ出た。

「死ね」

卓也は鋭い視線を、鬼頭の涙と血で濡れた顔に突き刺した。

「畜生……」

凄《すさ》まじい形相《ぎょうそう》で、鬼頭は卓也を睨《にら》みつけた。狂人の執念といったものが、その眼差しに感じられた。

「実の娘と女との見境がつかなくなったような人間は、死んでしまったほうがむしろ楽だろうよ」

卓也は言った。

「美千子は、おれのものだ」

鬼頭が力なく、首を振った。

「悪党のくせに……」

「おれは波多野社長に、協力しているだけだぞ」

「それが、どうした」

「波多野社長は、貴様のおやじじゃないか」

「他人以上に他人だし、いまではどっちかが観念するまでやりあう敵同士だぜ」

「勝てるはずもない相手なのに……」

「あの男は、大悪党の人殺しだ。それに協力しているあんたも、大悪党の人殺しさ」

「人殺しだと……？」

「岸部姉弟、黒柳正吾、それにミキと、いったい何人殺せば気が済むんだ」

「おれは、殺してない」

「波多野竜三も、同じことを言っていた。それはただ直接、手を下さなかっただけにすぎないんだ」

「殺してない」

「あんたの場合は、直接手を下したこともある。懲役という形で償《つぐな》いは果たしているが、岸部隆行を殺しているじゃないか」

「おれは、人殺しなんかじゃない」

「まあ、いいさ。あんたはとにかく、頭を冷やすことだろうよ」

そう言い捨てて、卓也は鬼頭に背を向けた。八階の階段をのぼる。のぼりきったところで、振り返った。鬼頭はまだすわりこんだままで、ガックリと首を垂れていた。

卓也は、A号室へはいった。ドアに鍵を掛けて、チェーンもロックした。美千子が、ドアを正面に見て、凝然《ぎようぜん》と突っ立っていた。顔色が青白くなっている。

「聞こえたかい」

卓也は近づいて、美千子の肩に手をかけた。美千子は小さく頷《うなず》いてから、卓也に縋《すが》りついてその胸に顔を押しつけた。愛する男と父親が、激しく争っている。争いの原因は、美千子である。肉体的にも結ばれている父親と、それを承知の愛する男が、美千子を奪いあって激突した。あまりにもおぞましく、彼女にしてみれば居たたまれない気持ちだったのだろう。

「もう大丈夫だ」

卓也は、美千子の背中を撫で回した。

そのとき、ふと卓也の頭の中に、奇妙なひらめきが生じた。鬼頭の一言が、卓也の脳裡に甦《よみがえ》ったのである。

おれは、人殺しなんかじゃない——。

鬼頭新一郎は最後に、そう口走ったのであった。その一言に卓也は、重大なひっかかりを覚えたのだった。

2

卓也は、八階のA号室を飛び出した。階段の上に立って、踊り場を見おろした。だが、そこにはもう、鬼頭の姿はなかった。卓也は階段を、駆けおりた。

八階から一階まで、卓也は回転を繰りかえしながら階段を走った。しかし、鬼頭にはついに、追いつくことができなかった。マンションを出たとき、卓也は走りだしたばかりのタクシーを見た。

卓也はエレベーターで、八階のA号室に引き揚げてきた。美千子が不安そうな顔で、彼を迎えた。卓也は短い間、唇を嚙《か》んで考えこんだ。

「疲れているか」

やがて、卓也が顔を上げて言った。一つの決断を下したときの厳しさが、卓也の表情に漲《みなぎ》っていた。

「ホテルで、三日間も休養したんですもの」

美千子は眩《まぶ》しそうな目をして、笑ってみせた。

「じゃあ、これから出かけよう」

「これから……？」

「荷物を、持っていくんだ」

「どこへ行くの？」

「河口湖へ、引き返すんだよ」

「〝ニュー富士五湖ホテル〟へ……？」

「どうしてなの？」

「理由は、二つある。一つは、このままここにいては、美千子が拉致《らち》される恐れがあるからさ」

「わたしが……？」

「鬼頭新一郎は、必ず出直してくる。そのくらいの執念は、十分に持っていると見た。今度は、四、五人で乗りこんでくるはずだ」

「今夜のうちにかしら」

「間もなくだろう。大勢で来られたんでは、おれも防ぎようがない。美千子を連れ出して、どこかに監禁するということになる」

「死んでも、いやだわ」

「もう一つの理由は、殿村忠吉に会うことだよ」

「会ってどうするの？」

「確かめたいことがある」

「これから行って、ホテルが入れてくれるかしら」

「ガラスを叩き割っても、はいりこんでやるさ」

「とにかく、行ってみましょう」

美千子が、スーツ・ケースを手にした。

二人は、シャトー南青山を出た。タクシーに乗る。河口湖と行く先を告げると、運転手が首をかしげて考えこんだ。卓也が往復料金を出すと言うと、運転手は頷いてアクセルを踏んだ。

十一時になろうとしている。下りの車で混雑する時間であり、甲州街道はタクシーで埋まっていた。調布《ちょうふ》から中央高速へはいった。タクシーのひしめきあいから抜けることはできたが、中央高速も八王子までは車の列が続いていた。

八王子を過ぎると、急に車の数が疎《まば》らになる。巨大な闇が広がって、それを引き裂くライトも心細げであった。スピードが増し、風圧が窓を鳴らした。

「何かを嗅《か》ぎとったのね」

美千子が卓也の膝の上を、探るようにしながら言った。

「うん」

卓也は、美千子が探している手を、膝の上に置いた。

「重大なこと……?」

美千子は、卓也の手を軽く握った。

「もっとも、重大なことだ」

卓也は、美千子の耳に口を近づけて、そう言った。

「どんなことなの?」

「殿村忠吉は、何かを目撃した。お抱《かか》え運転手だった彼は、高輪の自宅まで岸部隆行を送ってきた。殿村忠吉はそこで、ある光景を目撃したんだ」

「当然、岸部隆行が殺される現場を、目撃したんでしょう」

「そうだ。それと同じものを、桜子も見ている。まだ少女だった桜子は自動車の音を聞きつけて、父親を迎えに出ようと玄関のドアを開けたんだろう。そこで少女は何気なく、門のほうを見やった。そして……」

「反対側から、つまり門の外から殿村運転手が目撃したのと同じものを、桜子さんも見たわけね」

「うん。しかし、少女はそのことの持つ重大性に、あまり関心を抱かなかった。あるいは暗かったので、目撃したことに自信がなかったのかもしれない。ところが後日、成人した桜子はそのことを思い出すたびに、疑問を感じたり気にしたりするようになった。そして最近になって桜子は、修二にその話を聞かせたんだ」

「深刻な問題としてではなく、むしろ思い出話みたいなつもりでね」

「桜子はそのことを手紙で、おれに知らせようとしたんだ。軽率なことをしてしまって後悔しているが、とにかく大変な結果となったたって……」

　卓也は、短く吐息した。

　桜子としては、姉の肉体に打ちこもうとする弟の頭を冷やそうと思って、その話を持ち出したのにちがいない。一種の刺激剤であって、修二がそのほうに関心を向けることを、桜子は期待したのだろう。

　男なら当然、興味を覚えるはずである。いろいろなカラクリがあるものだと、人生に対する緊張感みたいなものを持つかもしれない。いくらかでも姉弟相姦の悪酔いから、目を外の世界に向けようとするのではないか。

　桜子は、そう考えたのだ。修二には気分転換が必要だった。精神的に追いつめられていた桜子は、苦肉の策としてその話を修二の耳に入れたのにちがいない。

「昔の話なんだけどね。いまだに、気になっていることがあるのよ」

　桜子は、そのように切り出したのだ。

「何だい」

　修二は、気のない応じ方をする。

「お父さんが、殺されたでしょう」

「うん」

「わたし、お父さんを殺して逃げていく男の姿を、チラッと見ちゃったのよ」

「今ごろになって、何を言いだすんだよ。犯人の鬼頭新一郎は、もう刑を終えて娑婆《しゃば》に出てきているんだぜ」

「そうね。そういうことに、なっているようね」

「そういうことに、なっているって……？」

「わたしがチラッと見かけた犯人というのは、別の人間だったのよ」

「鬼頭新一郎じゃなかったのかい」

「暗いところでそれも一瞬、チラッと見ただけなんだし、古い話でわたしの思い違いってこともあり得るわ。だから、絶対に確かだとは、言えないんだけどね」

「姉さんが見たのは、誰だったんだい」

「わたしは、そう思ったって話よ」

「いいから、言ってごらんよ。いったい、誰だったんだ」

「波多野のおじさま……」

「波多野……？」

「卓也さんの、お父さんよ」

「波多野竜三かい」

「そう」

「姉さんはどうして、その時点で事実を言わなかったんだ」

「だって誰も、わたしに訊かなかったんですもの。子どもの証言なんて本気にしてくれないだろうと思ったし、自分から刑事さんに何か言うのが恐ろしかったしね。そのうえ、犯人がさっさと自首したというんでしょう。それじゃあやっぱり、波多野のおじさまのほかに犯人がいたのかって思って……」

「姉さん、いまからだって遅くないよ。波多野竜三を、おどしてやるんだ。一億円や二億円は、出すにちがいないさ」

修二は、目を輝かせた。

「およしなさいよ、修ちゃん。そんなことをしたら、大変な騒ぎになるわ」

桜子は慌《あわ》てて、制止する側に回った。しかし、修二はすっかりその気になってしまい、耳を貸そうともしなかった。しかも、修二はその『金儲けの話』を、実行に移したのである。修二は波多野竜三に面会を求めて、脅迫に取りかかったのだ。だが、それはまさに木刀を振るって、巨象に立ち向かうようなものであった。

波多野竜三は、鎧袖一触《がいしゅういっしょく》した。

その結果が、無理心中を装っての殺人、岸部桜子と修二の『死』だったのである。

最後の証人

1

美千子は、黙りこんでいる。

タクシーは大月《おおつき》を過ぎて、河口湖への直線コースにはいっていた。百二十キロのスピードを出しているし、風圧も強まって車体が無気味なほどに揺れていた。

ある種のショックを、美千子は受けたのにちがいない。当然だった。鬼頭新一郎が無実の罪で殺人犯の汚名のもとに、十数年間の刑務所暮らしをしていたということが、九分どおり確実とわかったのである。

岸部隆行を殺したのは、波多野竜三だったのだ。波多野竜三はけっして、カッとなって岸部隆行を殺したりしたのではないのである。怪物波多野竜三は、無計画に人を殺すという愚かさを持ちあわせてはいない。

すべて、計画に基づいて行動する。方針を決め、計画を立て、それを間違いなく実行に移す。策士である。感情によって左右されることを、竜三は何よりも軽蔑する。

冷徹であり、冷酷である。冷静であり、冷厳であった。人を冷眼視するし、よく冷笑している。冷淡なときには、徹底して冷然と構えている男だった。

つまり、『冷』の字が残らず、当てはまるような男と言える。会社合併の際に、竜三は進んで岸部隆行に社長のポストを譲り、みずからは副社長に甘んじたのであった。

しかし、そのとき、すでに竜三の胸のうちには、岸部隆行殺害の考えが芽生えていたのにちがいない。竜三は岸部隆行を殺して、東西冷熱の完全掌握《しょうあく》という方針を立てたのだ。

次は綿密な計画を、練ることであった。金で雇って、殺人を依頼するといったほどの蔭《かげ》の力を、竜三はまだ具《そな》えていなかった。それに、下手な殺し方をすれば、竜三に疑いの目が向けられる。

むしろ、犯人が誰であるか、はっきりしていたほうがいい。殺しの動機が感情的なものであれば、まあ十五年以上の懲役ということはないだろう。

そこで竜三は、忠実な部下である鬼頭新一郎に目をつけた。鬼頭新一郎は直情径行の男であり、山っ気も多分にある。それに竜三の腹心として、信頼できる男であった。

「重大決意を、必要とするときだ」

竜三は、鬼頭との密談で、そのように切りだした。

「はあ」

鬼頭は、緊張した面持ちで、竜三の話を聞く。

「二人だけしか知らないことで、厳秘にしてもらいたい」

「わかりました」

「将来のために、早く決着をつけなければならない」

「はあ」

「岸部社長を殺してもらいたい」

「……」

「本来ならわしがやってもいい。しかしそのために、わしが何年も刑務所にはいることになったらまったく無意味だ」

「それはわかります」

「だから、君にやってもらいたいのだ」

「わたしが……」

鬼頭はさすがに愕然《がくぜん》としたことだろう。しかし波多野は、あくまで冷静だ。

「君は殺したあと自首して出る。わしは一流中の一流弁護士を、依頼する。そして、一審判決に服するのだ」

「死刑ということは、あり得ませんか」

「強盗殺人、あるいは計画的犯行でもないんだ。死刑になるはずがない」

「そうでしょうか」

「君は岸部社長との感情のもつれから、カッとなってつい手を出してしまった。そうなれば、懲役十五年以下というところだろう」

「どうして、感情のもつれからということを、立証できるんですか」

「誰もがそうだと、判断するような下地を作るんだ」

「はあ」

「秘書課長の鬼頭新一郎は副社長の腹心であり、したがって社長の岸部隆行から睨まれている。君のほうも感情的に社長と対立し、事あるごとに反抗し、逆らうんだ」

「はあ」

「そのことは、社内に知れ渡る。社長と君は犬猿の仲であり、そのうちに君は本社にいられなくなるだろう。そうした噂《うわさ》が、社内に行き渡るようにする」

「はあ」

「機が熟したときを見て、わしが社長に進言する」

「はあ」

「社長との対立を好むような秘書課長は、たとえわたしの腹心であろうと黙視するわけにはいかない。左遷《させん》すべきだと、わしは社長を焚《た》きつける」

「はあ」

「社長は君に、格下げと転勤を命ずる。君としてはそのことにどうしても、納得や承服ができない」

「それが、君の社長殺しの動機だ」

「はあ」

「なるほど……」

「条件は二つだ。一つは君の服役中、わしが責任を持って、奥さんと子どもさんの面倒を見る。生活に不自由はさせないし、望むならどんな贅沢《ぜいたく》でもさせようじゃないか」

「はあ」

「それにもう一つは、君の出所後の待遇問題だ」

「はあ」

「わしの片腕として、波多野コンツェルン結成のために協力してもらう」

「はあ」

「出所後しばらくは、東西冷熱の子会社を任せることになるだろう。しかし、やがては東西冷熱の副社長、波多野コンツェルンの副総裁ということになる」

「はあ」

「約束は、必ず守る」

「その点は、信じております」

「どうだ。一つ、賭《かけ》をしてみないか」

「はあ」

「東西冷熱の部長どまりか、それとも波多野コンツェルンの後継者となるか」

「はあ」

「こうして打ち明けたからには、承知してもらわないと困るがね」

「考えさせてください」

「いいだろう。できるだけ早く、決断を下してもらいたい」

このような話合いが、行なわれたのにちがいない。二、三日考えた末に、鬼頭新一郎は意を決した。賭けることにしたのである。しかし、彼も一つ条件を出したのではないか。

それは、自首すること、裁判を受けること、刑務所に行くことは引き受ける。だが実際の殺人は、波多野自身にやってもらいたい、ということだったのではないか。

波多野はそれを承知した。すっかり任せて万一失敗するより、自分でやったほうが、確実だと思ったのかもしれない。そして計画は実行に移された。

鬼頭は岸部社長に対して、反抗的な言動を示すようになった。感情的な衝突が、事あるごとに繰りかえされる。鬼頭と岸部社長との確執は、絶望的な状態となる。

社内にそのことが知れ渡り、社員たちにとって周知の事実となった。潮《しお》どきと判断して、波多野副社長が岸部社長に、鬼頭の左遷を進言する。

岸部社長もその気になり、鬼頭に格下げによる転勤を通告した。鬼頭は激怒して、社長の個人的感情人事だと非難する。機は熟したのであった。

竜三はその夜、高輪の岸部邸の門内に身をひそめていた。やがて岸部隆行が帰宅して、車を降りると門内へはいってきた。竜三は襲いかかって、岸部隆行を植込みの間に引っ張りこんだ。

竜三は用意の小道具を取り出して、岸部隆行の首を絞めつけた。小道具とは、鬼頭新一郎の所持品であった。岸部隆行を絞殺して、竜三は逃走した。

しかし、鬼頭自身が手を下さなかったためのわざわいが、ここに発生した。それは、目撃者がいたということである。しかも、二人……。岸部社長お抱えの運転手だった殿村忠吉と、玄関まで迎えに出てきた娘の桜子であった。一方、鬼頭新一郎は竜三に付き添われて、岸部隆行殺しの犯人として警察に自首したのだ。

鬼頭新一郎は、一審判決に服した。目撃者のひとり殿村忠吉は、旅館を買い与えるという口止め料によって沈黙した。少女だった桜子は、目撃者であることの自覚を持たなかった。だが、十四年後のいまになって突然、桜子の弟修二がそのことを持ちこんできて、竜三に口止め料を要求したのであった。

電話でミキが洩《も》らした、波多野竜三が独語していたという《やっぱり、最初の計画どおりにすればよかったのだ》という言葉が、それを指していると思われる。

しかし、波多野竜三は、いまや波多野コンツェルンの総帥《そうすい》だった。権力者であり、怪物としても成長していた。竜三は、修二を消すことにした。もちろん、秘密を知る桜子も、生かしておけなかった。

桜子が修二を殺しての無理心中で、すべて解決したと見られたのであった。

2

警察は当然、無理心中の原因を調べる。確固たる動機がなければ、無理心中とは断定できないのである。抱きあった恰好《かっこう》の姉弟の死体、桜子のセックスを思わせるような露出度に、男と女の関係が感じられた。

それに姉弟の日常について、聞込みが行なわれる。その結果、異常に仲のいい姉弟だったことがわかる。そこから近親相姦に苦悩してという無理心中の動機を、警察は引き出したのにちがいない。

新聞には、動機について報道されなかった。死者の名誉を考えて、警察は近親相姦を公表しなかったのだろう。だが、無理心中だということは、断定されたのである。

「波多野竜三からの指示を受けて、鬼頭新一郎はあんたに電話を掛けさせた」

卓也は美千子の肩に、手を回しながら言った。

「被害者のお子さんに、加害者として挨拶《あいさつ》がしたいってね」

美千子は頭を、卓也の胸に押しつけて、うっすらと目を閉じた。

「もちろん、桜子たちが自宅にいることを確認するための電話だ」

卓也の右手が、美千子の肩越しに胸のふくらみへと垂れていた。

「そうね」

美千子はその卓也の右手を、押さえるようにした。

「その直後に、殺しの命令を受けた男がサクラ美容室を訪れた」

卓也の右手が美千子の乳房に触れて、それを柔らかく愛撫しはじめた。

「ええ」

美千子は上半身をくねらせて、腰をよじっていた。

「男は、ひとりじゃない。姉弟の自由を奪うには、三人の力が必要だ」

卓也の右手の三本の指先が、抓《つま》むようにして乳首を弄《もてあそ》んでいた。

「四人よ」

美千子が短く喘《あえ》いで、慌ててそれを押し殺した。

「そうかな」

「だって、ほかに見張りが要《い》るでしょ」

「なるほど……」

「問題はどうやって、サクラ美容室に踏みこんだかね」

「入口には、鍵がかけてあったんだろうな」

「チャイムを鳴らす。桜子さんが出てきて、ドアの外を覗くわ」

「外には、男が四人いる。知らない顔だし、善良な男たちには見えない。当然、桜子は用心する」

「ええ」

「うまいことを言って、桜子にドアを開けさせたんだろう」

「それで……?」

「中へはいってしまえば、あとはどうにでもなる」

「ええ」

「桜子はボディに一発喰らって、気を失ったんじゃないのかな」

「そうね、きっと……」

「男二人で修二をベッドに押さえつけて、もうひとりが刺し殺す。それから桜子にセクシュアルな恰好をさせ、同じベッドに寝かせておいて彼女を刺し殺す」

「無理心中が、成立したわけね」

「動機は、近親相姦だ。あの姉弟がそういう関係にあるということは、おれが西川ミキに喋った。ミキはそのことを、波多野竜三に伝えた。それで波多野竜三は、近親相姦を苦にして無理心中を図《はか》ったと、見せかけることを思いついたんだろう」

「うん」

「無理心中に見せかけた殺人事件ではないかって、最初に言いだしたのはミキだったんだ。ミキは波多野竜三の犯行じゃないかって、感づいていたのにちがいない」

「ああ……」

なかば上の空で応じていた美千子が、返事とは聞こえない声を出した。卓也の太腿《ふともも》を、爪を立てて摑んでいた。眉間に皺《しわ》を寄せて、小さく口を開けている。

「もう、駄目……」

卓也の耳に口を寄せて、美千子が息を弾ませながら囁《ささや》いた。

「そうかい」

卓也は右手を、美千子の肩に置いた。

「意地悪……」

美千子が言った。

「とにかく鬼頭新一郎は、自分が手をかけては誰も殺していないんだ」

卓也は、話を元に戻した。

「ちょっと、信じられないみたいな話だけど……」

美千子は目を閉じて、まだ陶然とした表情を見せていた。

「だから鬼頭新一郎はさっき、人殺しなんかじゃないと口走ってしまったんだろう」

「岸部隆行さんを殺したのは、父ではなくて……」

「波多野竜三だった」

「そのことを知っているのは、桜子さん、修二さん、殿村忠吉の三人」

「そのうち桜子と修二は、抹殺されてしまった。しかし、もうひとり目撃者であって、真相を知る者がいる」

「殿村忠吉……」

「最後の証人だ」

「でも殿村忠吉がわたしたちに、素直に会おうとするはずはないでしょ」

「待てよ」

卓也は前方に、目を凝《こ》らした。タクシーは河口湖畔を走っていたし、前方右側に『ニュー富士五湖ホテル』が見えていた。そのホテルの入口あたりに、卓也は動くものを認めたのであった。

「ライトを消して、停めてくれませんか」

卓也は、運転手に言った。ライトが消えて、タクシーは音を立てずに停車した。卓也は料金の倍額を、運転手に手渡した。ドアが開《あ》いた。卓也と美千子は、タクシーを降りた。

ホテルの入口から出てきた二つの人影の一方は、殿村忠吉に間違いなかった。もうひとりの男は、白い背広を着こんでいる。誰だかは、わからなかった。

殿村忠吉に見送られて、その男は停めてあった乗用車に乗りこんだ。自分で、ハンドルを握っている。ライトが点《つ》いて、闇を押し開いた。乗用車が走りだして、卓也たちの目の前を通りすぎていった。

「東京ナンバーだ」

卓也が言った。

「こんな時間に、東京へ帰っていく。いったい、何者かしら」

美千子が走り去る乗用車を、目で追いかけた。

「殿村がわざわざ、送りに出てきたんだ。波多野竜三の使いの者、という感じがするけど……」

卓也は、美千子のスーツ・ケースを持って、走りだしていた。美千子も、あとを追う。ホテルの中へ、はいろうとしていた殿村忠吉が、二人の足音を聞いて振り返った。とたんに、殿村忠吉は凝然《ぎようぜん》と立ちすくむ恰好になっていた。

「また、来たぜ」

卓也は、笑いのない声で言った。

「泊まれないな。満員だ」

殿村忠吉は咳をしながら、逃げるようにホテルの中へはいっていった。

「だったら、ロビーにでも寝かせてもらおうか」

卓也は殿村に続いて、ロビーの絨毯《じゅうたん》を踏んだ。

「帰ってくれ。ハイヤーでもタクシーでも、呼んでやるから……」

殿村が、背中で言った。

ロビーは、明るかった。しかし、フロントにもロビーにも、人影は見当たらなかった。ロビーのテーブルの一つに、茶碗が置いてあった。二人分の茶碗であり、灰皿にも吸い殻が散らばっている。

そこで殿村と、たったいま帰ったばかりの男が、話しこんでいたのにちがいない。殿村はソファにすわって、テーブルの上の薬瓶《くすりびん》に手を伸ばした。

風邪薬であった。底のほうに、いくつかカプセルが残っている。殿村は、また咳こんだ。鼻をクスンと、鳴らしたりする。風邪を引いたらしい。

「いったい、どういうつもりなんだ」

殿村忠吉は、薬瓶を手にしながら、卓也を険しい目つきで眺めやった。強気な態度である。

恐怖の夜

1

開き直った人間の強味、というものなのかもしれない。殿村忠吉にとって今さら、ごまかしが通用する相手ではなかった。たとえ証拠や証人なしの推定にしろ、卓也は九十パーセントの真相を知りつくしているのだ。

殿村忠吉が岸部隆行のお抱え運転手だったこと、それに波多野竜三との深い結びつきについては、事実として否《いな》めないのである。殿村忠吉も、子どもではなかった。

腹の子の父親に対して、自分は処女だと言いはるような、ばかげたとぼけ方はしなかった。具体的な事実を認めたり、質問されて肯定したりはしないが、もう知らぬ存ぜぬで通そうとはしなかった。

尻をまくったのである。ごまかさないことは、まともに衝突することに通じる。そっちの言い分はわかっているが、それを受け入れるつもりはないと、宣戦布告の態度をとっているのだ。

「まったく、ご苦労なこった。ちょこまかと東京と河口湖の間を往復して、魚もいない池の中を掻き回している」

殿村忠吉は、吐き出すように言った。口許《くちもと》には、嘲笑を漂わせている。

「さあ、どうかな」

卓也は殿村と並んで、ソファに腰を下ろした。美千子はテーブルの向こうに、突っ立ったままでいる。

「とにかく、お前さんたちのような閑人《ひまじん》には、付きあっていられないね」

殿村忠吉は一応、警戒するようにソファの端へ寄った。

「池の中には、大きな魚がいるんだ」

卓也は殿村を追って、腰の位置を移した。殿村に寄り添うように、間隔を縮めたのであった。さすがに殿村忠吉も、表情のない卓也の顔を気味悪そうに見やった。何かされるのではないかと、思ったのにちがいない。

「だったら、その魚を勝手にすくいあげればいいだろう」

殿村忠吉は言った。

「残念ながら、すくいあげるアミがない」

卓也は殿村の肩に、そっと右手を置いた。殿村が、ギクリとなった。

「アミ……?」

「そうだ。そのアミは、この世にたった一つしかない。あんただよ」

「おれが、アミだって?」

「波多野竜三という大きな魚を、すくいあげることができるアミだ」

「冗談じゃない。おれには、関係のないことだ」

「あんたを証人として、波多野竜三を告発したいのさ」

「告発って、何の罪でだ」

「殺人および殺人教唆《きようさ》だ」

「ばかな……」

「岸部桜子、修二、黒柳正吾、西川ミキに対する殺人教唆。それに波多野竜三が実際に殺したのは、岸部隆行だ」

「え……!」

「もうそこまで、わかってしまったのさ。あんたは、波多野竜三が岸部隆行を殺した現場を目撃している。ただひとり、生き残った証人なんだ」

「つまらんことを、言わんでくれ。まったく、迷惑する」

「躊躇するには、それなりの理由がある。やっぱり、あんたは波多野竜三から口止め料をせしめているし、山中湖畔で黒柳正吾を殺しているんだな」

「どうして、そんなことに首を突っこもうとするんだ」

「さあね」

「まさか、社会正義のために……」

「とんでもない。ただ、退屈だからさ」

「おやじさんを、恨むか憎むかしているんだろう」

「恨むのも憎むのも、情愛のうちだそうだ。おれはあの男が、嫌いなだけだよ」

「嫌いだからって……」

「生きているのが、かったるいんだ。だから、身体を張っている」

「波多野社長は、敵に回った人間に対しては容赦しない。しかし、味方となれば徹底して面倒を見てくださるし、やさしい心遣いを忘れないお方だ。今夜だって電話を掛けてきて、海外旅行に誘ってくださった」

「海外旅行って……？」

「三ヵ月ほど、南米へ行ってこようというお話だ。波多野社長、鬼頭さん、それにこのおれの三人でね」

「肝心なときに外国へ逃げ出して、ほとぼりを冷《さ》まそうって魂胆か」

「そんなんじゃない。あくまで、休養だよ」

「鬼頭には、美千子のことを諦めさせる点で効果的だ。あんたは唯一の証人として、おれに食い下がられる恐れがある。それで二人を連れて三ヵ月ばかり、南米で遊んでこようという波多野の考えさ」

「そんなふうには、受け取りたくないね」

「じゃあ、波多野の思いやりか」

「そうだ。実は風邪を引いてしまって、旅行は無理だと思うと、おれは電話で社長に申しあげたんだ。すると社長は、風邪に驚くほどよく効く漢方薬があるから、すぐに届けさせるとおっしゃってくださって……」

「事実、さっきここを出ていった男が、その漢方薬を届けに来たというわけか」

「夜遅くなって、わざわざ東京から薬を届けさせる。こういう親切は、誰にでもできるってもんじゃない」

殿村忠吉は、手にしている薬瓶に目を落とした。薬瓶のレッテルは、有名な風邪薬のものだった。だが、それは空瓶を利用したのであって、中身の少量のカプセルは特別な漢方薬ということらしい。

「それで、もうその漢方薬ってのを、飲んでみたのか」

念のために、卓也はそう訊いた。カプセル入りの漢方薬というのは、珍しいのではないかと思ったからである。

「早速、いただいたさ」

殿村忠吉は頷いた。

「旅行は、どうするんだ」

「社長の好意を、無にすることはできない。行くことにした」

「出発はいつだ」

「今月の末になる」

「じゃあ、あんたとしてもあくまで、しらばっくれるつもりなんだな」

「とにかく、今夜は眠らせてもらうよ。波多野社長からいただいた薬を飲んでも、睡眠が不足したのでは意味がなくなるからね」

殿村忠吉は立ちあがった。

「話の続きは、どうするんだ」

卓也は、殿村の腕を摑んだ。

「乱暴はよせ」

殿村は脅《おび》えた表情で、逃げ腰になった。

「さっきから、何をそうビクビクしているんだ」

卓也も、立ちあがった。

「やめろ」

殿村は柱に背中を押しつけて、殴られるのを防ぐように両手で顔を被った。

「何もする気はないぜ」

卓也は冷ややかに、殿村を見据えた。

「今夜一晩だけなら、泊まっていってもいい。話は明日、あらためて……」

殿村は逃げるように、フロントのほうへ歩いていった。

「満室じゃなかったのか」

卓也は、殿村のあとを追った。

「一部屋だけ、空《あ》いている。特別室だが、二階の奥の突き当たりだ」

カウンターの中へはいった殿村が、ルーム・キーを差し出した。なるほど、プレートに『特別室』の文字があった。

「明朝八時から、話合いを続行だ」

卓也は、ルーム・キーを受け取った。

「わかった。もう従業員を起こすわけにはいかないから、あんたたちで勝手にやってくれ」

「約束を守らずに、逃げ出したりしたら、こっちにも考えがある」

「え……?」

「いきなり警察に持ちこむか、このホテルに火を点《つ》けるか、そうでなければあんたを殺すかだ」

「約束は、必ず守る」

「信じよう」

卓也は、殿村に背を向けた。行く先は、二階である。エレベーターに、乗るほどのことはなかった。卓也は美千子を誘って、階段のほうへ足を運んだ。殿村忠吉が、入口の戸締まりに取りかかっていた。

階段の途中で、あたりが急に薄暗くなった。ロビーの明かりが、消えたのである。

2

一般のホテルのローヤル・ルームなどとは違って、とくに豪華な部屋というわけではなかった。ただ洋風の寝室のほかに、二十畳ほどの広間が付いているだけなのである。

団体客の一部を収容しきれないといった場合、この広い和室を提供したりするのにちがいない。いわば予備室を兼ねているのであって、そういう意味での特別室なのである。

滅多に使わないのか、部屋の中が埃《ほこり》臭かった。それでも、ツインのベッドがセットしてあった。浴衣も用意してあったし、ベッド・カバーを取り除けば、すぐ使えるようになっている。

洋風なのは寝室だけで、バス・ルームも日本式であった。浴槽を出て、身体を洗えるようになっている。それだけに広く、二人が一緒にはいれる風呂だった。

「怖いわ」

寝室で、美千子が言った。これまでになく、美千子は脅えているようだった。殿村忠吉の場合も、ひどく脅えていた。卓也の動きに対して、敏感すぎるようであった。

だが、その理由はわかっている。殿村は電話で、鬼頭新一郎が徹底的に痛めつけられたことを、聞かされたのにちがいない。しだいによっては卓也が、荒っぽい行動に出るということを、殿村は知らされたのである。

卓也にそうした腕力と、冷酷な心があることを知って、殿村は脅える結果となったのだ。暴力というものに、臆病な男なのである。そうした点だけインテリ並みで、腕力を恐れる性質《たち》なのだろう。

だから、離れていさえすれば強気な言動を示すが、卓也が近くへ来るとたちまち縮みあがってしまう。卓也が何をするかと畏怖《いふ》し、気圧《けお》されるのである。

「何が、怖いんだ」

卓也は、美千子を見やった。卓也はすでに、ブリーフだけになっていた。

「罠《わな》が仕掛けてあるんじゃないかしら」

美千子は、青白い顔をしていた。口だけではなく、心から恐怖を覚えているらしい。そんなに弱気になった美千子を、卓也は初めて見たのだった。

「罠とは……？」

卓也は、浴室のドアを開けた。急に湯を満たす音が、滝みたいに大きく聞こえるようになった。

「このお部屋よ」

美千子が浴室のほうへ近づきながら、部屋の天井を振り仰いだ。

「部屋が、どうしたんだ」

卓也は浴室の中へはいり、湯の栓をひねった。湯が止まると、あたりは静かになった。

「わざわざ、この部屋を指定したようなもんでしょ。盗聴マイクとか部屋の鍵がかからないとか、そんな細工がしてあるんじゃないかと思って……」

美千子は洋服を着たまま、浴室の中へ足を踏み入れた。

「一般の客が利用するホテルに、そんな仕掛けがしてあるはずはない」

卓也はブリーフを脱がずに、湯を立て続けに浴びせかけた。ドアの鍵は確実に掛けたし、チェーンもロックしたことを、卓也は胸のうちで確認していた。

「それとも一つ、わたしたちをあっさりここに泊めたことが気になるわ」

美千子が言った。

「何か魂胆が、あると言うのかい」

濡れたブリーフを脱ぐと、卓也は浴槽の湯に身体を沈めた。

「ただの時間稼ぎとは、考えられないでしょ。明日の朝になってから、素直に話合いに応ずるとは、とても思えないんですもの」

「殿村は今ごろ、東京へ電話を入れている。おれたちがまたここに来たということを、波多野竜三に報告するために……」

「きっと、そうよ。波多野社長でなければ、父に連絡することになると思うの」

「鬼頭新一郎は、怒りと絶望に半狂乱になっている。それで若い者を引き連れて、ここへ乗りこんでくる」

「当然、そうするでしょ」

「いや、殿村にしてみれば、そんなことはさせたくないはずだ」

「どうして……？」

「このホテルは、殿村のものだ。ここで騒ぎを起こさせたくないと考えるのが、人情だろう。黒柳が殺された事件も、いまだに解決していない。黒柳は殿村の知合いで、しかもこの〝ニュー富士五湖ホテル〟の客だった。そうしたことから殿村は、警察の事情聴取を何度か受けている。目をつけられているんだ。そんなとき、このホテルでまた血を見るような騒ぎが起こったら、いちばん損をするのは殿村じゃないか」

「そうね」

「殿村にとっては、身の破滅ってことになる。それを恐れるから、殿村は今夜ここへ誰かを呼び寄せたりはしない」

「でも、希望的観測だわ」

「万が一、鬼頭がここへ乗りこんでくるなら、それはそれでまた結構な話だ」

「どうしてなの」

「警察に通報して、騒ぎを大きくしてやる。そのことが発火点になって、波多野は追いつめられるだろう。すべてが一挙に、解決するってわけさ」

「その前に、殺されるわ」

「美千子、風呂っていうのは、裸になってはいるもんだぜ」

卓也は二本の足を浴槽の縁に置くと、上体を倒して湯の中で横になった。

「ごめんなさい」

美千子の姿が、浴室の外へ消えた。

美千子の言うことにも一理あると、卓也は思った。卓也たちに、警察へ通報する余裕を与えなければいいのである。電話が外線に繋がらないようにするのは、殿村にとっても簡単な作業だろう。

あとは卓也と美千子の自由を奪って、拉致《らち》するだけで十分なのだ。深夜、二人を車で富士五湖のどこへ運ぼうと、それに気づく者がいるはずはない。

二人の死体に重石をつけて、湖底に沈めるのも可能である。あるいは脱出が不可能だということで捜索にも踏みこまないと言われている富士の裾野《すその》の樹海へ、二人の死体を隠してもいいわけであった。

とにかく、ニュー富士五湖ホテルの外で殺人が行なわれて、死体が見つかりさえしなければ、殿村忠吉も痛痒《つうよう》を感じないのである。その辺のことを考慮に入れて、殿村は東京の鬼頭と連絡を取りあっているかもしれない。

波多野、鬼頭、殿村が三人揃《そろ》って、三ヵ月間の海外旅行に出かけるということが、気にならないでもなかった。三人の慰安旅行は、すべてのゴタゴタが片付いてから、ということになるのではないだろうか。

つまり、その前に卓也と美千子を、抹殺するのである。卓也と美千子が死ねば、一切のゴタゴタが清算される。一点の曇りも心になく、波多野たちは南米へと旅立てることになるのだった。

しかし、そうなることにも卓也は、あまり抵抗感を覚えないのである。挑戦すれば、敗北もあり得ることだった。敗れるのが宿命であるならば、そのことに逆らいたくもなかった。

かったるくて退屈な人生に、終止符を打つだけのことである。死ということについて今さら、美千子と話しあう必要はなかった。むしろ、急に殺されることで脅えたりする美千子のほうが、どうかしているのだ。

その美千子が再び、浴室へはいってきた。真っ白な裸身の下腹部にタオルを当てて、左腕で胸のふくらみを隠すようにしている。そうした恥じらいも、一緒に風呂にはいるという初めての経験のせいだろう。

卓也は浴槽を出ると、いきなり美千子を抱き寄せた。濡れた卓也の胸に、美千子の乳房が滑りながら押しつけられた。美千子が小さく叫んで、卓也にしがみついた。

「死ぬ気で、鬼頭のところから逃げ出してきたんだろう。どうしていまになって、殺されるのが怖くなったんだ」

卓也は、美千子の耳に囁きかけた。

「わたしは、あなただけが殺されるってことを、恐れているんだわ」

美千子が、喘ぎながら言った。

「死ぬときは、一緒さ」

表情のない顔で、卓也は美千子を見おろした。美千子は荒々しく卓也の首に腕を巻くと、衝動的に唇を求めて伸び上がった。

乗り込み

1

何事も、起こらなかった。

静かな活気を伝えて、朝が訪れた。ホテルが満員だという殿村忠吉の言葉に、嘘《うそ》はなかったのである。ホテルの中の静かな活気は、満員の客が健康的な朝を迎えたことから、もたらされるものだったのだ。

その活気は、やがて賑《にぎ》わいに変わった。客の大半が、ホテルを出ていく。廊下やロビーが騒がしくなり、駐車場では車のドアを開閉する音が途切れることなく聞こえている。そうしたざわめきが、生きていることを自覚させた。

午前十時——。

卓也は起きあがって、ベッドの縁《ふち》に腰かけた。全裸であった。卓也は、タバコをくわえた。例によって、火を点《つ》けない。窓には黒いレースと厚地のカーテンが、二重に引いてある。だが、初秋の明るい日射しが、部屋の中を明るくしていた。

卓也は、背後を見やった。仰向けになった美千子の寝姿があり、眠っている顔だけが壁のほうを向いていた。髪の毛が振りかかった彼女の横顔は、眠れる美女といった端整さであった。

美千子もまた、全裸であった。ツインのベッドの片方は、まったく使われていなかった。幅の狭い一つだけのベッドで、二人は一緒に寝たのだった。

卓也は起きあがったので、毛布が大きくめくれていた。美千子の真っ白な裸身が、そっくり剝き出しになっている。美しかった。それもまた、裸婦の彫像のようであった。

仰臥《ぎょうが》していても、乳房が形よく盛り上がっている。幾分か量感に乏しくなるが、椀を伏せたように張りのある乳房だった。胴がくびれている。小さくて深い臍《へそ》が、可憐な感じであった。

左右への張りが曲線を描く腰に、女っぽさと逞《たくま》しさが秘められている。厚味のある尻が、男の目を刺激する。さらにむっちりとしていて肉感的な太腿《ふともも》が、白い光沢を煽情《せんじょう》の武器としているようだった。

下腹部の茂みが、明るさの中で思ったより濃いように見えた。それを隠すこともなく、恥じらう風情《ふぜい》さえもなく露《あらわ》にしている。そのことが、ひどく好色な感じで目に映《えい》ずるのである。

膝から下は、毛布の中に消えている。卓也はしみじみと、美千子の裸身を眺めやった。滑らかな皮膚が、眩《まばゆ》いほど白かった。この肉体が、卓也を迎え入れて、壊れそうな激しさで躍動する。

そのことが、まるで嘘《うそ》のように、いまは楚々《そそ》として美しい。おれのものだ——と、卓也は思う。二十数年間の人生で、たった一つだけ獲得したものという気がする。

昨夜の美千子は、一段と官能の深まりようを訴えていた。これまでのエクスタシーよりもさらに長く持続し、深奥部を抉《えぐ》るように深く激しかったという。

たしかに美千子の狂乱の絶叫は、長く続いていたようだった。そのあとで彼女としては珍しく、泣き笑いしながら腰がもう動かないと言っていた。美千子は間もなく、卓也にしがみついたまま眠りに落ちた。

それは、当然のことであった。夫婦のように愛しあったあと、さっさとそれぞれのベッドに分かれて眠るといったことはできないのである。

追いつめられた二人だった。それに、もっとも鮮烈だった陶酔感を得た女が、その余韻の中で男に縋《すが》ったまま眠るというのは、きわめて当たり前なことである。一つのベッドで寝るというのが、男と女の自然な姿であった。

だが、それだけではないと、卓也は思っていた。昨夜の場合は、美千子に恐怖感もあったのだ。何か起こるのではないかという不安に、美千子はひとりベッドに寝るのが心細かったのである。

美千子は急に、恐れるようになったということを、卓也は胸のうちに置いていた。これまでの美千子には、逡巡《しゅんじゅん》というものがなかった。

彼女が卓也と抜き差しならない仲になることを躊躇《ちゅうちょ》していたのは、最初のうちだけであった。

鬼頭新一郎を捨てて、卓也の許《もと》へ走ることを決意してからの美千子は、恐怖を忘れきっていた。

卓也と一緒であるならばと、彼女は死も辞さないような言動を示したのだ。一旦、覚悟を決めると女というのは、こうも潔《いさぎよ》いものかと感心させられるくらいであった。

その美千子が、昨夜あたりから、急に弱気になりはじめたのである。怖じ気《おけ》づいたというか、ひどく脅《おび》えるようになったのだ。恐怖と不安を、忘れきれないようであった。

卓也だけが殺されることを恐れているのだと、美千子は言う。だが、それは美千子の意志しだいで、どうにでもなることであった。卓也だけが殺されることになったときには、美千子もみずから死を図《はか》ればいいのである。

卓也は、美千子の唇に触れた。

「あなた……」

美千子は手を動かして、卓也を捜し求めた。目は閉じたままである。卓也は美千子の胸のピンク色の蕾《つぼみ》を、指先で摘《つま》むようにして柔らかく摩擦した。

「あ……」

小さく口を開けて、美千子は両膝を立てた。そこで、彼女は目を開いた。

「おはよう」

卓也の唇の間で、火の点いていないタバコが躍った。

「もう、起きていたの？」

眩《まぶ》しそうに美千子は、卓也を見上げた。

「じっくりと、眺めていたんだ」

卓也は言った。

「あら……」

美千子は初めて、遮蔽されていない裸身に気づいて、慌てて下腹部に毛布をかけようとした。

「もう、遅いよ」

卓也は、立ちあがった。

「意地悪……」

美千子は俯《うつぶ》せになって、枕に顔を埋めた。

「何事も、起こらなかったぜ」

卓也は窓に近づいて、カーテンの隙間から外を覗いた。眼下にホテルの正面入口と、駐車場があった。明るい湖面の一部が、見えていた。秋を迎えた山々が、鄙《ひな》びた遠景になっている。

「そうみたいね」

起きたくないのか、美千子がもの憂《う》い声で言った。

「もう十時過ぎだ」

卓也は、道路を走ってくるパトカーを、目で追っている。

「午前八時から、殿村との話合いを続行する約束だったのよ」

「眠ったのが、午前四時だったからな」

「殿村のほうから、連絡してくるはずはないわね」

「まあな」

「でも、何事も起こらなくて、よかったわ」

「いや、そうでもないらしい」

「え……？」

美千子が、顔を上げた。

「やはり、何か起こったんだ」

卓也はさらに、二台のパトカーを認めていたのだった。その二台のパトカーは、かなりのスピードで疾走してきた。赤ランプが回転しているし、サイレンを鳴らしていた。

美千子が全裸のままで、窓際へ駆け寄ってきた。彼女は卓也に抱きつきながら、窓の外へ目をやった。合計三台のパトカーが、ホテルの前で停まった。六人ほどの警官が、ホテルの中へ駆けこんでいった。

卓也は、電話機に手を伸ばした。フロントを呼び出そうとしたが、コールが繰りかえされるだけだった。卓也は、辛抱強く待った。やがて、女の声が電話に出た。

「はいはい」

慌《あわ》てている女の声であった。

「社長に、連絡してほしいんだ」

卓也は言った。

「何です」

「殿村社長だよ」

「すみませんけど、いま、取り込み中なもんですから……」

「パトカーが来たようだけど、何かあったんですかね」

「人が、死んだんですよ」

「殿村社長は、どうしている」

「その社長が、死んだんです」

女はそう言うと、荒々しく電話を切ってしまった。

2

『ニュー富士五湖ホテル』を出られるようになったのは、午後二時を過ぎてからであった。卓也たちだけではなく、ホテルに残っていた客全員がそうだったのである。

とにかく、フロントの機能が麻痺してしまったのだ。殿村忠吉の突然の死が、ホテルの従業員を混乱に陥《おとしい》れたのであった。フロントに人がいないし、伝票もまだ整理されていない。

それでは、会計を済ませることができない。勘定を払わずに、ホテルを出てしまうわけにもいかない。それにハイヤーやタクシーも、呼んでもらえないのである。

混乱がひとまず、鎮《しず》まるのを待つしかなかった。ようやく午後一時を過ぎてから、フロントの機能が恢復《かいふく》したのであった。事件については、正午過ぎに遅い朝食を運んできた従業員から訊き出した。

殿村忠吉は、ホテルの中にある自分の部屋で死んだのである。

発見者は、息子であった。支配人である息子は、電話を掛けても応答がないので、社長のプライベート・ルームを訪れた。合鍵でドアを開けると、父親の死体があったというわけである。

殿村は、和室に延べた寝具の中で死んでいた。まだ、着換えもしていないし、殿村は蒲《ふ》団《とん》の上から畳へ乗り出すような恰好《かっこう》だった。吐血していて、苦悶した形跡が見られた。

急報により、午前十時過ぎに三台のパトカーが到着した。十一時になって、山梨県警の捜査一課と鑑識の係官が来た。死亡時刻は、午前六時ごろと推定された。

枕許にあった薬瓶の中に、六個のカプセルがはいっていた。その六個ともカプセルの中身は、薬草の粉末とわかった。どうやら漢方の鎮咳剤《ちんがいざい》らしい。

殿村はほかに毒物を用意していて、それを嚥《の》み下したようである。解剖結果によらなければ正確な判断は下せないが、毒物は硝酸ストリキニーネの可能性が強い。

県警捜査一課では、自殺と断定した。服毒は強制されて、他殺ということになる。しかし、殿村忠吉の部屋は完全な密室状態になっており、外部から侵入することは不可能であった。

支配人が合鍵を持っているが、息子が父親を殺すという動機がまったくない。自殺としか、考えようがないのだ。遺書はなかったが、自殺の理由となるようなことは存在する。殿村の友人の黒柳正吾が、山中湖畔で殺されたことである。

殿村はこの事件の参考人として、何度か捜査本部へ呼ばれている。黒柳正吾は『ニュー富士五湖ホテル』に泊まり、殿村と激しく言い争っていたという事実がある。

黒柳正吾が殺されたときの、殿村のアリバイが曖昧《あいまい》である。殿村の車のタイヤに、殺人現場と同じ土が付着していた。その日、山中湖畔で殿村を見かけた、という証人がいる。物証はないが、そうした点から捜査本部で殿村を容疑者のひとりと見ていたのだ。

殿村はそのことを、苦にしていたようである。もはや逃れられないのではないかという不安感と、殺人者としての苦悩から発作的に自殺を図ったのではないか。

県警の捜査一課としては、むしろ黒柳殺害事件と殿村の結びつきに、捜査の重点を絞るという。その結果、黒柳殺しを苦にしての殿村の自殺ということが明白になるものと、見ているらしい。

「あのカプセルだ」

東京へ向かうタクシーの中で、卓也が断定的に言った。

「だって、残っていたカプセルの中身は、鎮咳剤の薬草の粉末だったたっていうんでしょ」

美千子は、寒々とした横顔を見せて、窓外へ視線を向けていた。

「波多野竜三は、十粒ほどのカプセルを瓶に入れて届けさせた。そのうちの一粒だけが、硝酸ストリキニーネを詰めたカプセルだったんだ」

「一日に三回、一粒ずつのカプセルを嚥《の》むとして、三日間ね」

「最初の一粒で死ぬかもしれないし、最後にその一粒が残るということもあり得る。いずれにしても、被害者がいつどこで死ぬかは、加害者にもまるでわかっていない。そのほうが自然だし、巧《たく》まざる殺人としてうまい方法だよ」

「あとに残っているのは、鎮咳剤の薬草の粉末ばかりね。疑われる心配はないわ」

「殿村は波多野竜三のことを、頭から信じこんでいた」

「夜遅くわざわざ東京から薬を届けてくれるといった親切は、誰にでもできるってもんじゃないって、感謝感激していたもの」

「実は、そういう親切の裏にこそ、罠《わな》が仕掛けられているものさ」

「むしろ、用心すべきことね」

「一方では、三ヵ月ばかり南米でゆっくりしてこようと、思いやりのあるところを見せている。殿村にしても、海外旅行に誘ってくれている相手が、その日のうちにも、毒物を届けさせるなんて、夢にも思わなかったんだろう。目の前に山ほど料理を並べてくれた人が、いきなり歯を抜こうとするなんて誰も考えないからな」

「うまいのね」

「とうとう、やってくれたな。波多野竜三のやつ……」

卓也は、腕を組んだ。

「何よりも、恐れていたことでしょ」

美千子は、投げやりな言い方をした。眼差《まなざ》しは暗かったし、浮かない顔つきでもある。

相手が強すぎることを知り、敗北を意識しはじめているような美千子だった。

「これで、証人は残らず消された」

卓也はまだ、戦意を喪失していなかった。勝てないことを承知で挑戦したのだし、まだ胸の一部に熱いものが残っていた。

「もうどうにもならないわ」

「いや、まだだ」

「どうするの？」

「一つだけ、やることが残っている」

「最後の対決……？」

「そうだ」

「今日、これから……？」

「うん」

「わたしは、どうしたらいいの？」

「南青山のマンションへ、帰っていてもらおうか」

卓也は、シャトー南青山の八階A号室のキーを、美千子に手渡した。

タクシーは三時半に中央高速を出て、午後四時過ぎに南青山についた。シャトー南青山の前で美千子だけを下ろすと、タクシーは赤坂溜池《ためいけ》へと走り続けた。

東西冷熱本社ビルは、溜池の交差点の近くに、天を突く偉容を見せていた。地下三階、地上二十階のビルである。そのビルには、一室の貸し事務所もない。全階を東西冷熱と傘《さん》下《か》の子会社、波多野系の企業が使用しているのだった。このビルが将来、波多野コンツェルンの牙城《がじょう》となることは、間違いないのである。

卓也はジーンズにTシャツという装いで、豪華なビルの中へ足を踏み入れた。近代的な建物というだけではなく、何もかも金銀の食器のように磨きあげられている感じであった。

ガードマンと受付嬢たちが、おやっというような顔をした。ここでは見かけることがないラフ・スタイルを、目にしたからであった。だが、社長の息子の顔と記憶しているので、咎《とが》め立てする者はいなかった。

八つのエレベーターが、並んでいる。そのうちの十八階まで直行、というエレベーターに乗りこんだ。ノン・ストップで十八階まで行き、エレベーターは停止した。十八階には社長室、役員室、特別応接室、大小の会議室と役員食堂、それに秘書課の部屋などがあるのだ。

社長室のドアを開けた。両側に、男と女の秘書の席がある。その間を通り抜けて、さらに奥のドアを開けると、波多野竜三のいる社長室なのであった。

制止する男女の秘書を無視して、卓也は奥のドアへ真っ直ぐに歩いた。ドアを開ける。

広い部屋が、見渡せた。中央の大きなデスクの向こう側に、葉巻をくわえた海坊主の顔があった。

　乗り込みという悲壮感はあったが、卓也は無表情であった。彼はデスクの前に立って、海坊主を冷ややかに見おろした。波多野竜三も、表情を動かさずに見上げた。

　二人とも、無言であった。

敗北

1

波多野竜三の背後には、巨大な景観があった。壁も柱もなく、一面がガラス張りなのである。そのガラスの向こうには、東京の中心部が広がっている。左端が桜田門《さくらだもん》、右端が芝公園あたりだろうか。

動かずにいる卓也の位置からも、そのくらいに広い視界が見渡せた。遠くには大手町《おおてまち》、銀座、新橋界隈のビルの林が積木のような凹凸を見せている。

それは豪華な大都会の表紙の顔であり、物質文明を謳歌《おうか》するメカニズムの象徴でもあった。重厚で華麗で壮大だが、情緒を誘い郷愁をそそるようなものは、まったく見られないのである。

そこに大地震が起こり、完全な廃墟と化したときに、むしろ人間が住む母なる大地を見出せるような感じがするのだった。

だが、波多野竜三の頭の中には、その視界を征服者として睥睨《へいげい》することしかないのである。そして彼はいま、ただ一匹の牙を剝《む》く飼い犬に、冷ややかな侮蔑の視線を向けているのであった。

五分近くも、無言の対峙《たいじ》が続いた。互いに相手が、口を開くのを待っていたのだ。デスクの上に、二台の電話機が置いてある。ビジネス用と、プライベートな直通電話の二台であった。

しかし、ビジネス用の電話も、沈黙を守りとおしている。隣室の男女の秘書の段階で、ストップされているのだ。社長室では重大な対決が行なわれていることを、秘書たちも敏感に察しているのにちがいない。

波多野竜三は、時計に目をやった。間もなく出かけることを、卓也に告げたつもりなのだ。いまや卓也の存在など問題にしていないと、波多野竜三は言いたいのである。

「侵入者だぞ」

ようやく、波多野竜三は言葉を口にした。だが、表情は動かなかった。

「しかし、無害な侵入者として、見逃してやろう」

波多野竜三は、火の消えた葉巻を灰皿に捨てた。

「時間は、十分間だ。用があるなら、早く言うんだな」

新しい葉巻に火を点けながら、波多野竜三は卓也を見上げた。

「もちろん、殿村忠吉が死んだことは知っているだろうな」

卓也は言った。

「いや、知らんねえ」

波多野竜三は、苦笑を浮かべながら首を振った。

「なぜだ」

卓也も、表情を変えなかった。波多野竜三の受け答えについては、およその見当が付いているのである。

「なぜって、そんな知らせを受けていないからだ」

波多野竜三は、低く笑った。その息によって、葉巻の濃い煙が揺れながら散った。

「殺しておいて、知らない……か」

「殺した……？」

「例によって、あんたが殿村忠吉を消したのさ」

「また始まった」

「この前のときよりは、さらに分析が具体的になっている。岸部隆行を殺したのはあんたで、鬼頭新一郎が身代わりに自首したんだ」

「分析が具体化されたのではなく、想像が拡大されたと訂正するべきだろう」

「その事実に気づいた岸部姉弟を、まず無理心中に見せかけて消した。次に、過去のキナ臭さを嗅ぎつけた黒柳正吾という男を、殿村忠吉の責任によって殺させた。さらに、いろいろなことを知りすぎた西川ミキを、自殺に見せかけて消した。そして最後に、黒柳の一件で警察の追及を受けていて、しかもおれに唯一の証人として目をつけられている殿村忠吉の口を塞《ふさ》いだ」

「まあ、いいだろう。お前の想像する楽しみを、邪魔したりはしないでおこう。しかし、わしは忙しくて、閑人《ひまじん》の相手を務めてはおれんのだ」

「そうは、言わせない」

「それに、お前との話合いはすでに決裂しているんだし、もう親子でもないし、邪魔者として容赦せんぞと最後通牒《つうちよう》も叩きつけてある。これ以上、同じことを言ったり聞いたりする必要はないんだ」

「しかし、まだ戦いは終わっていない」

「終わりのない戦いは、やめるべきだろう。勝負のつかないゲームを、果てしなく続けるバカがどこにおるんだ」

「おれは、勝負をつけたい」

「わしを人殺しという犯罪者にすることは、絶対に不可能なんだ」

波多野竜三は立ちあがって、巨大な視界に近づいた。その後ろ姿を見据えながら、そうかもしれないと卓也は思った。卓也が波多野竜三を告発したいという相談を持ちこんだとしても、弁護士すら応じてはくれないはずだった。

明白な事実がない。告発の内容を裏付けるような証人も証拠もない。殺人事件は、二つしかなかった。岸部隆行殺しと、黒柳正吾殺しである。

しかし、岸部隆行殺しについては、今さら、どうこう言えることではなかった。鬼頭新一郎が犯人として裁判所の判決を受け、すでに実刑を終えているのだった。

当の鬼頭新一郎が無実だと訴え、再審請求をしているわけでもない。それを第三者が証拠もないのに騒ぎたてれば、精神異常と見られるのが関の山である。岸部隆行殺しという犯罪は、もう無に帰しているのだ。

もう一つの殺人事件の犯人は、殿村忠吉に間違いなかった。だが、黒柳正吾を殺した殿村忠吉は、死人になってしまっている。何も明らかにされることなく、容疑者死亡のため不起訴処分という結果に至るだろう。

岸部桜子と修二は、無理心中。

西川ミキは、自殺。

殿村忠吉も、自殺。

このように断定されているのだから、波多野竜三を殺人事件に結びつけることは、たしかに不可能なのである。事実、波多野竜三は直接手を下していないのだし、当然アリバイというものもあるのだ。

直接、手を下した人間。美千子の行動を監視したり、卓也を車の中へ連れこんでおどしたり、波多野竜三の車に同乗していたり、殿村忠吉のところへ漢方薬を届けたりした男たち。そうした連中の存在が、頼みの綱ということになる。

しかし、あの男たちがどこの何者であるかを知っているのは、波多野竜三と鬼頭新一郎だけなのである。その二人が知らないと首を振るかぎり、男たちの正体は絶対に表面化しないのだ。

当然、男たちの手には波多野か鬼頭から、莫大な報酬が渡されている。したがって、捜査当局の厳しい追及さえ受けなければ、男たちの口から秘密が洩《も》れる心配はない。もちろん波多野や鬼頭は、つまらないことから警察沙汰を引き起こしたりしないような男たちを、厳選して雇っているはずである。

卓也と美千子が握っているのは、男たちに監視されたりおどされたりしたという事実だけであった。ほかに岸部桜子の書きかけの手紙があるが、物的証拠には程遠いものだった。いずれにしても、波多野竜三を告発できる材料は、ゼロに等しかった。

それに加えて、波多野竜三には社会的信用がある。社会的信用とは、いったい何なのか。日本流の慣習によれば、それは『大物』という漠然としたレッテルなのだ。

ある程度、年輩である。

経済力がある。

実力者である。

大勢の人々への、影響力を持っている。

顔が広い。

そのような『大物』と呼ばれる社会的信用の条件を、波多野竜三はそっくり具《そな》えているのだった。世間は社会的信用に対して寛容であり、その権威を尊重する。

卓也がただ言葉だけで告発したのでは、世間のすべてが波多野竜三の社会的信用のほうに軍配《ぐんばい》を上げると決まりきっているのだ。愛人が産んだ息子の、父親への抗争と受け取られるのがせいぜいであった。

「そこまで、わしが憎いか」

波多野竜三が、背中で言った。

「憎いと思うのは、それなりの愛情があるからだろう」

卓也は答えた。

「じゃあ、どうなんだ」

「おれは、あんたが嫌いなだけだ」

「なぜだ。お前の実の母親を、自殺に追いやったからなのか」

「復讐なんて古臭いものには、興味も感じない。それに、自殺する女が正しいとは限らない。自殺する女のエゴイズムより、自殺させた男の敗北主義のほうが、ずっと人間らしいって思っているくらいだ」

「だったら、どうしてわしを嫌う」

「嫌いだから、嫌いなんだ。それに、あんたが相手ならば、嫌いだということを押しとおせるからさ」

「最後まで、押しとおすつもりか」

「果てしないゲームにしたくないし、はっきりと勝敗を決したい」

「そうか」

波多野竜三は、葉巻の煙とともに振り返った。

「だったら、一つだけ尋ねよう。そういうお前が、どうして鬼頭美千子とくっついているんだ」

波多野竜三は言った。

「それが、不思議だとでも言いたいのか」

卓也はデスクを迂回して、ゆっくりと足を運んだ。

「おおいに、不思議だな」

「なぜだ」

「お前は父親との戦いに、完全なる決着を望んでいる。しかし、鬼頭美千子は違う。美千子は父親との戦いに、決定的な勝敗を見出そうなどとは思ってもいない。そういう二人が心身ともに結ばれているとなれば、じつに不思議なことじゃないか」

波多野竜三は、窓の外へ視線を投げかけていた。その肩のあたりが、微《かす》かに揺れている。波多野竜三は声を立てずに、笑っているのであった。

2

波多野竜三の言葉の意味が、卓也には呑みこめなかった。数秒間は、考えてみる必要があった。単純に解釈すれば、美千子は鬼頭新一郎との和解を望んでいるというふうに受け取れる。

だが、そんなことは、あり得ないのである。美千子は死を覚悟で、鬼頭新一郎に訣別を告げたのであった。その時点で父娘の争いには、すでに決着がついているのだ。

あるいは、波多野竜三は鬼頭と美千子がただの父娘ではないということを、強調したかったのかもしれない。実の父と娘であると同時に、鬼頭と美千子は男女の関係を結んでいるのだと、波多野竜三は卓也に警告したかったのだろうか。

「何を言いたいんだ」

卓也は二メートルの間隔を置いて、波多野竜三の斜め後方に立った。

「近ごろの若い者は、愛とかいうものを安易に扱いすぎる」

波多野竜三が向き直って、嘲《あざけ》るように笑った。

「愛ってものは、自己犠牲だ。ところが、いまの時代に何よりも問題にされていないのが、自己犠牲というものだろう。そうした矛盾にも気づかずに、愛とかいうものをまるでゴミみたいに氾濫《はんらん》させている。そういうのを、愚者の愚行と称するんだ」

波多野竜三は、からかうような目で卓也を見やった。

「だから、どうだと言うんだ」

卓也はふと、心細さを覚えていた。自信を失ったときの悪寒《おかん》が、卓也の背筋《せすじ》を走ったのだった。

「いまの若い女たちの愛ってものは、それこそエゴイズムの固まりだ。セックス、打算、生きるための手段、すべて求めることばかりだろう。そのうえ、女が現実的だってことも、昔のままだ。美千子も、そういう女のひとりにすぎない」

「どうして、そう言いきれる」

「お前より、何十年も長く生きている。それに、お前が知りあうずっと前から、わしは美千子を見てきているんだ」

「それだけのことで、あんたの判断は絶対だと言いきれるのか」

「言いきれる」

「強がりはよせ。お前がもう何も求められない男だとわかったとき、今日流《こんにちりゅう》の女の愛は一瞬に消える。なぜなら、女が望むのはただ一つ、男の保護を得て長生きすることだからだよ」

「美千子は違う」

「同じさ」

「違うんだ」

「わしに対して決戦を挑むというお前の男としてのロマンチシズムを、女に理解させることはとても不可能だ」

「黙れ！」

「お前も、哀れな男だ」

「黙らないか！」

「お前のように、生きることを、斜めに見るのもいいだろう。だがな、女に裏切られたときは、お前も人並みに後悔するのさ」

「黙るんだ！」

卓也は衝動的に、波多野竜三へ体当たりを喰らわせていた。

「ばか者！」

「冗談じゃない」

波多野竜三が、卓也の胸を押し戻した。その波多野竜三の突き出た腹に、卓也は右の拳《こぶし》を叩きこんだ。呻《うめ》き声を洩らして、海坊主は腰を落とした。

卓也の左の拳が、波多野竜三の顎《あご》を突き上げた。強烈なアッパーに、海坊主はのけぞった。その口から溢れ出た血を、海坊主は葉巻とともに吐き出した。

卓也はさらに、海坊主の腰を蹴りつけた。波多野竜三は壁まで飛んでいき、叩きつけられた勢いでソファを越えて倒れたあと、テーブルの下へ転げ落ちた。

「もう、あんたにとって邪魔者は、残らず消されたわけだ。これ以上、死者は出ないだろうよ」

卓也は、起きあがった波多野竜三の血まみれの顔に、言葉を投げつけた。

「これで、わしとお前のゲームには、勝負がついたのか」

血を吐き散らしながら、波多野竜三が笑った。不敵な笑顔というより、勝利者の表情に感じられた。卓也は、社長室を出た。二人の秘書が、凝然《ぎょうぜん》と立ちすくんでいた。

南青山へ向かうタクシーの中で、卓也は敗北感を嚙みしめていた。波多野竜三という男が、卓也の行く手に立ち塞《ふさ》がっている。それは、父親ではなかった。その波多野竜三なるひとりの男に、敗れた自分を卓也は感じていたのである。

シャトー南青山の八階A号室で、美千子は卓也の帰りを待ちうけていた。ひどく緊張していて、今日もまた怯《おび》えきった面持ちの美千子であった。

美千子は、死を恐れるようになっている——。

そのことが、波多野竜三の判断に強く反論できない理由になったのだ。美千子が裏切るはずはないと言いきれる自信を、卓也は失っていたのである。それは美千子の昨日あたりからの、死を恐れるようになったという変化が、原因になっていた。

美千子は、卓也だけが殺されるような事態を恐れている、と言っていた。だが、それは彼女の弁解、ではないのだろうか。美千子は、自分の死を恐れている。

もし、事実そうだとしたら、波多野竜三の指摘は正しいということになる。つまり、美千子は鬼頭新一郎との戦いに、決着をつけるという意志を持っていないのである。

しかし、それにしても波多野竜三は、はっきりと断言しすぎるように感じられる。美千子は裏切ると、波多野竜三の言葉には確信の響きがあった。

現代の愛の性質、あるいは女に対する分析は、波多野竜三なりに言い当てていることだった。けっして、的《まと》はずれでも、見当違いの意見でもない。だが、同時にそれが絶対的なもの、ということにもならないのである。おそらく波多野竜三は、ほかに何かの根拠があった上で、美千子の裏切りを予言したのだろう。

「愛しているか」

ベッドで全裸の美千子を抱きしめながら、卓也は男女にはこれしかないのだと思った。

「愛しているわ」

美千子が、身悶《みもだ》えて口走る。その言葉を、信ずるほかはない。と、卓也は胸の中に生じた一つの疑惑の芽を、無理に摘み取っていた。

かったるい終焉《しゅうえん》

1

金曜日の午後——。

いつしか、秋になっていた。芒《すすき》が穂を出して、彼岸花《ひがんばな》が咲いて、蟬《せみ》が鳴きやむ。栗の木に実がなって、木犀《もくせい》が満開になり、茸《きのこ》が顔を覗かせる。そんな秋が、いつの間にか訪れていた。

やがて、秋はさらに深まるだろう。麦蒔《ま》きが始まり、秋海棠《しゅうかいどう》や野菊が咲き、雁《かり》が初めて訪れて、稲刈りが終わる。菊が咲き、楓《かえで》が紅葉し、桐《きり》の葉が散ると、秋はもう去ってしまうのである。

雷が、しきりと鳴っていた。残暑は数日前から感じられなくなり、日射しも心持ち弱々しくなっている。感傷と心細さを、秋の匂いが招く。虚無感が、もっとも強まる時期でもあった。

強烈で行動的な夏が去り、人々の心にポッカリと穴があく。もの憂い日々が、過ぎし夏の余韻となって続く。激しい戦いが終わり、敗れた者は秋の寂しさ、空しさをやりきれない気持ちで噛みしめる。

かったるい。

かったるい金曜日の午後であった。妙に明るいが、熱っぽさを失った日射しが寝室を怠惰に照らしていた。ベッドの上には、毛布もカバーもなかった。白いシーツに枕が二つ、そして半裸の男女が身を横たえていた。

一着のパジャマを、二人で使っている。男はパジャマのズボンだけを穿《は》き、女はパジャマの上着だけを着けていた。二人は並んで仰臥しているが、気持ちの上では背を向けあっているのだった。

卓也は、無表情であった。放心したように目の焦点が定まらず、どうでもいいという顔つきであった。意欲も情熱も失って、愛の残滓《ざんし》だけが胸のうちに残っている。卓也は、火を点《つ》けないタバコをくわえていた。

美千子の顔には、逆に表情があった。落ちつきを失くし、不安に戦《おのの》いている顔だった。大手術の始まるときを待っている患者の表情に、似通《にかよ》っていた。逃げるに逃げられないと、動き続ける目が語っている。

一時間ほど前に、電話が鳴った。シャトー南青山の八階A号室の住人は、すでに死んでしまっている。西川ミキの知人たちは、そのことを知っているのだ。だから、西川ミキに電話を掛けてくる者はいない。

あと三日で、十月である。九月いっぱいで西川ミキの貸借契約は切れるので、十月からは新たな住人がこの部屋を借りることになる。したがって、いまのうちに新たな住人に電話が掛かることは、あり得ないのだった。

間違い電話か、そうでなければ卓也か美千子に掛かった電話なのである。電話には、美千子が出た。だが、美千子はすぐ、送受器を置いた。美千子がもしもしと応ずると、電話は切れたというのであった。

「間違い電話かしら」

美千子が、顔をしかめた。卓也は、返事をしなかった。

それから、一時間が過ぎた。二人はずっとベッドに、並んで仰臥していた。無言であった。美千子は、不安に駆られている。じっとしていられない気持ちで、彼女は溜息ばかりついていた。

電話が、気になっているのだ。不気味な電話だった。美千子の声を聞いただけで、電話を切ってしまう。何か意味があるのではないか。そうだとすれば、何かが起こるのをじっと待っているということになる。

何か起こりそうだ。

電話は、その予告ではないか。

卓也は、そう思っていた。時間が、経過する。秒を刻む音が、大きく聞こえているような気がする。だが、待つほかはない。何が起こるかは予測できないし、どうにかするわけにもいかないのである。

何しろ、かったるいのだ。

「怖いわ」

美千子が、また溜息をついた。

「何が……」

卓也は、天井を見つめていた。

「何がって……」

「死ぬのが、怖いのか」

「ええ、まあ……」

「本音を吐いたな。ごまかしきれなくなったんだろう」

「ごまかす……？」

「おれと一緒に死ぬのであれば、恐ろしいどころか、満足だって言っていた。そのうちにそれが、おれだけ殺されることを恐れる、に変わった。そしていま、ようやく死ぬのが怖いと本音を吐いた」

「だって、あなたを愛しているんですもの」

「女は困ったとき、そういう言葉を口実に用いたがる」

「でも、本当なのよ。もっと生きていて、あなたとずっと愛しあいたいの」

「嘘だ」

「嘘……？」

美千子が、卓也へ顔を向けた。

「お前さんは、嘘つきだよ」

卓也は、天井に視線を突き刺したままでいた。無表情だった。

「卓也さん……！」

弾かれたように起きあがって、美千子は心外だという目で卓也を見やった。

「言うまいと思ったんだが、気が変わったようだ」

卓也は、チラッと白い歯を覗かせた。

「何を、言うまいと思ったの？」

美千子は、顔を強《こわ》ばらせていた。

「お前さん、人前でも胸を触《さわ》られると、感じるのか」

卓也は、唐突な言葉を吐いた。

「何よ、今さら……」

　怒った顔で、美千子はツンと横を向いた。

「河口湖へ向かうタクシーの中で、おれはお前さんの胸を触った。すると、お前さんは身をよじったり喘《あえ》いだりで、しまいには声まで洩らしたな」

「それが、どうしたの？」

「あれは、お前さんの芝居だった。演技だったのさ」

「何のために、そんな演技をしなければならないのよ」

「気持ちの動揺、感情の乱れ、真実を覗かせてしまうことをごまかすために、よりオーバーな演技が必要だったんだ」

「何の話だか、よくわからないわ」

「あのとき、どんな会話を交わしていたのかを、忘れたのか」

「思い出せないわ」

「思い出させてやろう」

　卓也は手を伸ばすと、パジャマの上から美千子の乳房に触れた。

　そのときの会話は、岸部桜子と修二がどのような殺され方をしたかについてであった。殺人の指示を受けて『サクラ美容室』を訪れた連中は三人だと、卓也が推論を持ち出した。それに対して美千子が、四人だという断定的な意見を述べた。

殺人を実行するのが三人で、ほかに見張りが必要だというのである。次に問題になったのは、どのような方法で『サクラ美容室』に踏みこんだのかということだった。入口には当然、鍵が掛かっている。まず、チャイムを鳴らさなければならない。

桜子が、顔を覗かせる。ところが、ドアの外にいるのは、見知らぬ男たちである。夜であり、店も閉めてあった。男が訪れるのは、不自然だった。女としても桜子には、用心と警戒が必要であった。

だが、桜子はまったく警戒せずに、ドアを開けて殺人者たちを招じ入れている。なぜだろうか。それは巧みな口実を設けたというよりも、桜子に安心させる何かがあったのだと見るべきだった。

「そういう話になって、お前さん、動揺したのさ。感情も乱れたし、何とかごまかさなければならないとも思った。それで話をそらすために、胸を触られて悶えるという演技をしてみせたんだ」

卓也は、美千子の胸のふくらみを手放した。

「そんな……」

美千子は、弱々しく首を振った。

「桜子がなぜ、安心してドアを開けたのか。それは訪問者が女であり、鬼頭美千子と名乗ったからだ」

卓也は冷ややかに言った。

「やめて……！」

美千子は、両手で耳を塞《ふさ》いだ。

「電話をしてきたばかりの鬼頭美千子が、やはりどうしてもお目にかかりたかったと訪れたのだから、桜子だってドアを開けないわけにはいかないだろう」

「お願い、やめて……」

「ドアを開けて鬼頭美千子を招じ入れたとたんに、あとから三人の男がはいってきた」

「もう、言わないで……」

「お前さんは、つい正直なことを言ってしまったな。三人の殺人実行者のほかに、もうひとり見張りが必要だったたって……。お前さんの想像にしては、できすぎていると思ったよ。事実を知っている人間でなければ、ちょいと言えないことだぜ」

「いや、もう……」

「もうひとりってのは、お前さん自身のことだった。桜子にドアを開けさせること、あとは見張りに立つことが、お前さんの役目だったんだろうよ」

卓也は新しいタバコを抜きとると、火を点けずに口にくわえた。

「あのときはまだ、あなたを知ってもいなかったわ。だから、父の言いつけに逆らえるような、わたしではなかったのよ」

美千子が深くうなだれて、そう言葉をこぼした。

「なるほど、お前さんが怖がるのも、無理はない」

卓也は、皮肉っぽく笑った。

「え……？」

美千子が、顔を上げた。

「お前さんはいま、父の命令に従ったとはっきり口にしたんだぜ。あれだけ捜し求めていた絶対的な証人が、実はおれのすぐ隣にいたんだよ、お前さんさ。お前さんが警察へ行っていまの言葉をもう一度繰りかえせば、鬼頭新一郎はただちに殺人容疑で逮捕されるだろう。その結果、あるいは波多野竜三も……。だけど、同時にお前さんも、殺人の共犯ということになる。だから、お前さんは警察へ、出頭したがらない。しかし、万が一お前さんがいまからその気になったとしても、もう手遅れさ」

「手遅れ……？」

「そう。お前さんだって、そうと承知しているんだろう。だから、そうやって怯えたり、怖がったりしているんじゃないか。鬼頭新一郎が美千子を返せと、狂ったように騒ぎたてたのは、自分の女として娘として未練があったわけじゃない。いや、未練もあったろうけど、それだけではなかったんだ。鬼頭新一郎は、裏切った美千子の口から、真相が洩れることを恐れたんだよ」

「そうよ、そのとおりだわ」

「そうだとすれば、おれが波多野竜三との関係に決着をつけたいま、腕をこまねいて傍観してはいないさ。波多野竜三と鬼頭新一郎は証人を消そうとするに決まっている」

「いやよ、そんなの……！」

美千子は、激しく首を振った。

「もう、遅いよ」

卓也はそう言いながら、事もなげに鳴るチャイムの音を聞いた。

「ひえっ」

と、美千子が、奇声を洩らした。声ではなく、喉の奥で息が鳴ったのである。美千子は慌てて、ベッドから飛び降りた。だが、すぐ戻ってきて、卓也にしがみついた。

「今度はお前さんが桜子のように、ドアを開けてやる番だぜ」

卓也は、自嘲的に笑った。

「いやよ、怖い！　助けて……！」

美千子は、音を立てそうに震えていた。もう、チャイムは鳴らなかった。その代わり、金属音が微かに聞こえていた。鍵を開けようとしているのだし、経験がある人間の手にかかれば、それは可能なことであった。

卓也は、波多野竜三の言葉を、思い出していた。彼の言葉は正しかったし、明確な予告でもあったのだ。卓也には自分の身体に触れている美千子の手が、凍っているように冷たく感じられた。

「美千子は父親との戦いに、決定的な勝敗を見出そうなどとは思ってもいない」

「お前が知りあう前から、わしは美千子を見てきているんだ」

波多野竜三の声が、卓也の耳の奥に甦《よみがえ》った。美千子は鬼頭新一郎と父娘でありながら男女の関係を結んでいるし、殺人という犯罪の共犯者でもあると、波多野竜三は言いたかったのにちがいない。

「もう、あんたにとっての邪魔者は、残らず消されたわけだ。これ以上、死者は出ないだろうよ」

卓也は別れ際《ぎわ》に、そんな言葉を波多野竜三に投げつけた。

それに対して波多野竜三は、血を吐き散らしながら笑ったのであった。

「これで、わしとお前のゲームには、勝負がついたのか」

波多野竜三は、そう言っていた。邪魔者は残らず消えてはいない、卓也が、美千子がいるではないか。そして二人を抹殺することによって初めてゲームの勝負が決まるのだと、その日が間近いことを波多野竜三は予告したのである。

スチール製のドアが、開閉される音を聞いた。美千子は夢中になって、ベッドの下に潜《もぐ》りこもうとしていた。

2

男物のパジャマだから、スカートを穿いているように長かった。だが、そのパジャマの裾もそっくりめくれて、パンティに包まれた尻が剝き出しになっていた。頭は何とか突っこんだが、それ以上はベッドの下にはいらず、美千子は尻を突き出して無駄な努力を続けている。

三人の男が、寝室へはいってきた。見たことがあるような、ないような男たちの顔であった。しかし、そうしたことにもう興味がなく、卓也はベッドに身を横たえたまま動こうともしなかった。

男のひとりが、美千子の腰をかかえこんだ。美千子はベッドの脚に縋《すが》って、男の力に逆らっていた。だが、すぐに美千子はベッドの下から、荒々しく引っ張りだされてしまった。乱れた髪の毛が、彼女の顔を包んでいる。

「助けて！　お願い、殺さないで！」

美千子は四つん這いになると、男たちに向かって額を絨毯にこすりつけた。

「わたしは、鬼頭新一郎のたったひとりの娘なのよ！　それだけじゃない、わたしは彼の女でもあるのよ！　この人だって、波多野社長の息子なんだからね！　実の父親が、息子や娘を殺すなんて、そんなことをするはずがないでしょ！　絶対にないわよ、ね、そうでしょ！　殺さないわね、殺しっこないわ、そうだわね！　わたしを、殺しに来たんじゃない！」

美千子は、泣き叫んだ。血の気のない顔が、涙で濡れていた。男たちは、何の反応も示さなかった。

「ねえ、助けて！　お願い、お願いよ。このとおり……」

美千子が、両手を合わせた。二人の男が、両側から美千子に手をかけた。二人の男は、絶叫し泣き喚《わめ》く美千子を、ベッドの上へ運んだ。美千子が押さえつけられたとき、四人目の男が部屋へはいってきた。その男は、先端が鋭利な庖丁を手にしていた。

西川ミキがその庖丁を使っているのを、卓也は見たことがあった。男はダイニング・キッチンから、その庖丁を持ってきたのである。四人の男が揃って、ベッドの脇に立った。

「お願いよ！　せめて、わたしだけでも助けて！　父のところへ帰るし、これまでどおりにするわ！」

美千子が叫んだ。

女が望むのはただ一つ、男の保護を得て長生きすることだ——と、波多野竜三の声が哄《こう》笑《しょう》とともに、卓也には聞こえたのであった。彼は無表情だった。これで果たして、波多野竜三に負けたことになるのだろうかと、卓也は思った。

とにかく、かったるい。

「あなたはここが、すっかり気に入っているんですものね。これ、わたしの直感なんだけど、あなたはきっと、この部屋で死ぬわよ」

と、西川ミキの言葉を、卓也は思い出していた。

＊　　＊　　＊

男と女は、ベッドの上で抱きあうようにして死んでいた。女は喉《のど》を抉《えぐ》られ、男は心臓を一突きにしていた。男の右手には、逆手に握った庖丁があった。血まみれになりながら、男女は両脚を絡ませて、絶息したようである。一つパジャマを上下に分けて身に着けているのが、心中した若い男女の愛の深さを物語っていた。

秋の夕暮れの日射しが、寒々として空《むな》しく男女の心中死体を、浮きあがらせていた。

（この作品『金曜日の女』は、昭和六十年八月、
祥伝社文庫から刊行されたものの新装版です）

金曜日の女

一〇〇字書評

切・り・取・り・線

購買動機（新聞、雑誌名を記入するか、あるいは○をつけてください）	
□（　　　　　　　　　　　　）の広告を見て	
□（　　　　　　　　　　　　）の書評を見て	
□ 知人のすすめで	□ タイトルに惹かれて
□ カバーが良かったから	□ 内容が面白そうだから
□ 好きな作家だから	□ 好きな分野の本だから

・最近、最も感銘を受けた作品名をお書き下さい

・あなたのお好きな作家名をお書き下さい

・その他、ご要望がありましたらお書き下さい

住所	〒				
氏名		職業		年齢	
Eメール	※携帯には配信できません	新刊情報等のメール配信を 希望する・しない			

この本の感想を、編集部までお寄せいただけたらありがたく存じます。今後の企画の参考にさせていただきます。Eメールでも結構です。

いただいた「一〇〇字書評」は、新聞・雑誌等に紹介させていただくことがあります。その場合はお礼として特製図書カードを差し上げます。

前ページの原稿用紙に書評をお書きの上、切り取り、左記までお送り下さい。宛先の住所は不要です。

なお、ご記入いただいたお名前、ご住所等は、書評紹介の事前了解、謝礼のお届けのためだけに利用し、そのほかの目的のために利用することはありません。

〒一〇一・八七〇一
祥伝社文庫編集長 坂口芳和
電話 〇三（三二六五）二〇八〇

祥伝社ホームページの「ブックレビュー」からも、書き込めます。

http://www.shodensha.co.jp/bookreview/

祥伝社文庫

金曜日《きんようび》の女《おんな》　新装版《しんそうばん》

平成30年10月20日　初版第1刷発行
平成31年 4 月20日　　　第5刷発行

著　者　笹沢《ささざわ》左《さ》保《ほ》
発行者　辻　浩明
発行所　祥伝社《しょうでんしゃ》
東京都千代田区神田神保町3-3
〒101-8701
電話　03（3265）2081（販売部）
電話　03（3265）2080（編集部）
電話　03（3265）3622（業務部）
http://www.shodensha.co.jp/

印刷所　萩原印刷
製本所　ナショナル製本
カバーフォーマットデザイン　中原達治

 ISBN978-4-396-34471-9 C0193